白鳥士郎
イラスト しらび
監修 西遊棋
ryuoh no oshigoto!
りゅうおうのおしごと!
18

帝位防衛
挑戦者《チャレンジャー》
神鍋歩夢

七番勝負
保持者《ホルダー》
九頭竜八一

女流帝位
祭神雷
怪物降臨

女流二冠
夜叉神天衣
女流帝位戦五番勝負

未来を賭けた二人の
竜王の一番弟子
雛鶴あい

最初で最後の公式戦
夜叉神天衣
竜王の二番弟子

目次

著者	白鳥士郎	作品名	りゅうおうのおしごと！18
イラスト	しらび	監修	西遊棋

総ページ数	発行所	発行年月日
416ページ	SBクリエイティブ	2023年7月31日

迄416ページにて りゅうおうのおしごと！ 第18巻ぜんぶ

りゅうおうのおしごと！ 18

白鳥士郎

GA文庫

神《かん》鍋《なべ》歩《あゆ》夢《む》

A級棋士。20歳を迎えてアルコールにも挑戦を決意。勇躍しデパートへ赴くもなぜか香水を買って帰宅。将棋会館がいい香りに。

祭《さいの》神《かみ》雷《いか》

女流帝位。対局中は大量に水を飲むことで有名。2Lのペットボトルを10本飲み干したという伝説を持つ。しかも直飲み。

於《お》鬼《き》頭《と》曜《よう》

玉将。プチ断食に挑戦。対局時の飲食を断つ。「空気中の元素をエネルギーに変えられる」「光合成している」などの噂が立つ。

清《きよ》滝《たき》鋼《こう》介《すけ》

八一の師匠。好きな飲み物は酒。休日は朝から飲んで昼寝するのが定跡。夜眠れなくなり「不眠症や」と本気で悩む。

登場人物紹介

九《く》頭《ず》竜《りゅう》八《や》一《いち》

竜王・帝位の史上最年少二冠。帝位防衛戦に備え旅先でも眠れるよう睡眠改善乳酸飲料を購入。48時間寝続けて仕事に穴を開ける。

夜《や》叉《しゃ》神《じん》天《あ》衣《い》

八一の二番弟子。女流二冠。兵庫県発祥と伝わる炭酸水を何にでも入れる癖がある。対局中、お茶に炭酸水を入れて相手に驚かれた。

雛《ひな》鶴《つる》あい

八一の弟子。女流名跡。タピオカの次に来ると話題の、わらびもちドリンクを自作。実家の旅館で商品化に漕ぎ着ける。

空《そら》銀《ぎん》子《こ》

八一の姉弟子。史上初の女性プロ棋士。療養先でコーヒーの焙煎にハマる。母親に試飲をお願いするも「味が薄い」と言われ親子喧嘩。

☗ 握り

　将棋の世界には指し将棋以外に特殊な能力を発揮する棋士が存在するということを、あの人は言った。

「たとえば駒落《こまお》ち」

　懐かしい２ＤＫアパートの和室。

　質素なそのお部屋にそぐわない立派な七寸盤を挟んで、わたしは師匠と練習将棋を指していた。

　あの頃《ころ》、毎日そうしていたように。

「プロは指導対局で駒落ちの上手《うわて》を持つだろ？　これが異様に強い人がいる。平手《ひらて》だと大したことない成績なのに、駒落ちだとメチャ強くなるんだよな。何なら駒を落としたほうが平手より強かったりするくらいの人が」

「わけわかんないです！」

「だよな？　でもいるんだわ」

　一度これを理屈立てて説明してもらったことがある。

　駒落ちの上手は当然ながら駒が相手よりも少ないため、戦力を拡大しながら指していく必要がある。

つまり駒得《こまどく》を重視する。

でも一手勝ちを目指すプロの将棋は、そんな指し方を『ダサい』と感じる。だからそのダサさを逆手に取って泥臭く指すことができる人間は、駒落ちに強い……。

「……ってことらしい」

「わけわかんないです！」

「だねぇ」

師匠はふにゃっとした笑顔を浮かべた。

あの人は、どんな時も自信ありそうに笑うことも、威圧的に笑うこともなかった。どういうわけかいつも自信なさそうで……そんなふにゃっとした笑顔が、わたしは好きで。

「けど俺《おれ》が一番ありえないと思ったのは断然『握り』だね！」

「にぎり？」

「わかんないか？」

「……おすし？」

「握るという意味では一緒だけどね」

師匠は盤上に散っていた駒を両手で集めて駒箱の中に入れると、

「けど、こっちはシャリ《酢飯》じゃなくて駒を握る。こうやって駒箱の中に手を突っ込んで――」

右手に握った駒を盤上に広げ、師匠は言った。

「はい！　この握った駒だけで詰将棋《つめしょうぎ》を作ります！」

「ええー⁉」

「しかも時間をかけずにすぐ作る。これができるのは将棋界でも一握り……いや、三人もいないんじゃないか？　メチャメチャ座持ちがいい特技だけど」

「きゅうきょくの宴会芸ですよぉ……」

この頃のわたしはプロ棋士と女流棋士の区別もあんまりついてないくらいの初心者。

とはいえ詰将棋で将棋をおぼえたから、もちろん作品の中に『握り』っていう分類のものがあることは知っていた。

けど、それがまさか、本当に駒を握って作るだなんて……。

「俺が生で見たのは月光《つきみつ》会長の握り詰めだね。正月の将棋番組で披露したのを、アシスタント役で出させてもらってた俺も実際に目にしたんだけど」

「て、テレビで披露したんですか……？」

「会長が言うには、決して簡単なことじゃない。まず、一ヶ月くらいかけて頭の状態を握り詰めに合わせるらしい」

「ふむふむ！」

「そうやって頭の回路を指し将棋から詰将棋にシフトして、さらに当日に合わせて精神を統一する。マジで他のことは一切《いっさい》考えないらしい。会長は『これをやると公式戦の勝率は極端に落ちますね……』って、ゲッソリした顔で言ってたよ。だから――」

「師匠」

「ん？」

「握ってみますね？」

あの人のポカンとした顔は、今でも思い出せる。

その時にわたしが握った駒の数も種類も。

そして――作った詰将棋も。

「金が二枚、桂馬が一枚、それから香、歩、歩、歩、歩……うん」

たぶん、かかった時間は十五秒くらい。

駒の数と種類を把握するあいだに作り終えていたから。

「できましたよ？」

「で、できましたよって……おま……」

わたしが盤上に並べた駒の配置を見た師匠は最初、明らかに疑っていた。

けれど数秒後には真剣な表情になっていた。

それはたぶん、わたしが初めて見る、師匠の表情で――

「あい」

俯《うつむ》いていた師匠はそれまでと一転して、こわい声で。

それから真剣勝負のときにだけする眼鏡《めがね》をしてもう一度盤上の詰将棋を見ると、ぐしゃりとそれを壊す。

そしてこう言った。

「この技は封印する。二度と……やっちゃダメだ」

☖ 第四の終局

「俺が名人の提案に賛成した理由？」

碓氷尊《うすいたける》竜王（当時）は、棋士総会後に旧知の新聞記者に問われて足を止めた。

東京《とうきょう》・将棋会館の隣にある健保《けんぽ》プラザで行われたその総会は近年稀《まれ》に見るほど紛糾し、終わったのは日付が変わってから。

そんな時間になってもまだ棋士たちは仲間同士で集まって議論を続けているほどだ。

孤高を貫く碓氷だけは一人でさっさと帰ろうとしているところを記者に捕まったというわけだった。

「ふん。確かにあの男が総会で発言を求めるのは珍しい。しかもそれが、投了《とうりょう》・千日手《せんにちて》・

持将棋《じしょうぎ》に続く第四の終局方法についてというのであれば、揉《も》めるのも当然だろう」

棋士はルールの変更に敏感だ。

それが公平かどうかを判断するのはもちろんだが、その上で誰にとって有利な変更かを慎重に見極める必要がある。

長く棋界の頂点に君臨する名人の提案であれば、その発言力は絶大。

だが、もしそれが、加齢によって衰える自身の終盤力を補うためのものであるとすれば頑として反対する。ほぼ全《すべ》ての棋士がそう思っていた。

しかし提案の詳細な中身が判明するにつれ……議論は別の意味で紛糾する。

あまりにもブッ飛んでいたからだ。

「あいつが問題にした局面は手数が五〇〇手に及んだ場合だ。記録に残る最長手数《さいちょうてすう》が四〇〇手未満なのに、そこから百手も進むことなどありえんだろ。しかも敵陣に入った駒の枚数だとか王手がかかっているかどうかとか、条件が細かすぎる。一分将棋の中でそんなことまで判断できる人間などいるわけがない。『いったいお前は誰《だれ》と将棋を指すつもりなんだ？』と聞きたくもなる。宇宙人か？　それとも未来人か？」

「そこまで批判なさるなら、どうして賛成なさったんです？」

「名前が気に入ったのさ」

「名前……ですか？」

「ああ。『入玉宣言法』というのは中々のネーミングセンスだ。そう思わんか?」

当初、名人の提案に対して棋士の反応は否定派が多かった。

反対というか、正確には名人が何を問題にしているか理解ができなかった。

その流れが変わったのは、碓氷が賛成したから。

提案の内容は理解できなくとも、名人の最強のライバルである竜王が賛成するなら公平性は担保される……多くの棋士がそう考えたからだった。

しかし当の碓氷は棋理と全く関係のない部分でその提案を気に入っていた。

「だいたい囲碁も将棋も終局が辛気臭すぎると思わんか? チェスはお互いに話し合って引き分けにしたり、終わった時に握手を求めたりするというじゃないか。なのに日本人は勝っても喜びを表さないのが美徳とか言う。そういえば相撲もそうだな。ガッツポーズして叱《しか》られた横綱がいたが…………まあいい」

要するに——と碓氷竜王は話をまとめる。

「将棋は『負けました』と頭を下げるが、こいつは俺の性に合わなくてね」

将棋史上最高の序盤の天才と称されるその男は、新たに加わった第四の終局方法に賛同した理由ついて、ニヤリと笑いながらこう答えた。

「一度でいいから言ってみたかったのさ。『俺の勝ちだ』ってな」

第一譜

祭神雷

☗ 怪物の誕生

「おっちゃん。それなに？」

少女に声を掛けられたのは、この施設に入って半年ほどした頃《ころ》だった。

小学生くらいのその少女は施設で働く介護士の娘で、学校が終わってから母親が仕事を終えるまでずっとここで過ごしていた。

「これは…………将棋だ」

粗末な折り畳みの盤に駒を打ち付けながら、少女とは視線を合わせず答える。『邪魔をするな』という意思を込めた声で。

しかしその子は俺《おれ》の声や態度には全く頓着《とんちゃく》せず、興味深そうに質問を続けてきた。

「ふぅん？　一人でするモンなの？」

「いや、これは棋譜《きふ》並べといって……」

「？」

「つまり……本来は二人でするものさ」

「そっか！　じゃ、こっちと一緒にやろうよ」

机の反対側に椅子《いす》を引っ張ってきて、少女はそこに座った。

驚いた。

将棋に興味を持つ子供がいることもだが、それ以前に、俺のような絵に描いたような偏屈ジジイを恐れないことに。

一瞬だけ心が揺れる……。

「……いや。俺はもう人と指すのはやめたんだ。悪いが他を当たってくれ」

施設の遊戯室には他のボードゲームや、テレビゲームもある。少女がそっちに興味を示してくれることを期待してそう言ってみたんだが。

しかし少女はそこから動くことなく、こう言った。

「だったら見てる。それならいいしょ?」

「……」

俺は溜息《ためいき》を吐《つ》くと、棋譜並べを再開した。そのうちどこかへ行くだろう……。

だが意外にも少女はそれから毎日やって来て、俺が一人でする棋譜並べを眺め続けていた。

「おっちゃん。一人でペチペチやるの面白《おもしろ》いの?」

「ああ。面白いな」

「二人でやるより?」

「ああ。よっぽどな」

さすがに無視するのは大人げないと思い、話しかけられれば答えるくらいのことはした。とにかくよく喋《しゃべ》る子供だった。

この地方ではままあることだが、四分の一ほどロシアの血が入っているという少女は、その容貌もあって学校では浮いた存在なのだと言った。

だから少女はずっと施設にいた。

学校も休みがちだったのだろう。俺の棋譜並べを見るようになってからは、朝からずっと施設にいることもあった。

母親がどう思っているか気になったが……こうした施設で働くのは激務だ。娘が大人しくしているのならそれでいいといった感じで、直接何かを言われることはほとんど無かった。

ただ、一度だけこう聞かれた。

「この子に将棋の才能はありますか？」

俺は「さあ？」と肩をすくめた。指していないのに才能の有無などわからない。

そうだ。指さなければ何もわからない……。


一週間、少女はずっと俺のもとに通い続けた。そしてずっと俺の並べる駒の動きを見続けていた。二週間がたち、三週間がたち、そして一ヶ月たっても少女は俺の棋譜並べを見続けた。

根負けしたのは俺のほうだった。

「やってみるかい？」

「……あはぁ！」

少女は見よう見まねで駒を初形に並べる。

手つきや並べ方を見れば、将棋の知識はゼロだとすぐにわかった。それでよく棋譜並べを見続けていたものだと逆に感心してしまう。

かつてプロとして指導していた頃からの癖《くせ》で、俺は少女と平手《ひらて》で指すことにした。

先手《せんて》を与えると、少女は初めて広い野原に出た子犬のように、実に楽しそうに駒を動かす。

「……駒はマス目の真ん中に置け」

それ以外は、俺は何のアドバイスも与えずに指した。

この子の才能を見極めようと思ったんだが……指し続けるうちに疑念が湧《わ》き、手を止めて詰問する。

「お前、本当に素人か？　俺をからかってるんじゃないのか？」

「はぁ？」

「今の一手はプロでも指せる者が限られるほどの妙手だ。偶然で指せるような手じゃない。それをこんな小学生の女の子が――」

そこまで言って、俺は自分の言葉の矛盾に気付く。

そうだ。そもそも将棋を知っていたところで、小学生が指せるような手じゃない。それをこの子は俺の目の前で指したのだ。

キョトンとした表情で少女は説明する。

「こっち、おっちゃんが一人でやってるのをずっと見てたんだぁ。そしたらこういう形にすれば大丈夫ってわかったからさぁ」

「かたち……？」

「これ、動き方に違いとかあんだね」

摘まみ上げた駒を心底不思議そうにしげしげと眺めながら、少女は確かにそう言った。動き方に違いがあるんだね、と。

驚いたなんてもんじゃない。

この少女は駒の動かし方を知らないまま指していたのだ！

そんなことがあり得るんだろうか？　しかし実際に少女はノータイムで合法手ばかりを選択していたし、百手近く指してほぼ互角の形勢を維持している……。

「………わかった。続けよう」

「あははぁ！　あんがとおっちゃん！」

ほとんど怖いもの見たさで俺は対局を再開した。

終盤戦になると、年老いた俺は時間を使わないと手が見えない。だが少女はお構いなしにノータイムを連発だ。

「お前……ちゃんと考えてるか？」

「んー？」

少女は俺の言葉の意味がよくわからないというように大きく首を傾《かし》げてから、ニタリと笑ってこう言った。

「こっち、次にどうしたらいいかは、見たらわかるからさぁ」

「………」

子供は総じて早指しだ。早見え早指しは才能のある子供の特徴でもある。

だがこの少女は、そういうものとは違う感じがした。

俺が今まで見てきた将棋指しとは根本的に違う。

いや。

俺が見てきたどんな人間とも、この子は違うのだ……。

「これで詰みだ」

何とか寄せきって、俺は少女に言った。

「つみ？」

「お前の負けだ」

「……ありゃりゃ。もう終わりかぁ」

しょぼんと俯《うつむ》く少女。

これは怪物の種だ。俺が水を注《そそ》げば芽吹くだろう。今の将棋界を覆すほどの才能が……しかしそんなこと、もう俺は望んでいない。

ただ、久しぶりに人と指す将棋は、心の底から楽しかった。

「まだ終わりじゃない」

この子と一緒にもっと将棋を指したいと思った。純粋に。

だから俺は駒を初形に戻しながら言った。

「将棋はな、負けても負けても何度でもやり直せるんだよ」

「あはぁ！」


少女が俺を超えるのにそう時間は必要なかった。

出会って二ヶ月後には、ノータイムで指す少女に全く歯が立たなくなっていた。認知症を患った老人とはいえ、かつてプロ棋士だったこの俺が。

「もうお前は完全に俺を超えた」

「だね。じゃあもう一局指そうよ」

「最初からお前に教えられるようなものは何も無かったが……」

会話が噛《か》み合《あ》わないのにも慣れた。この少女がどういう存在なのかは、何となく察しが付くようになっていた。

言葉によるコミュニケーションはあまり意味を成さない。

だから俺は少女に、言葉以外のものを与えることにした。

「プレゼントだ。受け取ってくれ」

「はぁ？　……なんだこれ？」

「認定状だよ」

「にん……てい、じょう？」

「本当はもう、俺には発行する権限は無いんだがな……」

昔を思い出しながら直筆で書いた一枚の紙を、俺は少女に渡す。


『1級　祭神雷殿《さいのかみいか》』


反応は、予想外のものだった。

受け取った少女は固まったかのようにそれを見詰め続けてから、ボロボロと涙を流し始めたのだ。

「お、おい……!?　どうした!?」

「こっちさぁ、生まれてからずっと賞状なんてもらったことなかったから……」

だからさぁ……と言ったきり、少女は言葉を続けられない。

たった一枚の紙切れを貰《もら》っただけなのに。

「強くなれ」

少女の手を握って俺はそう言っていた。

「強くなれば何でも手に入る。こんな賞状いくらでも貰える。もっと立派な盾やメダルも、優勝カップも、金も名誉も仲間も仕事も。最高の人生が手に入るんだ」

「へぇ……」

いつまでも溢《あふ》れる涙を拭《ぬぐ》うと、少女はニタリと笑ってこう言った。

「じゃ、こっち強くなるさぁ」


俺は少女をアマチュアの将棋大会に出場させることにした。

「おっちゃんは一緒に来てくれないんだぁ？」

「外出の許可が下りないのさ」

アマ大会とはいえ、将棋連盟を除名になった人間が一緒にいれば、少女にとって悪い評判が立つ。それを避けたかった。

ボロボロになった名刺を渡しながら俺は少女に言う。

「お前のことはこの人物に頼んである。今後はその人を『師匠』と呼ぶんだ」

「ししょー？」

「先生って意味さ」

「おっちゃんは違うの？」

「俺は友達だろう？」

「あはぁ！　そだね！」

かつての弟弟子《おとうとでし》に『名前だけでいいから師匠になってやってくれ』と連絡を取ると、相手は俺がまだ生きていたことに驚きつつ、最後の頼みを聞いてくれた。

夜になって帰ってきた少女は俺に抱きつきながら、満面の笑みでこう言った。

「おっちゃん！　賞状がもう一枚増えたよ！」


賞状は瞬く間に増えていった。

アマチュア大会で実績を残し、招待枠で出場した女流棋戦で規定を満たした少女は、研修会に入ることなく女流棋士になった。

そこまでいってようやく少女は壁にぶつかる。

特に釈迦堂里奈《しやかんどりな》からは目の敵にされたようで、当たれば必ず負かされた。

盤上だけではなく盤外の駆け引きも知り尽くした彼女が相手では、いくら強くともムラの多すぎる少女はまだ歯が立たない。

「《殺し屋》か……あれはプロより強い。猫を被っているが、本気を出せばほとんどのプロを撫《な》で斬《ぎ》りにできる」

「おっちゃんも殺されたの？」

「ああ。俺なんか真っ先に殺されたさ」

……自分が犯した罪を、俺は少女に伝えようとは思わなかった。

釈迦堂里奈と、彼女を裏で操《あやつ》っていた理事会。

俺を手先として扱い、都合が悪くなれば簡単に切り捨てた連中に恨みを抱いていた時期もあったが……今はもう、復讐《ふくしゅう》心も消えた。

ずっと負け続けだった人生の最後の最後で、俺はこの少女と出会えた。大逆転の一手が残っていたのだ。初めて将棋に感謝した。

この話をした直後、少女はタイトル戦の挑戦者となる。

女流帝位《じょりゅうていい》戦五番勝負。

最後の一局を指し終えて帰ってきた少女は、とっておきのプレゼントを渡すような表情で、俺にこう言った。

「おっちゃん。あいつ殺しといたから」

最強の女を倒して、少女は女流タイトルを手に入れた。

それからも少女はどんどん強くなった。

その成長と反比例するかのように俺は急速に衰えていく。

もうまともに将棋を指すことなどできず、一日中ずっと夢の中にいるかのような俺に、それでも少女はほぼ毎日会いに来た。

そしてある日。

「おっちゃん！　見つかったよぉ！　こっちとおんなじヤツが！」

「お前と……同じ……？」

もう一人いたというのか？　この少女と同じ存在が。

「誰《だれ》だ……？　プロ棋士……か？」

「ううん。奨励会員だった。でもプロより強いよ。タイトル保持者より強いよ！」

「……お前が言うなら、そうなんだろうな……」

安らかな気持ちで満たされながら俺は頷《うなず》く。これで心残りは消えた。

「で？　名前は？」

「　　　」

俺の記憶に残る少女の顔はそれが最後だ。

はじめて賞状を貰ったときのような笑顔を両目に焼き付けて、俺は死んだ。

もし……俺の声が聞こえるのなら、知ってほしい。

この少女の本当の姿を。

◯記録係

「うわっ‼」

あまりにもリアルな夢を見た俺は、自分の叫び声で目を覚ました。

ギンギンに部屋を冷やして寝たにもかかわらず身体《からだ》は寝汗でぐっしょりだ。まだ心臓がバクバクいってる……。

「はぁ……はぁ……はぁ……！　な、なんだ？　今の夢は……？」

老人。

そして少女。

「……あの女の子は…………雷に似てたような………？」

夢の中で名前も見たような気がするが、細かい部分までは思い出せない。

老人に見覚えは無い。全く知らない人生を追体験したような、そんな不思議な感覚が……まだ頭の奥にこびりついているような感じがした。

そもそも……どこだ？　ここは？

「ああ、そっか…………弟子の付き添いでタイトル戦に来てたんだったか……」

弟子。

その言葉を口にした瞬間、さっきの老人と女の子の関係が、よりリアルに受け止められた気がした。

もしかして…………あれが雷に将棋を教えた人なのか？

「…………まさかね」

シャワーを浴びて汗を流してから、俺は服装を整えて部屋を出た。

「…………変な建物だよなぁ……」

食堂で早めの朝食を頂いてから、ブラブラと館内を歩く。

不思議なことに食堂を含めて誰とも顔を合わせない。俺が早く起きすぎたからかもしれないが……。

保養所だというそこは、今まで泊まったどんな旅館やホテルとも違う構造をしていた。

「市の所有する建物だっていうけど……元は病院だったたっていうし。も、もしかしてさっきのは、ここで亡くなった人の怨念《おんねん》だったり……⁉」

残存思念ってやつ⁉　こわっ！

まるで安っぽいホラー映画のセットに来たみたいだ。

女流タイトル戦は、プロのタイトル戦よりも予算が少ない。かなり。

そのため田舎の公民館みたいな場所でも開催されることがある。公共の施設は利用料が少額で済むからだ。そもそも自治体が主催する女流タイトル戦もあるし。

そういうタイトル戦も手作り感があっていいんだけど。いいんだけど！

「………自分のタイトル戦じゃなくてよかったぁ……」

恐怖心を紛らわすために独り言を呟《つぶや》きながら、俺の足は人がいる場所へと向かう。

対局室へ。


「おはようございます。九頭竜《くずりゅう》先生」

「あ………どうも」

早めに対局室に入った俺を迎えたのは、今日の対局の記録係をする女性だった。

登龍花蓮《のぼりょうかれん》三段。

この人が記録机の前に座る姿には違和感があった。

女流タイトル戦の記録を奨励会員が取るのは普通だけど、この人は対局者としてタイトル戦の舞台にも立ったからだろう。その相手は俺の弟子だった。今日の対局者でもある。

そしてもう一つ、この部屋に違和感を抱いた理由があった。

上座の周囲に人が居た痕跡《こんせき》があったからだ。

「雷はもう来たんですか？」

「祭神先生なら多分、昨夜はこの部屋でお休みになったと思います」

「………は？」

「今はお食事とお召し替えに行かれました」

「ここで寝たぁ⁉　……あいつマジでイカレてんな……」

タイトル保持者が対局室で寝起きするなんて前代未聞どころの騒ぎじゃない。何なの？　ここはあいつの巣なの？

「うわぁ……神聖な上座がグチャグチャじゃないか。あいつ寝ててもヤバいからな……起きてるときもヤバいけど」

「さすが詳しいんですね。祭神さんの寝相に」

「ちょっとちょっと！　や、やめてくださいよ！　研究会の途中で将棋指しながら寝やがることがあって、それで知ってるだけですから！　関東で俺と雷はどういう関係だと思われてるんですか⁉」

「神聖な対局室では口にしづらいですね。外で話します？」

「…………話さなくていいです」

記録係から一番離れた関係者用の座布団に俺は腰を下ろす。それくらいの距離感がお互いしっくり来るから。

登龍さん、雷、そして俺の三人は同学年だ。

しかしそれぞれ住む場所が大きく離れていたためか、幼い頃の交流は無い。雷は東北、俺は関西、登龍さんは東京都とはいえ離島の八丈島《はちじょうじま》。

それに加えてどうやら雷は何らかの事情があってまだ高校を卒業していない可能性もある。なぜならちょっと前の創多《そうた》との公式戦では制服を着ていたからだ。いや卒業後に制服着てテーマパークに行くSNS女子もいるらしいから本当かどうか知らんけど。

この将棋界《せかい》、普通は同学年なら何らかの絡《から》みはある。しかし不思議と俺たちは三人で顔を合わせることが無かった。同じ会場にいたとしても、対局をしたり、記録を取ったりすることは無かった。

その三人が初めて接したのだ。将棋会館ではなく、この場所で。

別々の地平を走る三本の線が。

「……僕は、あなたが嫌いでした」

駒を磨きながら登龍さんがボソリと言う。

ぜんぜん意外じゃない。だからショックも受けなかった。

むしろそうだろうと思ってたからな。

同学年でこの歳《とし》まで何の交流も無いってのは、どっちかが避けてるってことだ。そして俺には登龍さんを嫌う理由は無い。

でも向こうにはそれがあった。

「あなたの弟子たちも嫌いでした。空《そら》先生の邪魔ばかりする害虫みたいな存在だと認識していたから。関東と関西で分かれてはいたけれど、僕は女性として、奨励会員として、空銀子《ぎんこ》先生こそ自分の理想の姿だと信じていたから。でも――」

「でも?」

「間違っていたのかもしれない」

磨き終えた駒を袋の中に収めながら、登龍さんは喋り続ける。

「なぜなら将棋の結論は、僕が漠然と思い描いていたものとは違うのかもしれないから。終局図が違うのであれば、そこまでの道のりも違うはず。そもそもスタートすらも違うかもしれない。だとしたら………」

「………」

駒箱の蓋《ふた》を閉める音だけが、圧迫感のある室内に響く。

それがまるで空銀子という存在そのものに蓋をするかのような行為に見えて、俺の心はザワついた。

「九頭竜先生が見せてくださった将棋は、確かに未来の将棋でした。何十年も未来の。もしかしたら百年後の」

つい先日、俺が篠窪太志《しのくぼたいし》七段と指した順位戦のことを言ってるんだろう。

あの将棋の記録係も登龍さんだった。

どんな戦型《せんけい》でも千日手《せんにちて》にしてしつこくこっちの研究を探ろうとしてくる《黒太子》にイラついて、俺は世界最速のスーパーコンピューターが見せた将棋を採用してしまった。

初手《しょて》に玉を真《ま》っ直《す》ぐ上がるという、遙《はる》か未来の将棋を。

「けれどあれは僕が見た未来とは違う」

「…………なに？」

聞き捨てならない言葉に思わず口調が荒くなる。

スーパーコンピューター《淡路》とぶっ続けで将棋を指し続けるという荒行の末に辿《たど》り着いた俺の未来を、登龍さんは否定したのだ。

たかが奨励会三段が。

「言うなればパラレルワールドです。僕が見たのは、もっと違うものだった。もっと純粋で、もっと複雑で、もっと明快なものだった」

矛盾してる。

だが、安易に反論はできない。《淡路》のことは秘密だ。俺や天衣《あい》が自由にアクセスできると公に知られれば大きな騒ぎになるだろうから。

「それを記録するために僕はここに来た。僕が相手では見えなかった未来へと、あの化け物ならきっと踏み込むことができるから」

さっきは雷のことを『祭神先生』と呼んで敬ってる感じだったが、やはり尊敬する姉弟子《あねでし》をトマホークで引き裂いた同級生に暗い感情を抱いているらしい。

——その気持ちには共感できる。

「でも一局目でよかったんですか？　三段リーグの最終日は一週間後でしょ？　二局目以降ならリーグが終わってから——」

「むしろ一局目でなくてはいけなかったんです」

確信に満ちた声で登龍三段は断言する。

今日の将棋は自分の三段リーグよりも重要だとでも言うように。

「このタイトル戦は番勝負にはならないから」

「は？」

何を言ってるんだ？　女流帝位戦は五番勝負だぞ？

ストレートで終わるとしても三局は指す。

記録係の精神状態に本気で懸念を抱き始めた俺だったが、関係者たちが入室し始めたことで会話はそこで中断された。

普段の対局室よりも狭い室内で、関係者たちは窮屈そうに動き回る。記録係である登龍さんも。

しかしその目はもう俺を捉《とら》えることはなかった。

彼女の待ち望む未来が現れたからだ。

「おはようございます。夜叉神《やしゃじん》女流二冠」

☗対局開始

「時間だ。始めなさい」

　定刻の九時になったことを告げる立会人の言葉はあまりにも素っ気なく、関係者たちは動揺した。普通はこんな感じだ。

『定刻になりましたので、祭神女流帝位の先手で対局を開始してください』

　しかし立会人の於鬼頭《おきとう》曜玉将は「始めなさい」と言ったきり言葉を補おうとはしなかったし、両対局者とも礼を交わすような常識人ではなかったため、これで十分ともいえた。

　この瞬間、女流帝位戦五番勝負は幕を開けたのだ。

　祭神雷と夜叉神天衣の、初めてのタイトル戦が。

「あはぁ」

　フラフラと左右に揺れながらだらしなく開いた口元から長くて赤い舌を覗《のぞ》かせる雷は、振り駒で先手を引いた瞬間からずっと喜悦の表情を浮かべ続けていた。涎《よだれ》すら流している。ガンギマリって感じ。

　いよいよヤバいが……ヤバいのは表情だけじゃない。

　この日、上座に座る女流帝位の装束は、奇抜という言葉がいかに生温《なまぬる》いかを体現するかのようなものだった。

左眼を覆《おお》う黒い眼帯は言わずもがな。

その眼帯に合わせるかのように、服も黒くてテカテカした紐《ひも》みたいなのの集合体。

ＳＭの女王様みたいな格好だ。

これまで公式戦ではタイトル戦を含みずっと学校の制服を纏《まと》い続けていた雷だったが、卒業したのか辞めたのか辞めさせられたのかは知らないが、とにかくそういう格好をしていた。

さすがに見咎めた連盟職員がどういう了見でそんな格好をしているのかと問い質すと、雷は何でそんなこと聞かれたのかサッパリわからんといった様子でこう答えた。

『え？　暑いから？』

以上。

「……立会人はどうして注意しないんだ？」

「……しても仕方がないからじゃないか？　対局させないわけにもいかないし……」

ヒソヒソと囁《ささや》き合う関係者の声に俺も同意するが、別の考えもあった。

――暑い……つまり冷却の必要があるからか？

父親である於鬼頭先生は俺と帝位戦で戦った際、第一局で頭部を剃り上げて来た。娘の雷が同じ発想に辿り着くのも不自然じゃない。

対する挑戦者の服装は、これに比べれば大人しいものだった。

とはいえ和装ではない。

夜叉神天衣女流二冠が纏うのは、漆黒のドレス。

——師匠としては和装を勧めるべきなんだろうが……。

責任を感じつつも、俺は今朝《けさ》、対局室に入って来た天衣を見た瞬間に、もう何も言えなくなってしまっていた。

あまりにも美しいから。

闇《やみ》の色でその身を覆った二人の女流棋士は危険な美しさに満ちていた。困ったことに俺たち将棋指しは基本的に美しくて危険なものに惹《ひ》かれる。だから誰もがヤバいと知りつつも二人の戦いを止めようとはしなかった。

そして両者は盤上でも将棋界の常識を悉《ことごと》く打ち破る。

「ひひひ！　ひひひひひひひひひ！」

ダウジングでもするかのように盤の上で掌《てのひら》をぐるぐるぐるぐるぐる翳《かざ》していた雷は、五分ほどそうしてから、唐突に駒を摑んだ。

その駒を見て——

「「えっ」」

関係者から声が上がる。

なぜならその駒が最初に動かされることなど、将棋の定跡《じょうせき》にはなかったからだ。

つい数日前までは。

「初手に……玉を⁉」

「５八玉……！」

「おい、この手って……」

ザワつくのも当然だ。

この手はつい先日、公式戦でトップ棋士が披露したばかりの手でもあった。

採用したのは――九頭竜八一《やいち》竜王。

「見て見て♡　やぁいち♡」

首だけをぐりんとこっちに捻《ひね》って雷が言う。

「そこの黒いガキなんかより、こっちのほうが八一を理解してるし好き好き大好き超愛してるってことを証明してやるさぁ♡♡♡」

「………………」

俺は気になって天衣の表情をチラッと盗み見た。

仮に《淡路》の指し手を雷がコピーできるとしたら……後手《ごて》を引いた天衣にとって、かなり苦しい状況だ。

なぜなら俺が《淡路》と対局したとき、この手を指されて全く歯が立たなかったから。

「ふっ」

しかし天衣は特に考える様子もなく角道を開けた。実に人間らしい手つきで。

──角を持ち合って千日手にするつもりか？

それもまた《淡路》が導き出した限定的な将棋の結論だった。角交換して互いに角を持ち合えば千日手になるというのも。

──だとすれば……後手にとってこの将棋は玉ではなく角を追うゲームになる。

「退出を」

立会人はそれだけ言うと、さっさと立ち上がって部屋を出る。

対局者の二人と記録係の登龍さんだけを残し、そそくさと関係者たちは退出した。むしろ逃げるように。


対局室を出たところで声を掛けられた。

「九頭竜君」

於鬼頭先生が、俺を待ち構えていたのだ。超ビビる……。

「少し付き合ってくれ」

「検討ですか？」

「いや。散歩だ」

首を横に振ると、立会人は公平さからかけ離れた声音で口にする。

俺にとっての対局開始の合図を。

「父親として、娘の初めての恋人に対して問《と》い質《ただ》したいことがある」

「……まずは恋人じゃないってところから説明させていただいてもいいですか？」

九頭竜一門にとって勝ち目の薄い戦いが始まろうとしていた。

☖　怪談

「けど、本当に驚きました！　雷と先生が親子だなんて」

館内を並んでブラブラと歩きながら俺は於鬼頭先生にようやくそのことを伝えた。人生で確実に三本の指には入る驚きだ。

「私も驚いた。まさか君が娘の初恋の人とは」

「だからそれは違う…………いやまぁ雷にとっては違わないのかもしれないですが、俺にとっては違うんです！」

「説明を求める」

「雷の……娘さんのお気持ちはともかく、俺にはずっと好きな人がいるんです。小さい頃からずっと一緒にいて、これから先もずっと一緒にいたいと思っています」

「相手もそう思っているのかな？」

「逆にうかがいますけど於鬼頭先生はどうして雷の母親と結婚しなかったんです？」

俺は反撃に転じるふりをして話題を逸《そ》らした。

銀子《ぎんこ》ちゃんが何を決意し、俺との間にどんな形の未来を望んでいるのかは、確信が持てなくなっていたから……。

「将棋指しにはありがちな理由だよ」

於鬼頭先生の説明は素っ気なかった。

「私はまだ若く、将棋が全《すべ》てに優先した。そんな私に、彼女が愛想を尽かした。恋人としては辛うじて及第点でも父親としては明らかに落第だと思ったのだろう。正しい判断だ」

「……」

そんな説明だけでわかってしまう自分が嫌になる。

本気で将棋に取り組めば時間はいくらあっても足りない。

対局は深夜まで続き、しかも勝敗が人生に直結する。本人よりも見守るほうの神経がもたないだろう。

だから将棋界やお隣の囲碁界では同業者でくっつくことが多い。出会いが少ないというのもあるだろうが。

「シングルマザーで生活には苦労したようだが、娘の存在を私に明かすようなこともしなかった。あの日までは」

公開の対局でコンピューターに敗れた於鬼頭先生は自殺未遂をしたが、病院で目を覚ましたときに雷のお母さんが訪れ、娘の存在を伝えた。

そして『養育費を払ってほしい』と言ったのだ。

初めてこの話を聞いたときも、於鬼頭先生に生きる理由を与えるためにそういう表現をしたということは理解できた。

もっと深い事情を聞いた今、その思いはさらに強くなる。

雷の母親は、彼女なりの方法で、於鬼頭先生を今も愛しているのだろうと。

「それからは会うようになったんですか？　三人で」

「娘と二人で会う機会を持つようにはなった。母親は今も仕事が忙しいと。私が払う養育費は娘のためのものだと言って、生活費には使おうとしない」

「ちなみに……何のお仕事を？」

「介護職だ」

昨夜見た夢と一致した。背中を冷や汗が流れる。

――偶然だ。偶然……。

必死にそう自分に言い聞かせるが、ここまで来ると偶然以上のものを感じざるを得ない。

《淡路》と対局して俺は将棋の未来を見た。

その経験が……俺に過去を見る能力も授けた、のか……？

――馬鹿馬鹿《ばかばか》しい!!　んなわけあるかッ!!

「しかし、そうか。君には他に相手がいるのか」

そんな俺の葛藤《かっとう》に気付くはずもなく、先生は言う。

「父親としては複雑な心境だな。まだ娘を手放したくない気持ちもあるが、君であれば安心して娘を託すことができるとも期待していた」

「男として信用していただいているのは嬉《うれ》しいんですが……」

「男として？そうではない」

足を止めてこっちを振り向くと、於鬼頭先生は真面目《まじめ》な顔で言った。

「君も娘と同じだからだよ。九頭竜八一。娘と同じように…………人間ではない」

「……どういう意味ですか？」

「娘に将棋を教えたのは元プロ棋士の老人だ」

「元……？」

その言い回しに違和感を覚える。

なぜならプロは引退してもプロとしての立場を維持するから。

その地位を失うには……自己都合で将棋連盟を退会するか、もしくはかなり珍しいパターンだが『除名』という制度がある。

「その老人は、とある大棋士の個人秘書のような役目を果たしていたのだという。その棋士の名前で本を書き、代役として表に出来ないような行為にも手を染めた」

「そして……切り捨てられた？」

「今となっては真相はわからないが、その老人は連盟を追放されてからも別のプロの名を騙《かた》って本を書いていたらしい。昔はそういう適当な棋書《きしょ》も多かった」

「確かに昔の本は、よくわからない出版社から出てる本もありましたけど……居飛車《いびしゃ》党の先生が振《ふ》り飛車《びしゃ》の本を書いてたり」

名前を騙られたプロが気付いた頃には出版社が消えているというシステムだ。供御飯《くぐい》さんと本を作ったときにそういう話を聞いたことがある。

「しかしそんな生活にも終わりは来る。やがて誰からも忘れられたその老人は、最後には行政の運営する介護施設でひっそりと暮らすことになった。将棋を指せる相手もいない場所で、たった一人で棋譜並べをしながら」

「っ……⁉」

俺は慌てて周囲を見回した。真夏なのに震えが止まらない。

今は企業の保養施設になっている、この会場。

以前は特殊な病院だったという曰く付きの建物。

「まさか…………」

「その推測は正しい」

於鬼頭先生は俺の心を読んだかのように頷いて、

「ここはその老人が亡くなった場所だ。娘が老人と出会い、そして将棋を教わった場所でもある」

あ、あの夢の舞台はここだった……⁉

膝《ひざ》が勝手に震え出す。まるで怪談だ。

「娘にはその老人の声が聞こえるらしい。昨日も虚空に向かって会話をしていたよ。どこから出ている声なのかは、私には理解できないが」

それから先生は俺を見て、至極真面目な表情で尋ねてきた。

「君には聞こえるか？」

「…………ちょっと……わからないです……」

夢で見た、老人と少女の物語。

あまりにもリアルなあの夢が現実のものかもしれないという馬鹿げた考えに、俺の理性は必死に抵抗していた。いや、でも…………。

「私はその老人のもとを訪ねた。亡くなる直前に」

「会ったんですか⁉」

「あれを会ったと言っていいものか……部屋の中に詰まれた医療用の紙オムツを見れば、その老人がどんな状態かはすぐにわかった。老人がプロ棋士だった頃に対局したことのある棋士の名前を出せば微《かす》かに反応するが、それ以外は全く反応が無い。少なくとも私には、全く反応は伝わってこなかった」

俺の夢の中でも、老人は次第に衰えていった。

そして最後は幸せな気持ちと共に人生を閉じたが――

「娘の母親はその老人を介護していた。彼女は毎日、老人に話しかけたそうだ。そしてほとんど返事は得られなかったと」

「…………え？」

「わからないか？」

於鬼頭先生は俺の目を見ると、怪談のオチを告げるような淡々とした口調で言った。

衝撃の事実を。

「娘に将棋を教えた頃にはもう、その老人はとっくに他人とコミュニケーションを取れるような状態ではなかったのだよ」

「っ…………！　そ、そんな……⁉」

愕然《がくぜん》とした。

俺が見た夢の中で、老人は雷に語りかけ、将棋を教え、愛情を与えていた。人生の最後に起きた奇跡に感謝していた。

――じゃあ…………あれは何だったんだ？

老人の主観で語られたあの夢は？

どうして俺は……現実ではないそんな物語を夢に見たんだ……？

「将棋を教わったという表現は正しくないな。実際には、老人が一人で繰り返している棋譜並べを娘が見続けていただけなのだから」

「ちょ、ちょっと待ってください！　棋譜並べを見るだけで将棋を覚えた⁉　そ、そんなことができる人間、いるわけが――」

「その話を聞いて私は確信した。娘は形を見ることで情報をやり取りすることができる、特殊な才能を有していると」

「かたち……ですか？」

「たとえば、表情」

能面のような自分の顔を手で撫でながら先生は羅列する。

「微妙な手の動き。瞬きの回数。常人には雰囲気としてしか捉えることのできない全体の微細な違い。将棋でいえば駒の配置。そういった視覚的に得られる情報の全てを通して、娘は老人から将棋を教わった……と、本人は主張している」

「……有り得ないですよ………」

しかしいくらこの説明を否定しようとも、その老人を通じて祭神雷がプロ棋士に匹敵《ひってき》する棋力を得たという事実を否定することはできない。

「そうだ。普通ではない。娘は言葉による論理的なコミュニケーションを取ることができない代わりにその能力を授《さず》かった」

そしてある日突然父親になった男は、こう言ったのだ。

「あの娘を得て、私はディープラーニング系の将棋ソフトを開発する決意をした」

☗ディープドリーム

「嫌いなのよ。一人で食事するのって」

対局が昼食休憩になると同時に俺は天衣の控室に出頭を命じられた。対局者様のワガマ……要求は、タイトル戦では無視できない。

とはいえ限度ってものがある。

「天衣、お前なぁ……」

竜王が弟子の小学生と密室で二人きりになることが様々な憶測を呼ぶのは間違いない。地方の対局までわざわざ付いてくるのだけでも怪しいのに。ロリコン的な意味だけではなく将棋的な意味でもな！

「こういうのあんまりよくないぞ？　誤解を受けるだろ、誤解を」

「貴方《あなた》が副立会人なら問題かもね」

お嬢様は全く意に介した様子が無い。

普段は口にする機会の無い東北の料理に舌鼓を打ちながら、

「けど今日は観戦記のための解説者でしょ？　弟子とランチを一緒しても何の不都合もないはずよ。局面のことを話さなければ、ね」

「……一応、連盟の職員さんに俺のスマホも預けてきた」

タイトル戦の最中に対局者をどこまで隔離すべきかは難しい問題だ。

過渡期ということもあり、ここはまだ制度が固まっていない。

対局者の電子機器は前日から携帯不可だが、記録係や記者といった関係者は持ち歩けるため、不正をしようとすればいくらでもできる。

それ以前に、女流棋士より遥かに強いプロ棋士なら、電子機器なんか持たなくても局面についてアドバイスができてしまう。

――とはいえ今日の将棋は例外中の例外だが。

午前中の局面だけでも既に従来の将棋観から掛け離れ過ぎている。特に先手《イカ》の指し手は、今の俺をもってしても理解が難しいほどブッ飛んでる。

「ところで、さっきの於鬼頭曜との話のことだけど――」

局面の話はできないため、俺は自分の見た奇妙な夢と、於鬼頭先生から聞いたことを天衣に伝えていた。

小学生でもいいから俺のこの怪談じみた体験を誰かに聞いて欲しい。

——天衣ならきっと『はぁ？　バカじゃないの？』と笑い飛ばしてくれる！

そう思って、批判を受ける覚悟で食事の誘いに応じたんだが……。

しかし天衣は俺の話を否定するどころか、こんなことを言い出した。

オカルトじみた話を。

「アポフェニアって知ってる？」

「俺が中卒だって知っててそれ聞いてるか？」

天衣は師匠の反論を鼻で笑ってから、箸《はし》を使って上品に寿司を食べる。ムカつくぜ……。

「……で？　何なんだその……アポフェニア？　ってのは？」

「不規則なノイズみたいなものから法則性を導き出してしまう人のことをそう呼ぶの」

「ッ……！」

かつて俺は、ありもしない体系的な思考がソフトの指し手の中に存在すると錯覚している、と指摘されたことがあった。

それを言ったのは、二ツ塚未来《ふたつづかみらい》四段。於鬼頭先生の研究パートナーだ。

東大生にしてプロ棋士。そして将棋ソフト開発者でもある。

高い技術力と専門知識から《ソフト翻訳者》の異名すら有するその人物にも、俺は雷との共通性を指摘されていた。

あんたらは人間以外の何かだ、と。

「そのアポフェニアの一種に、パレイドリアというのがあるわ。ランダムデータの中から視覚的に別の情報を引き出してしまう現象……わかりやすく言うと、柱の木目が人間の顔に見えるとか」

月の表面にウサギが見えたり。

天井《てんじょう》のシミが何か意味のあるものに見えたり。

そういったもののことを示す言葉だと、天衣は言った。

「これはコンピューターでも発生することが知られているわ。ディープラーニングが画像認識する過程で、本来なら見えないはずのものを浮かび上がらせてしまうことが」

「まるで心霊写真だな……」

「研究者たちは、不思議なその現象をこう呼んだ。『ディープドリーム』とね」

「深い……夢？」

「過剰適応の結果、コンピューターが人間と同じような過ちを犯す。面白いでしょ？　アンドロイドは電気羊の夢を見るのよ。そして――」

ナプキンで口元を拭ってから、天衣は言った。

「アポフェニアもパレイドリアも、精神疾患の一種とされているわ」

「精神……疾患………」

「祭神雷については、以前から興味深い対象だと思っていた。私にとっては不快感よりも興味が勝る存在ね。師匠《あなた》は違うんでしょうけど」

研究者としての顔を覗かせつつ、夜叉神天衣は囁く。

世界最速のスーパーコンピューターを駆使して将棋の未来を掴もうとする稀有壮大《けうそうだい》な少女が高揚しているのを、俺は感じていた。

「以前対局した時ですらソフトの思考が感情に影響を与えていたわ。空銀子や椚《くぬぎ》創多との対局では人間を捨ててると感じた。今日の将棋も凄《すご》いわよ？　人間としての祭神雷に会えるのは、今日が最後かもしれないわね」

「……ソフトの指す将棋を学習することで、雷が心を病んだっていうのか？」

「少し違う」

俺の言葉を天衣は訂正する。

微妙だが、だからこそ大きな違いを。

「コンピューターの思考を、祭神雷は盤面という画像として認識し、学習したわ。それが人間には少し……負荷が強すぎた」

「…………」

「学習によって脳の構造が変化し、コンピューターに似れば似るほど、得られる情報は増えていくわ。だから将棋は強くなる。そして同時に機械が持たないものを削ってゆく」

「機械が持たないもの？　つまり……心を、か……？」

重度の認知症患者が集められた高齢者施設で雷は育った。

そんな環境で、幼い雷は少しでも人間の感情に触れようとした。愛情を求めた。物言わぬ人々から。

その中で一人だけ、棋譜並べという方法で感情を表現できる人間がいたとしたら？

そしてそれを雷が愛情だと錯覚したら？

だとしたら……。

だとしたら、あまりにも悲しいだろ？

俺たちが戦いだと思っている行為を、雷は愛情だと勘違いした。そして今はその感情すらも失おうとしている。

雷が将棋界でやったことは、許されない。

俺も許すつもりはない。あいつが無邪気に姉弟子を傷つけたことを。

それでも、あの怪物が心すらも奪われるのだとしたら……。

「時間ね。行くわ」

天衣は立ち上がって身支度を調えると、時計や扇子《せんす》の入ったポーチだけを携えて部屋を出ようとする。

「天衣！」

思わず俺は叫んでいた。立ち上がって叫ばなくては、やりきれなかったから。

黒衣の少女は翼《つばさ》のような髪を翻《ひるがえ》し、振り向く。

「なに？」

「………………いや」

対局相手の出自。これから自分が狩ろうとする怪物が、実はただ愛情を求めただけの悲しい存在なのだという推測を、天衣は語った。

——……戦えるのか？　それを知っても。

その言葉を投げかけることはできなかった。

そうしたらきっと、勝負に影響してしまうから。


「そろそろ検討を行おう」

関係者控室でお茶を飲んでいると、対局再開の儀式を終えた立会人が戻ってきて、俺に声を掛けてきた。

「九頭竜君は世界最速のスーパーコンピューターが動かすディープラーニング系ソフトを使用できるのだろう？　ぜひその評価を聞かせてもらいたい」

「……」

於鬼頭先生は俺と話すことに全く気まずさを感じていないようだ。

——この人にも感情ってものが無いのかもしれないな……。

共感を抱き始めていただけに、どこか裏切られたような思いすら感じながら、それでも俺は先生の言葉に従う。

「《淡路》。現局面の評価をくれ」

俺がスマホに喋り掛けると、画面に数字が表示された。

もちろんこのスマホで計算しているわけじゃない。神戸《こうべ》にあるスーパーコンピューターをリモートで動かしているのだ。

「先手がいいと《淡路》は言ってます」

「この局面をそう評価するのか？　私のソフトでは数値が安定しないが……強すぎるな」

「雷の手順は初手の５八玉を含めて全て《淡路》の最善と一致していますからね」

そこまで言って、俺は逆に問いかける。

「於鬼頭先生が開発したソフトもディープラーニング系ですよね。名前は付けたんですか？」

「いや」

短いが、明確な拒絶の響きがあった。

自分の手の内は明かさないその姿勢に苛立《いらだ》ちが復活する。

「……俺はこの《淡路》と一ヶ月近く将棋を指し続けました。ぶっ続けで」

「ほう？　興味深い取り組みをしているな」

「それでも今の雷ほど《淡路》と同じ手を指せるなんて言えない。ましてや初手５八玉は、他のどのソフトも示さない手です。《淡路》の棋譜を学習しなければ指そうなんて誰も思わない」

於鬼頭先生の言葉を遮《さえぎ》るように俺は喋り続ける。

本来なら秘密にすべきことだが、言葉が止まらなかった。

「でも雷が見ることのできた《淡路》の棋譜は、俺が篠窪さんと指した将棋を含めたとしてもたった一〇一局です。それだけで《淡路》の指し手をここまで再現できるのは……ちょっと信じがたい」

しかし仮に、雷が天衣の言うアポフェニアだとしたら？

《淡路》の棋譜をもとに、自ら深い夢《ディープドリーム》を見て、似たような棋譜を自己生成できるとしたら？

俺は医者でも科学者でもない。

ＳＦとオカルトが混ざった素人の妄想かもしれない。ここに来てからは特に、夢と現実がごちゃ混ぜになってる。

それでも盤上に限って言えば……雷はそれをやっていた。

「さっき先生はご自分の開発したソフトに名前を付けていないと言いましたよね？　だったら俺が言ってやりますよ」

「……」

「その名前は――――祭神雷」

雷はディープラーニングを生身で行うことができる、世界でもごく限られた才能を有する人間だ。

於鬼頭先生は雷のその才能を知り、ソフトで生成した学習用のデータを喰《く》わせ続けた。雷の才能の精度を上げるために。

こんなことをした人類は史上初だろう。

天衣が《淡路》というスーパーコンピューターを使用して行った実験を、於鬼頭先生は実の娘の脳ミソを使ってやったのだ。

その結果……雷は《淡路》の指し手を再現することに成功した。

「一つだけ教えてください」

俺はドスの利《き》いた低い声で言う。

これだけは絶対に聞いておかなくてはいけなかった。

「於鬼頭先生は………雷を実験台にしたんですか？　実の娘を……」

ソフトに負けて自殺未遂をして、目を覚ました瞬間。

そのソフトを超えうる才能を宿した娘が齎《もたら》された。

だとしたら……ソフトに対する復讐を考えたんじゃないのか？

「それをすればするほど、あいつは人間から離れていく。確かに将棋は強くなるかもしれない……けど！」

何度だって言うが、祭神雷は俺の大切な人を傷つけた。だから絶対に許さない。あいつが壊れようがどうでもいいし、機会があれば俺が奴《やつ》を銀子ちゃんと同じ目に遭わせてやりたいと思っている。

でも。

それでも俺は叫んだ。

夢の中の老人が、俺を叫ばせていた。

「それで雷は幸せになれるんですか⁉　あなたは自分と同じように、コンピューターに娘を殺されてもいいんですか⁉　せっかく出会えた実の娘を‼」

「では逆に問おう」

ガラス玉のような両目で俺を見据え、於鬼頭先生は言った。

「君は弟子が強くなることを望んだ時に、それを止めることができるのか？　仮にそれが倫理に反する手段だとしても」

「っ……‼」

「君の弟子が勝つか、それとも私の娘が勝つか」

形勢が徐々に開きつつある現局面に視線を移しながら、於鬼頭曜玉将は静かに呟く。

「見届けよう。どちらの……愛が勝つのかを」

愛情の深さすらも将棋で決めようと言い放つ棋士を前にして、俺はもう、何も言うことができなかった。

帝位戦と女流帝位戦を主催する新聞五社連合は動画配信に消極的な団体だ。

このご時世にあまりにも呑気で時代遅れだと思うが、とはいえ雷の対局姿を全世界に配信するのは誰だって気が引ける。

今回の女流帝位戦もカメラは盤面を撮影するために天井に設置されたものだけで、控室では両対局者の利き手と声がかろうじて確認できた。

『ヒヒッ！　ヒッ…………ヒヒひひひヒヒ‼』

そんな天カメだけでも、雷が多幸感に満たされている様子は存分に伝わってくる。

奇声を発しながら人差し指一本でスイスイと駒を動かし、さらに着手はほぼ全てがノータイムときた。最も時間を使った指し手は初手の五分間。意味がわからない。

局面は極めて複雑怪奇。

分類上は居飛車で始まった対局だったが、飛車が幾度もスライドし、大駒《おおごま》の交換も行われているため、もはやそういった分類は無意味になっている。

これまで人類が指したことはもちろん、研究も想像もしたことがないような駒の配置にもかかわらず、雷は全く時間を使わず進めていく。

その指先の軌跡はまるで稲妻。

絡み合った駒の利きを引き裂くかのように超高速で動く。二つ名である《捌《さば》きのイカヅチ》

そのものだ。

　対する天衣は、静かだった。

『……………』

　まあ将棋じゃそれが普通だが……俺には天衣がどんな様子か、だいたい想像が付く。

　片目の前に手を翳して慎重に盤面を確認しながら、ひたすら丹念に読みを深め、小刻みに時間を使いながら次の一手を選んでいるんだろう。

　従来の大局観は全く通用しない異常空間。

　そうであればベタ読みによって裏付けるしか、自分が有利なのか不利なのか把握すらできないのだから……。

『夜叉神先生。残り一時間です』

『っ……』

　記録係の声に続いて、小さく舌打ちをする音がした。天衣の手はまだ盤に伸びない。

『ひゃっひゃっひゃっ！』

　対局室には雷の甲高い笑い声だけが響いていた。

「雷が抜け出しましたね」

《淡路》の評価を確認して、俺は静かにそう言った。

この段階ではもう人間の目でも先手がはっきり抜け出したように見える。

「こちらも同様の評価だ。明確に先手良しを示している」

於鬼頭先生も静かに言った。

コンピューターが指し継げば、ここから天衣が逆転する可能性は、ほぼ無い。

あとは雷のミスを待つだけだが……。

「先ほど君は、私が娘を利用したと言ったな？　娘を……雷を使うことで、私がコンピューターに対して復讐をしたいのだと」

「それが何か？」

「私がコンピューターと戦った時に感じたのは、憎しみでも絶望でもない」

唐突な昔語りに戸惑う俺に、歴史上初めてコンピューターに敗北したプロ棋士は言う。

この場に最も似つかわしくない単語を。

「『愛』だ」

「…………………は？」

「君もスーパーコンピューターと戦ったのだろう？　感じなかったか？　圧倒的な強者に対する憧《あこが》れや羨望《せんぼう》を。気付かなかったか？　その将棋の美しさに」

「ッ……‼」

俺は一ヶ月近くも《淡路》と対局を続けた。

それは最初、苦痛でしかなかったが……確かに途中で気付いたのだ。それまで指していた人間由来の将棋をアンインストールし、機械の将棋をインストールすることで。

あの時間の、圧倒的な楽しさに。

でも俺は《淡路》に幼い頃の姉弟子を投影することで自分を錯覚させていた。

――そうしないと心が死ぬと思ったからだ。けど……。

振り返ってみて、こうも感じる。

――そんなことしなくても俺は人間を捨ててたんじゃないか……？

「娘が君のことを愛しているのも同じことだよ」

時間がたてばたつほど《淡路》の評価は雷に傾いていく。

まるで《淡路》と雷が同化していくかのように。

「将棋を覚えてからも、娘の才能は異質だった。誰ともわかり合えない孤独の中で、九頭竜八一という才能に出会えた……その時の衝撃はおそらく、暗闇《くらやみ》の中で初めて光を見たほどのものだったのだろう。今なら君にも理解できるのではないか？　棋譜だけで人を愛するようになった、その純粋さを」

「………俺には理解できませんね。雷のことを好きになることもないし」

動揺を気取られないよう敢《あ》えて素っ気なく答える。心臓はバクバクだ。

「では君は今後、誰と将棋を指すのだ？」

「誰って……」

「空銀子か？　プロになったとはいえ彼女が君と平手で戦えるようになることは絶対にない。同世代にも、下の世代にも、君の敵はいない。君に対抗できる才能は名人だけだが、その力はもう長く維持されることもあるまい」

「それとこれとは関係ないでしょ？　将棋が強い存在に憧れるのはわかりますけど、それと恋愛をごっちゃにするのは明らかにおかしい――」

「では問いを変えよう」

左右両側から玉を追い詰めるかのように雷の父親は問いを突きつけてくる。

「いずれ君は娘と最も長い時間を共有する。空銀子はそれに耐えられるかな？」

「っ………………！」

「親切な少年が教えてくれたそうだ。制度上、君と一七一日間も一緒にいられると。全てのタイトル戦と一般棋戦で君と戦う場合な。それを聞いてから、娘はプロになってもいいと言い始めたよ」

想像を絶する悪夢を前にして俺の呼吸は乱れた。本当にそんな未来が訪れるのか……？

だが幸か不幸か、於鬼頭先生の追及はそこで途切れる。

「お、おい！　あれを見ろ‼」

モニターを見ていた関係者たちが騒ぎ始めたのだ。

「女流帝位が眼帯を外したぞ⁉」

「どういうことだ⁉　終局が近いってことか⁉」

天カメには雷の顔が映っていた。

画面いっぱいに。

つまり立ち上がってカメラに顔を寄せているのだ。

『やぁぁぁぁぁぁいイイイイちぃぃぃぃぃぃぃぃぃぃ』

雷は俺の名前を叫んでいた。

『よぉぉぉぉぉぉぉく見ててよぉ！　将棋指す時みたいに眼鏡《めがね》して見ててよぉ！　こっち、これから八一みたいな手ェを指してあげるからさぁぁぁぁぁぁ♡♡♡』

眼帯を外した雷の左眼がカメラ越しに怪しく光って見えた。

瞼《まぶた》を持たない魚のように剝《む》き出しになった眼球はグリングリンと高速で動き続けている。盤すら見ていないこの目はいったい何を見据えているのだろう？

『わからせてやるよぉ』

そして控室の会話を聞いていたかのように、雷は宣言する。

『あの創多《ガキ》でもこの天衣《ガキ》でも、もちろんクソ白髪《ぎんこ》でもなく、この祭神雷ちゃん様こそが八一にふさわしいってことをわからせてやんよぉぉぉぉぉぉ‼』

☖ 白夜

「そろそろ座ったら？」

爪先立ちになって天井カメラを見上げながら叫び散らしているタイトル保持者に向かって、夜叉神天衣は静かに着座を促した。

「私は指したわよ。だから今はあなたの手番」

「あァ〜〜〜〜〜？」

明らかに苛立った様子で雷は右目で天衣を睨み付け、そして左目で盤面を確認する。

「はぁはぁそうですか。そんな威張るような手ですかねぇメスガキ死ねよ八一がこっちの指す瞬間を見逃したらどうすんだボケ次の手で殺すぞ？」

『油断するな』

「あぁ。わかってるよ、おっちゃん」

『最近のお前の負けは全て頓死《とんし》だ。本当にわかってるのか？』

「わかったわかった！　わかったてば！　ちゃぁぁんと読みますよぉぉぉぉんだぁ」

雷は記録机の上座側に向かって煩《わずら》わしげに手を振ってそう言った。

「……？」

机の中央に座る登龍は薄気味悪げに自分の右隣を見るが、もちろんそこには誰もいない。

「さぁて………じゃ、読みますよー」

座布団の上に蹲踞《そんきょ》すると、雷はそのまま首を伸ばして両目で盤を見た。

普通の人間には、それはただの木でしかない。

棋士にとっては『見る』ことで駒同士の利きを把握し、そして『読む』ことで大量の選択肢を比較検討する対象となる。

だが女流帝位である祭神雷が『読む』と表現する行為は、独特だ。

そこには純白の空間が広がっていた。

「あはぁ！」

雷は両目を大きく見開くと、その白い空間に向かって手を伸ばす。

「ひらぃぃふふふふぅぅつぅつぅぅつっつぅううううううう」

口から漏れる言葉はもはや意味を成していない。

深層学習系のコンピューターを模した思考をすることで、雷の脳内は言語によって記述することが難しくなっていた。

だがそもそも雷にとって音声言語は必要ない。

彼女の脳は視覚から得る情報を処理するだけで精一杯だったし、その情報だけで普通の人間の何万倍も世界を理解できるから。

その能力をフルに使って、雷は局面を予見《み》る。

それはほとんど未来予知と同義。

この将棋の先に起こることが膨大な画像となって雷の脳内をキラキラと彩《いろど》っていた。

もはや勝ちは確定した未来。

この一局だけではなく女流帝位戦は雷の三連勝で終わる。

しかし目の前の小学生は不敵な笑みを浮かべたまま、こんなことを言ったのだ。

「貴方は既に旗を立てている」

……は、た?

視覚に特化した雷の脳内は天衣の声帯が発した空気の揺らぎを関知することがほとんどできなかった。

唯一聞き取ることができた『旗』という単語を、雷の脳はイメージする。

一瞬で様々な旗の画像が浮かんだ。

国旗。

白旗。大漁旗。

四角い旗。三角の旗。半旗。ビーチフラッグ。

旗、旗、旗旗旗旗旗はたはたはたはたハタハタハタハタ旗旗旗旗旗旗旗…………。

あまりにも多すぎて種類を特定できずにいる雷は、再び持ち時間を消費した。いったいどれのことだろう?

その旗の名前を天衣が教える。

「死亡フラグよ」

翼のような長い黒髪を持つ少女は、言葉と共に右手を繰り出す。

意味のある手には見えない。雷はすぐにそう判断した。

「あかぐもあぁちあああい」

意味の通らない言葉をまき散らしながら雷は次の一手を見出そうとさらに大きく目を見開く。

――あはぁ！　将棋って、やっぱきれいだなぁ。

この場所で初めて目にした時から、雷にとって将棋だけは輝いて見えた。他のものは全て黒く塗り潰されているのに。何の未来も見えないのに。老人が駒を並べた将棋盤だけが未来への光に満ちていた。

そしてその光はどんどん強く、大きくなっていく。

――なんだよ死亡フラグって！　こんなにもみんな元気だってのにさぁ!!

今、雷の目にはこの施設で出会った全ての老人たちの姿が見えていた。月のない夜のように真っ暗だった自分の過去すらも幸せに輝いて見える。

――おっちゃん！　こっち、見つけたよぉ！

誰からも理解されず、誰のことも理解できなかった少女は、ようやく見つけたのだ。

幸福な未来への認定状《パスポート》を。

タイトルを持ちA級棋士でもある父親が立ち会ってくれたこの対局で、この地上で自分と同じ才能を持つ唯一の男性にプロポーズをする。彼はもうそれを拒むことはできない。拒んだところでもう八一は人生の大半を雷と過ごすしかなくなるのだから。

強くなれば何でも手に入ると教えてくれた老人の言葉は本当だった。

『よかったな。雷』

――うん！　おっちゃん！

祭神雷はもう孤独ではなかった。

この将棋の先に、純白のウェディングドレスを着た自分の姿が見え――――

その瞬間、雷の両目から大量の血液が噴き出した。

「め…………」

光はあっというまに赤黒い現実へと塗り潰されていく。雷は失われた光を掻き集めるかのように両手で目を覆うが、その指の隙間からボタボタと血が流れ落ちていった。

滝のように勢いよく。

止めようのないほどに。

「め、眼鏡を…………だれか……眼鏡をください……」

雷は両目から血を流しながらそう言った。

目が見えないから。

だから眼鏡が欲しかった。それがあればきっと、さっきまで見ていた幸せな光をもう一度見ることができるはずだから……。

「見えない………だ、誰か………眼鏡を…………」

ぐらり。

不安定になった上半身が前後にゆらゆらと揺れ、祭神雷はそのまま将棋盤に顔を近づけていった。そうすれば駒が見えると思ったから。

けれどそれは無駄だった。

光学センサーとしての役割を果たす両目が、赤黒い血によって覆われてしまっているのだから。

「…………ください…………」

それが、祭神雷が発することができた最後の言葉だった。

盤上の血溜《ちだ》まりがどんどん広がり、溢れたその血が畳に滴るポタポタという音だけが対局室に響く。

「ひっ……！　ひぃぃぃぃぃぃぃぃぃぃぃぃぃぃぃぃぃぃぃぃぃぃぃぃぃぃぃぃぃぃぃぃぃっっ⁉」

記録係の登龍は悲鳴を上げて盤側《ばんそく》から後退《あとずさ》った。

あまりの勢いに背後の襖が外れて倒れる。

その様子を醒《さ》めた目で眺めていた夜叉神天衣は水差しに手を伸ばすと、グラスに入れた水を静かに飲み干した。

渇いた喉《のど》を潤すために。


「まだ指さないのか……？」

控室で対局の推移を見守っていた九頭竜八一は、緊張に耐えかねてそう言った。

もはや形勢は弟子の必敗。

そして天衣が最後に指した手は、首を差し出したようなものだった。攻め合ったように見えて実は介錯《かいしゃく》を求めているのだ。形作りだろう。

何か話していたような声も聞こえたため終局したかとも疑ったが、手番は雷だ。そしてその雷は盤に顔を近づけたまま、次の一手を指そうとしない。

——あとは雷が刀を振り下ろせば投了《とうりょう》するはずなのに……。

八一は首を傾げた。勝利を目前にして慎重になるような性格ではない。

いったい何が雷を押しとどめているのか？

その時ふと、スマホの画面が目に入る。

「あ？」

そこには目を疑うような数値が表示されていた。

それまで先手の勝勢を示していた《淡路》の評価が、いつのまにか逆転していたのだ。

「《淡路》が反省した⁉　まさかッ⁉」

それはつまり、先手の雷が負けになったということ。

しかしついさっきまで雷が勝勢だったのだ。その指し手はずっと《淡路》の最善手と一致していた。雷にミスは無い。

では後手の天衣が《淡路》を超える一手を指したというのか？

「ふ、不可能だ……こんなこと………」

目の前で起こったことに八一は混乱していた。マシントラブルか？　それとも《淡路》には何らかのバグが存在するのか？　そうでなくてはとても説明が付かないようなことが今、対局室では起こっている……。

ガタッ。

物音がした方を見た八一は、更なる驚きに目を見開く。

「……先生？」

於鬼頭曜玉将が控室を出て行こうとしているところだった。

行くところがあるとすれば——

「於鬼頭先生⁉　まだ対局は続いてますよ⁉　先生ッ⁉」

勝負の佳境で立会人が対局室に入ると、それによって『終局近し』のメッセージを対局者に伝えてしまいかねない。

だから最近のタイトル戦では、観戦記者以外は終局後に対局室へ入るのが一般的だった。

八一の呼びかけにも振り返ることなく於鬼頭は真っ直ぐ控室を出て行く。

それが娘の体調を心配してのことなのか、それとも形勢がピンチを迎えたことを入室によって警告するためなのか、八一には判断が付かなかった。

雷の手はまだ盤に伸びない。

対局室で何かとんでもないことが起こっているのも、また事実。

「チッ……！」

椅子の背もたれに掛けていたスーツの上着を掴むと、八一も立会人に続いて対局室へと向かった。

神となった少女

立会人の於鬼頭先生に続いて俺も対局室に入る。入口の襖はなぜか外れており、腰を抜かした様子の登龍さんが半分部屋から飛び出していた。

そして対局室には――――衝撃の光景が広がっていた。

「い、雷⁉」

俺は眼窩《がんか》から血を流して固まっている雷の名前を思わず叫んでいた。

──これはヤバい！

どう見ても対局の続行は不可能。

それどころかすぐに治療が必要な状態だ。目から血が出るなんて普通じゃない！

──助けるか⁉　いや、でも……。

対局はまだ続いている。

手を出せば加勢したと見做《みな》されて反則になるかもしれない。一般人であれば即座に助けるであろうその状況で、集まった大人たちは誰一人としてその少女に指一本触れることができないでいた。

将棋を指す者にとって、勝敗とは命と同じか……それ以上に神聖なものだから。

──どうする⁉　立会人に直訴するか⁉

俺は於鬼頭先生の背中を見ながら、なおも躊躇《ためら》っていた。先生と雷は実の親子だ。その関係性が、判断をさらに難しいものにしていた……。

「ようやく来たの？　随分と遅かったわね」

嘲《あざけ》るような天衣の言葉には応じず、於鬼頭先生は記録係に尋ねた。

「残り時間は？」

「ま、まだ一時間以上残していらっしゃいます。こ、ここ、こ……この手で十七分使われていますが……」

「もう指せないわ」

当たり前のことを指摘したのは天衣だった。

なおも逡巡《しゅんじゅん》する大人たちに向かって、小さな挑戦者は命令のような口調で言う。

「救急車を呼びなさい。死なせたくないのなら」

二秒だけ間があった。

それは於鬼頭先生が息を吸うために必要な時間だった。

「立会人の権限により、現局面で対局不能と見做し、終局を宣言する」

異論は誰からも出ない。

この状況を見れば、女流帝位がもう指一本動かすことができないのは明白だ。

「本局の勝敗については主催者で協議する。ただ、少なくとも本日中の指し直しは無い。女流帝位の体調を確認するためこれから病院へ搬送する」

弾《はじ》かれたように室内の大人たちが動き出す。

「きゅ、救急車だ！」

「女流帝位を別室に運べ！　そっとだぞ！」

対局室から運び出されていく雷は、もう声を発することもなかった。生きてはいるんだろうが……。

いったい何が起こったんだ？

何をどうすれば、将棋を指すだけであそこまでダメージを受ける？　以前、あいが対局中に鼻血を出したことはあったが……。

俺は下座の後方に腰を下ろすと、

「天衣……これは……？」

「栄養失調よ。脳のね」

「は？」

「もっと喜んだら？　空銀子に体力切れで勝ったそいつを同じ目に遭わせてやったんだから。他ならぬあなたの弟子がよ？『よくやった！』って褒めてくれないの？」

怒鳴りつけてやりたいところだが人目がある。

俺は大きく深呼吸してから、

「……もう少し詳しく教えてくれないか？　俺でもわかるように」

「人間の脳は揺らぎを持っている」

「ゆら……ぎ？」

「要するに『一つのことを考え続けない』ようにしているの。敢えてね」

　天衣は自身の眉間に人差し指を当てながら、

「『集中する』と言葉では表現するけど、実際のところ人間の脳は何か一つの物事を連続して思考するようにはできていない。なぜなら機械のように最適化してしまうと、膨大なエネルギーを必要としてしまうから。それは生物としての自殺行為よ。人間は機械にはなれないし、機械も人間にはなれない」

「「…………」」

　話を聞いていた俺と登龍三段は思わず視線を交わした。

　言っている意味は、ある程度はわかる。

　パソコンで将棋ソフトを動かすと、とんでもない電力を必要とする。特にディープラーニング系はマシンパワーが必要で、そうすると必然的に電力も莫大《ばくだい》だ。家庭用の電源ではアンペアが足りないことすらある。

　それと同じことを人間がやろうとしたら、どうなるか？

　大量の酸素と栄養を必要とする。

　人体の構造では供給が追い付かないほどの……。

「不足した酸素を脳に運ぼうとして大量の血液を頭部に集めた結果があの有様よ」

　眼球の毛細血管が切れたんでしょうね……と恐ろしいことを茶飲み話でもするかのように口

にしてから、天衣はこう言った。

「つまり祭神雷のアプローチは、私にとっては最初から脅威でも何でもなかった。物理的に不可能なものだから」

姉弟子との対局で、雷は五時間ある持ち時間のうち八分しか使わなかった。

今ならそれが『使わなかった』のではなく『使えなかった』のだとわかる。いくら脳の構造が特殊でも、それを稼働させる電源は平凡な少女の肉体だ。

これだけなら俺も納得できる。

雷が人類を超越した脳の構造をしていること。そしてそれを利用して、天衣は雷を自滅へと追い込んだ。

《淡路》の棋譜を公開したことも雷を倒すための伏線だったのかもしれない。

バトル漫画なんかじゃよくある展開だ。こっちの攻撃を吸収してエネルギーに変える敵と戦うときに、相手のキャパを超えるエネルギーを与えて破裂させる……みたいな。

だが……納得できないこともある。

「…………」

血塗れになった将棋盤を見る。盤上の駒配置を。

雷は次の手を指せずに自滅したが、その局面で天衣は評価値の上でも逆転していた。

つまり最後の一手で、天衣は《淡路》を上回ったのだ。

「もう一つ……教えてもらってもいいか？」

そう言ってから、俺は躊躇った。

――正面から聞いても答えないか……？

これから尋ねることは、天衣の研究の核心部分に触れる。第三者がいる場所で素直に答えるかはわからない。

少し悩んで、こう尋ねた。

「今のお前が将棋の神様と対局したら……どっちが勝つと思う？」

「神と将棋を指したらどうなるか？　私が？」

現時点で神に最も近いと思われるその少女は薄く笑うと、こう答えた。

「神様はきっと将棋を指さないわ。つまらないから」

☖　カウントゲーム

気絶したまま目を覚まさない雷が別室に運ばれると、今後のことを協議するために於鬼頭先生をはじめ関係者がゾロゾロと対局室を出ていく。

残されたのは俺と天衣と登龍さんだけだ。会話は全く無い。

何とも言えない後味の悪さがあった。

血のこびりついた盤駒を前にしたまま待ち続けていると、三十分ほどして対局室の襖《ふすま》が静かに開く。

「協議の結果、この対局は挑戦者の勝利となった」

立会人は立ったまま厳かにそう言った。

天衣は終局時にそうするように、盤の前で一礼をする。空になった上座に向かって。俺と登龍さんも反射的に頭を下げた。

まだ混乱が続いているようで、入室してきたのは立会人だけだった。

「仮にあのままだったら女流帝位は時間切れになっていた可能性が高いことと、対局が開始されてからの体調不良には延期等の規定が存在しないことが理由だ。ところで――」

於鬼頭先生は盤側に腰を下ろしながら尋ねた。

「もし君が神であるならば、将棋の結論を知っているはずだな？　だからこそつまらないと言った。では将棋とはそこまで単純なものだったのか？」

「カウントゲームってあるでしょ？」

「「…………」」

質問とは関係のなさそうな答えだが……。

事態を最も飲み込めていないように見えたのか、俺の顔を見詰めながら、バカに優しく教えるような口調で天衣は説明してくれる。

「交互に数字を言っていって、特定の数字を言ったほうが負けになるゲームよ。一度に言える数が決まってる場合、必勝法は簡単に探すことができる」

「そうか――――」

最初に理解したのは於鬼頭先生だった。

「夜叉神天衣。君は最狭義の解に至ったのだな？」

「ええ。私の中で将棋は終わったわ」

淋《さび》しさを漂わせる声で少女は答えた。

終わったと。

対局ではなく、将棋そのものが。

「ちょ、ちょっと待ってくれ……天衣」

話に全く追いつけない。

「俺も《淡路》を使って将棋の結論を見た……と思ったが、お前がいま指したのは、俺が知ってる将棋の結論とは明らかに違った。そもそもどうやってお前は《淡路》の読み筋を上回ったんだ？　お前は何を知ってる？　最狭義の解って何なんだよ？」

狭義と広義があるのはわかる。意味としては。

けど将棋の結論は変わらないはずじゃないのか？

「私は現時点で世界最速のスーパーコンピューターと、その計算資源を使って作り上げた最強のソフトを手に入れた。これは現時点で最強のはずよね？」

「だろうな」

だから俺は《淡路》同士の対局が将棋の結論だと思っていた。

しかし天衣の口から出た言葉は、そんな俺の考えをいとも簡単に覆してしまう。

「けれど特定の局面から対戦させると、その《淡路》ですら従来型のソフトを載せた家庭用のパソコンにも負けることがあるの」

「はあ…………!?」

最初は、何かとんでもない事実を聞いたような気がした。

だが……よくよく考えてみれば当たり前のことだ。

「いや、でもまあ…………詰んでる局面とか、あと必至とか……要するに形勢が大きく離れてたら、そりゃ負けることもあるんじゃないのか？」

「そうね。けど、そうじゃない場合もあるの」

固唾《かたず》を飲む聴衆を前にして、天衣は厳かに語り始める。

将棋という壮大な物語の結末を。

「それは人間が『定跡』と呼んできたものの中に含まれていた」

定跡……？

「定跡って、あの定跡か？　結論が決まってる手順の？」

よく『ここまでは定跡』とか『この定跡は〜』とか言う、あの定跡？

「そう。人類は一四〇〇年かけて様々な定跡を発掘してきた。けれどそんなものが何？　人間なんかより遙かに強い《淡路》を使えば、定跡なんて簡単にひっくり返せると思わない？　最初は私もそう思ってた。ところがそうじゃなかったの」

「それが、君が《淡路》の読み筋を上回ることができた理由だな？」

「ええ。低スペックのマシンでも《淡路》に勝ってしまう局面がどこかを、遡《さかのぼ》って調べていくの」

「「あっ……‼」」

俺と登龍さんは同時に叫んでいた。

頭をハンマーでカチ割られたような衝撃。天地がひっくり返るかのような、コペルニクスも真っ青《さお》な発想の転換……！

普通、ハイスペックのマシンを手に入れたら、既存のソフトをどこで上回ることができたかを調べるだろう。

しかし天衣は敢えてその逆をやったのだ。

「…………天才…………」

俺は呻《うめ》いた。頭の出来が違いすぎる。中卒の師匠じゃあ思い付きもしなかった方法で弟子は将棋の解に迫っていた。

天衣が言わんとしていることは、朧気《おぼろげ》ながら理解できた。

いくら《淡路》といえども将棋の完全解析は不可能で、正確な評価を出せない局面というものは存在する。

序盤は特にそうだろう。

しかし天衣が言った方法を使えば、《淡路》が単独で出してくれる評価値よりもさらに前の局面で既に挽回《ばんかい》不可能なポイントがあるということを割り出せる。

《淡路》ですら挽回できない。

それはつまり、この地上でそこから指し継いで勝てる存在がいないということ。

ならばそれを狭義の解と呼んで何が悪い？

「私はそれを『死亡フラグ』と名付けたわ。将棋とは、その局面を出現させたほうが負けるゲームであると」

そして……と、天衣はさらに言う。

「死亡フラグは様々な局面に潜んでいるけど、最も解析が容易だった局面があったわ。容易かつ、最も重要な局面が」

俺にはさっぱりわからなかった。隣の登龍三段もピンと来ていない様子だ。

しかし於鬼頭先生はノータイムで答えを口にした。

「初形」

「ええ。チェスの派生ゲームはスタート時に敢えて駒の動きに制約を与えている。初形はそもそも合法手が少ないし、そして王手が掛からない」

「ゲームを長引かせるための知恵だろうな」

「昔のロールプレイングゲームも同じ発想をしたそうね。敵の出現するフィールドからゲームを始めさせたらテストプレイでみんな死んでしまったから、王様の部屋に鍵《かぎ》を掛けてプレーヤーを閉じ込めた」

「『ドラゴンクエスト』か。懐かしい」

ドラクエ？　何でここでドラクエが？

どんどん先に行ってしまう二人の会話に何とかしがみつこうとするが、理解が全く追い付かない。

「天衣。ちょっと……さっきのカウントゲームの話に戻ってもらっていいか？　俺にはまだ、何が何だかさっぱりで……」

「たとえば21ゲームは、後手必勝。攻略方法は、二人で言う数の合計を四にする。つまり先手が一と言ったら、後手は三と言う」

「先手が二と言ったら後手は二と言う？　みたいな？　そんな単純なゲームと将棋を一緒にされちゃ――」

言いかけた俺は、ある局面を思い出す。《淡路》が示した未来の将棋を。

おそろしい結論が稲妻のように俺の脳髄を刺し貫いた。

全身に鳥肌が立つ。

冷や汗で凍えた身体を震わせながら、俺は声を絞り出した。

「ま、まさか…………《淡路》が初手で5八玉を最善手に選んだのは…………」

「待っているの」

天衣は俺の目をじっと見返してそう言った。

「死亡フラグを相手が踏むのを待っているのよ」

「では将棋の結論は後手必勝なのか？」

於鬼頭先生が尋ねたが、

「ふっ……」

天衣は薄い笑みを浮かべるだけで答えを口にすることはなかった。

少人数とはいえ天衣が公開の場で他人にここまで明かすということは、この程度の情報はもう大して価値が無いということだろう。

——つまり……本当に天衣は将棋の必勝法を手に入れた……？

だとしたら俺が将棋の結論だと思っていたものは何だったんだ？

千日手や相入玉《あいにゅうぎょく》の持将棋《じしょうぎ》だらけだった《淡路》の自己対局の結果は？　あれは将棋の結論じゃなかったのか……？

聞けば聞くほど混乱する。

そもそも……果たして天衣は本当のことを語っているのか？

この状況自体が、こいつが仕掛けた罠《わな》じゃないという保証は？

天衣の言葉は簡単に信じられるものじゃない。

だが一つだけハッキリしていることがあった。

今後の将棋界は間違いなく、誰もが俺と同じように、夜叉神天衣の言動に翻弄《ほんろう》されるものになるだろう。

大きな将棋盤の前に座る、小さな女の子。

その子供の口から語られる将棋の本質に、プロのタイトル保持者が二人とも何の反論もできないどころか、価値観の大きな変更すら迫られている。

そんな状況に置かれたプロ棋士の心情を於鬼頭先生は端的にこう表現した。

「……さっさと死んでおけばよかったかもしれないな」

遠くから救急車のサイレンの音が聞こえてきた。

話の最後を、天衣は謙虚な発言で締めくくる。

「《淡路》程度の評価関数ではまだ、将棋の解を完全に表現するのは難しいわ。死亡フラグの存在を予測して初手から手待ちみたいな手は指せても、将棋を完全解析するにはマシンパワーが足りない。だから今後も将棋の結論自体は変わっていくと思う」

「しかし君の言う死亡フラグの場所は変わらない」

「ええ。勝敗の分岐点は変わらないはずよ。桂馬が後ろに動けるようになるとか、そういうルールの変更が無ければね」

「カウントゲームにおける一度に数えられる数が、将棋では一手で動ける升目《ますめ》に当たるわけだからな」

天衣の明かした将棋の結論は、驚くほど単純なもののように聞こえた。

神様は確かにもう将棋を指さないだろう。答えのわかったカウントゲームを一生続けるバカがどこにいる？

仮に先手必勝だろうが後手必勝だろうが――

「将棋は初形という、互角ではない局面から戦うことを強いられたゲームよ。初形から完全な互角局面に到達するまでに存在する死亡フラグの数は……多いけれど、暗記できないほどの数じゃないわ」

その数を全て記憶できるのであれば。

その場所を知っているのが夜叉神天衣だけであるのなら。

「少なくとも《淡路》が世界最速である期間において、私に勝てる人類は存在しないはずよ」

現時点での将棋の結論は――天衣必勝。

☗ 翻訳機

「これから病院へ搬送します！　どなたか親族の方はいらっしゃいますか⁉　救急車に同乗していただきたいんですが――」

「私が父親です」

救急隊員の呼びかけに応じて、於鬼頭先生が立ち上がった。和装のままだが躊躇《ちゅうちょ》する素振りは全く無かった。

二人の関係を初めて知った関係者たちは驚きの表情を浮かべる。

「……父親？」

「祭神女流帝位と……於鬼頭先生が……？」

「知ってて立会人をしてたなら対局規定違反じゃないのか……⁉」

ザワつく関係者を敢えて無視するように於鬼頭先生は天衣に言う。

「すまない。立会人としての務めを最後まで果たすことができないのは心残りだが、他に適当な者がいない」

「もうここにいても大してやることは無いでしょ？　行って」

対局者がそう言えば反論できる者はいない。

こうして於鬼頭曜玉将は祭神雷に付き添って俺たちの前から姿を消した。

残された天衣は、雷の血がこびりついたままの盤駒を見下ろす。

「夜叉神先生。これは僕が」

「やるわ」

記録係の登龍さんが盤駒を片付けようとするのを制して、天衣は言った。

「もう私の仕事だと思うから」

それは女流帝位のタイトルが実質的に交替したという宣言であり。

そして夜叉神天衣は既に、将棋界に君臨する準備が整っていた。


そこからは慌ただしく事態が動いた。

まず、今回の対局について一時的に情報を非公開にする措置が取られた。於鬼頭先生と雷の親子関係など、あまりにも規定に抵触しかねない事態が多すぎるからだ。要するに『しばらく黙ってろ』と。割と露骨にそう言われた。

そうなるともうやることが無いため一同はさっさと解散し、対局場を離れることに。むしろ誰もがこの不気味な建物から一刻も早く逃げ出したがっているかのようだった。

そんなわけで関西から来た俺と天衣は、二人だけで帰路に着いた。

で、帰りの飛行機の中。

「………偽善じゃないのか。あんなの」

俺は思わずそう呟く。

利用するだけ利用して、こういう時だけ父親ヅラして。

雷を擁護するつもりは無い。俺自身の手で血祭りに上げたいとも思っていたが……それとは別に、於鬼頭先生の態度は腹に据えかねるものがあった。夢で見た老人のことも影響しているかもしれない。

「偽善って？」

「於鬼頭先生が言ったんだ。雷のことを愛しているからこそ実験台に……って、おい。師匠が大事な話をしてるのにタブレットでゲームたぁ、いいご身分だな？」

三冠（予定）になって調子に乗ってるのか、天衣は将棋対戦アプリで遊んでいる。

そういえば行きの飛行機の中でもこうしてタブレットを触り続けていた。夜叉神グループ関連の仕事でもしてるのかと思ったが……。

「もしかしてずっとやってるのか？　そのアプリで将棋を？」

「運営してる会社ごと買収したの。けっこう面白いし、勉強になる」

天衣はようやく視線を上げてこっちを見ると、

「けど珍しいわね。あなたがそこまで他人に怒るのって」

「そうか？」

「ええ。いつもは自分に対してばかり怒ってるもの」

「……そうかぁ？」

最近は他人にキレてばっかりのような気もするが、前はそうじゃなかったのかな？　あいや姉弟子にキレられることのほうが多かったからよくわかんないな……。

そんなことを考えていると、天衣が急に話を変えた。

「私たちは将棋ソフトを使うことによって、従来よりも局面のことをもっと深く理解することができたわよね。それはどうしてかしら？」

「評価値を出してくれるからだろ？」

「そうね。数字が共通言語として、私たちの理解を容易にしてくれる」

天衣はそこでようやくこっちを見ると、

「じゃあ将棋でしか自分の感情を表現できない祭神雷を理解しようとしたら、あなたなら何を使う？」

「何を使う？　雷を理解するためにか？」

「ええ。真剣に考えてちょうだいね？」

「理解するったって、あんな血も涙も無いヤツをどうやっ…………て………」

…………あっ⁉

天衣が求める答えは、すぐに思い付いた。

しかし……。

「いや……でも、本当にそうなのか？　あの於鬼頭先生が……そんなことのために……ソフトを……？」

「ええ。そんなことのために、よ」

俺の思い付きを天衣は肯定した。心を読んだかのように。

「於鬼頭曜は、祭神雷《むすめ》を理解するためにディープラーニング系の将棋ソフトを開発したのよ。あれは翻訳機なの」

「翻訳……」

於鬼頭先生と一緒にソフトを開発した二ツ塚未来四段の異名を思い出す。

《ソフト翻訳者《トランスレーター》》。

俺を含めて将棋界の誰もが、於鬼頭先生を誤解していた。

血の通っていない機械みたいな人だと思っていた。

けれどあの人が求めていたものは……血の繋《つな》がった娘との会話だった……？

「私はすぐにわかったわよ。私も同じように、それに飢えているから」

「何に？」

「親子の愛情に」

両親を事故で亡くした孤児は、再びタブレットに目を落としながら、それを口にした。

もう自分は二度と手に入らないものを。

「だからね？　わかるの。すぐに……わかってしまうの」

その姿は、勝者というにはあまりにも寂《さび》しげで、儚《はかな》くて。

むしろ敗者への羨望に溢れていた。


終局が早かったことから、その日の夜にはもう俺と天衣は東北から関西へと戻っていた。

ちなみに移動手段はというと――

「……プライベートジェットなんて初めて乗ったわぁ……」

「大袈裟《おおげさ》ね。小型のビジネスジェットじゃない」

神戸空港に到着した小型飛行機から降りながら、天衣は肩をすくめた。俺はお付きの執事よろしくその後に従う。師匠なんだけどね？

「「夜叉神様！　またのご利用をお待ちしています！」」

「ありがとう。快適だったわ」

たった二人の乗客のためにスタッフの皆さんが整列して見送ってくれる……すげえ……逆に気まずい……。

い、いくらかかってるんだろう……？

「夜叉神様？　その……もう定期便が無い時間帯だったからって、やっぱり飛行機をチャーターするなんて贅沢《ぜいたく》すぎるんじゃ……？」

「機内で仕事もできるから、そのぶん稼げばプラスになるでしょ？　タイパ重視の富裕層ならタクシー代わりに使ってるわよ。安いし」

「ふーん。安いって、どれくらいだ？」

「五〇〇万円くらい？」

「お前それ女流帝位戦の賞金より上……」

たった一時間くらいのフライトで五〇〇まんぃえん……タイトル戦で稼ぐ金より交通費のが上って、それコスパ的にどうなんだよ……。

今回の女流帝位戦では、あらゆる意味で将棋界に収まらない弟子のスケールに圧倒されっぱなしだ。

「私は《淡路》に会いに行くけど……八一はどうする？」

計算科学センターは神戸空港とポートライナーで繋がっている。もう夜もかなり遅い時間だが直行するらしい。

――悪魔からのお誘いだな。

ここで俺が首を縦に振れば天衣は『死亡フラグ』の全容を明かしてくれるだろう。

将棋の最狭義の解。

手に入れればもう誰にも負けない。

無論、天衣の目的はその死亡フラグがトッププロを相手にも通用するか俺を通じて検証することのはず。

もし……。

もしあの人が再び俺の前に挑戦者として現れたら？

抗《あらが》えなかったに違いない。天衣の誘惑《あくま》に。

「さっさと家に帰るよ。自分のタイトル戦の準備をしなくちゃいけないんでね」

「ああ、決まったんだったわね。相手が」

「ついさっき、な」

ずっと握り締めていたスマホは、まだポケットの中で熱を持っていた。

帝位戦挑戦者決定戦。

本戦リーグの紅組で全勝した名人は、白組を同じく全勝で勝ち上がって来た遙かに年下の相手と激突して……序盤から圧倒していた。

その強さは、七冠制覇した全盛期を彷彿《ほうふつ》とさせるほどで。

好調の原因は間違いなく、俺との再戦を目指してのはずだ。最近のあの人の将棋からは未来への渇望が見て取れたから。

——名人が出てきてくれたら……否定してくれたかもしれない。俺や天衣の見た未来を。

だが、違った。

将棋一四〇〇年の歴史を塗り替え続ける天才は、挑戦者決定戦で激闘の末に敗れた。終盤での逆転負けだった。

無意識のうちに立ち止まった俺を振り返りながら天衣が聞いてくる。

「もっと感激しないの？　永遠のライバルなんでしょ？」

「そうだな……」

「その彼の初めてのタイトル戦の相手を務めるのよ？　名誉なことだと思ってあげたらいいじゃない」

しばらく見てないあいつの顔を思い出しながら、俺は高揚よりも寂しさや落胆を覚えていることを自覚する。

かつて感じた熱さは無い。それはこれから始まる七番勝負の全てのストーリーと結末を、俺だけが知っているから。

「もうちょっと前にやりたかったよ。百年前に」

それでも俺は天衣の言う『死亡フラグ』を見ないまま戦うことを選んだ。あいつが相手だからこそ、その一線は越えずにいられたんだ。

まだ辛うじて残る九頭竜八一《おれ》のままあいつと戦いたかったから。

感想戦には多くの人々が詰めかけていた。将棋会館の特別対局室は、深夜だというのに息苦しいほどだった。

まるでその部屋の空気を吸うだけで大駒一枚強くなれるとでもいうかのように。

☖ 挑戦者

「……………」

終局後、両対局者は無言だった。

感想戦は儀礼上、敗者が声を掛けることで始まることが多い。

しかしその日の敗者は頭を垂れると、大きく溜息を吐き、言葉が出てこない様子だった。唇は微かに震えている。

ここまで悔しさを露わにする名人の姿はあまりにも珍しく、観戦者たちは盤面ではなくその姿を目に焼き付けていた。

ようやく主催新聞社の記者が、勝者に対してコメントを求める。

「………名人には、常にあと一歩のところでタイトルへの挑戦を阻まれておりました。まぐれだとしても、その壁を破ることができたことは……」

勝った若者の言葉は途切れ途切れで、聞き取ることが難しいほど小さい。

帝位戦挑戦者決定戦は、早くも本年度の名局賞は確実だとの声が出ていた。

『二人とも強すぎた……』

『これなら九頭竜もヤバいんじゃないか？』

『遂にこの世代がタイトル戦でぶつかるのか……！』

『あの小学生名人戦をリアルタイムで観てたから感慨深い』

『今からもう泣きそう』

ネット上にもそんな声が溢れていた。

そしてその声が大きくなればなるほど、同日に行われた女流帝位戦のことは急速に忘れ去られていく。

途中で終わったその対局の中に将棋の結論が含まれていることなど誰もが想像すらできないままに。


感想戦と勝者の記者会見が終わると、見守っていた棋士や奨励会員たちも将棋会館を後にし始める。

そんな中に一人だけ、小学生の女の子が混じっていた。

「《竜王の雛《ひな》》よ」

その小学生を見つけると、この日の勝者は躊躇うこと無く声を掛けた。

将棋会館にはまだたくさんの人がいたが、少女を見つけるのは簡単だ。

なぜならまるでその子の周囲にだけ見えない結界が張られているかのように、誰もが無視していたから。

「………先生……」

あいは困惑していた。

この喜ばしい日に自分に声を掛けたことで、若者まで孤立してしまうのではないか？　そんな懸念を抱いていたから。

しかし無視するわけにもいかず、丁寧に頭を下げる。

「タイトル挑戦、おめでとうございます」

「ありがとう」

若者はそう返してから、尋ねた。

「ところで彼奴《きやつ》はどこだ？」

「あ、あの……馬莉愛《まりあ》ちゃんも桂《かつら》の間《ま》に来てたんですけど、終盤になって『もう見ておられんのじゃー！』って言って、おうちに帰っちゃって……」

「愚妹のことではない」

「っ……！」

じゃあ、誰のことを？

それを直接尋ねるほど、あいは鈍くはなかった。

「…………師匠は……天《てん》ちゃんと一緒にいると思います。女流帝位戦でお仕事があったみたいなので」

「そうか。やはり」

短く了解すると、九頭竜八一帝位に挑戦する権利を得た若者は言う。

「《黒太子》との順位戦で、彼奴はこう言ったそうだ。『地獄を見せてやる』と」

「地獄……」

その対局が行われた日、あいもまた、この将棋会館で将棋を指していた。

「そして魔術の如《ごと》き序盤を指して《黒太子》を倒した。心すら踏み躙《にじ》って。あの日からずっと篠窪七段は家に閉じこもり、研究会にも顔を出さぬという」

その日のことは今もはっきりと憶えている。

挫《くじ》けそうになった時に現れた八一が纏っていた強者のオーラ。そして敗れた篠窪太志がフラフラと幽鬼のように廊下を彷徨《さまよ》う姿も。

「今の彼奴の心には本物の魔が棲《す》みついている。将棋の持つ闇に囚われたその心を、我は番勝負で砕くつもりだ」

「…………けど…………」

あいは口ごもる。

八一が解説を加えた《淡路》の棋譜は、現代将棋における主要な戦型の結論をほぼ網羅している。それを惜しげも無く公開したということは、さらに深い部分まで研究が進んでいるということに他ならない。

目の前の若者がいくら強かろうと、そんな相手にどう戦うというのか？

「其方《そなた》の師を倒す」

白いマントを翻すと、その若者は確信を込めた声で言った。

あいは思わず若者の名を口にする。

「神鍋《かんなべ》先生……！」

「かつて伝えたはずだ。それは世を忍ぶ仮の名。我が真名は別にあると！」

神鍋歩夢《あゆむ》はあいに振り返ると、その貴族的で端正な顔の前に手を翳すという懐かしいポーズを取って名乗りを上げる。

初めて関西将棋会館で顔を合わせたあの時のように。

「棋士にして騎士！《白銀《しろがね》の聖騎士《シュヴァリエ》》――――ゴッドコルドレン歩夢！」

周囲にいた他の関係者はドン引きだが、あいは膝が震えるのを抑えられなかった。

「ゴッド先生……!!」

歩夢が八一に向ける想《おも》いの深さと決意の尊さに涙が溢れる。

悪の魔王を討つことができるのは、聖なる騎士だけなのだから。

第二譜

空銀子

「よく来たな」

その日、わたしはある高段のプロ棋士のお家にお招きされていた。

「まあ入れ。遠慮はいらん」

「は、はい！　お、お……おじゃじゃしましゅ！」

東京《とうきょう》でこうやってプロの先生のご自宅におじゃまするのは、下宿させていただいた山刀伐《なたぎり》先生を除けば初めてのこと。

でもあれはおじいちゃん先生の仲介あってのことで……。

今回は、自分が対局した相手からのお招きだった。

「あのあの！　これ、石川《いしかわ》の銘酒『常きげん』です！　ノーベル賞授賞式の晩餐《ばんさん》会でも振る舞われたという、とってもいいお酒です！」

「おう。すまんな」

前竜王である碓氷《うすい》尊《たける》九段は拒むことなく自然とお土産を受け取ってから、

「しかしお前、酒の味などわかるのか？　小学生だろう？」

「板前のお父さ……父に教えてもらいました。すみません……」

「別に謝る必要はない。竜王戦で提供された『ひな鶴《つる》』の料理はどれも美味《うま》かったから楽しみだ。そういえば女将《おかみ》に日本酒を勧めてもらったことを思い出したよ」

「お母さ……女将も、碓氷先生のことをよく憶えていました。何十万人も接客した中で、突出したものをお持ちだったと」

「ふん。当然だな」

名人と並び称される才能を持つ前竜王は、わたしからの称賛をそう受け流すと……なぜか玄関に飾られていた写真立てを手に取る。

そして唐突にこう言った。

「ところでこれが俺《おれ》の息子だ。中学二年生で、最近はポ●モンのカードゲームに熱中している。俺もたまに一緒にやるが、これがけっこう奥が深くて面白《おもしろ》い。小学校でも流行《はや》ってるんじゃないか？」

「あ……はい。男子が休み時間によくやってます」

「そうだろうそうだろう。それにこう見えて学業とスポーツも得意でな。性格も俺に似て、独創性があって飽きない。顔も悪くないと思わんか？」

「す、すばらしいと思います！　イケメンさんです！」

「…………」

「…………？」

なんだろう？　もっと褒めたほうがよかったのかな？

「……どうだ?」

「ふぇ?」

「ふむ。まあいい」

碓氷尊九段は息子さんのお写真を片付けると、さっさと奥へ歩いて行く。

――……なんだったんだろう?

先生の背中を慌てて追いながら、わたしはこっそり首を傾《かし》げる。

そもそもどうしてお家に呼んでいただいたのかもまだよくわからない。この前の対局が終わった後でタクシーで家まで送っていただいた時にメールアドレスを交換して、そこに突然『来い』って住所が書かれたメールが来て。

――研究会やVSのお誘いって感じじゃなかったし。

気がつくと『研究室』とプレートの貼《は》られた部屋の前に来ていた。物々しい鍵《かぎ》を使って、碓氷先生はドアを開ける。

「入れ。特別だぞ」

そして、先生に続いて部屋に足を踏み入れた瞬間。

「っ⁉」

わたしは思わず息を止めた。信じられない光景が広がっていたから……。

ノート。

ノートノートノート。さらにノート。

床から天井《てんじょう》まで積み上げられたノートの塔が、まるで森のように部屋を埋め尽くしていた。

「すごい……ここまですごいなんて……！」

山刀伐先生のお部屋も本が多くて驚いたけど、ここはそれ以上。

碓氷先生は満足気に言う。

「その様子だと、この部屋のことは知っていたようだな？」

「生石《おいし》先生からうかがいました。ここで碓氷先生が全世界と戦っていたって……！」

「あいつめ。居飛車《いびしゃ》党には秘密にしろと言ったのに」

冗談か本気かわからないことを碓氷先生は口にしてから、

「今後はお前も自由に出入りしていい。学べるものがあったら学べ。本もノートも好きなものを自由に見ろ」

「は、はい！　ありがとうござ――――」

返事をする途中でわたしは固まった。

高く積み上げられたノートの陰に、誰《だれ》かがいたのだ。

「こんにちは。和田《わだ》と申します」

「わだ……？」

そんなお名前のプロの先生はいらっしゃっただろうか？

もしくはアマチュアの強豪？

「ほらな？　俺のことも忘れてたんだ。和田さんのことを憶えているはずがないだろう」

碓氷先生は愉快そうに言った。

和田……さんは、六十歳くらいに見える。将棋界にはこのくらいの年齢の男性が本当に多いので、すぐに思い出せない。

「私は竜王戦の担当記者だったのです。九頭竜《くずりゅう》七段……いや、九頭竜さんがタイトルを奪取した第29期も同行していました」

「あっ！　じゃあ——」

北陸の『ひな鶴』にも当然お越しになってるはず！

お客様のお顔を忘れるなんて、お母さんに知られたら怒られちゃう。しかも竜王戦の担当なら、その後も何度も会ってるはずなのに……。

「雛鶴《ひなつる》女流名跡《じょりゅうみょうせき》がハワイに同行なさった第30期からは別の者が担当記者になりましたからね。私のことをご存知なくても当然です。お気になさらず」

「だが、未《いま》だに影響力がある」

碓氷先生はニヤニヤしながらそう言った。

影響力……？

「和田さんは竜王戦を創設した立役者。つまり将棋連盟にとっては大恩人に当たる」

「恩だなんて……仕事でしたことですから」

「と、本人は謙遜するが。我々プロ棋士の受け取り方は違う」

前竜王はキッパリと言い切って、

「新聞社は将棋連盟にとってスポンサーであると同時に、棋士や観戦記者にとっては雇い主でもある。観戦記やコラムの依頼、立会人の依頼、現地大盤解説の依頼。アマ竜王戦や高校生竜王戦の審判といった仕事まで含めれば、和田さんから仕事をもらったことのない棋士を探す方が難しいくらいだ」

指を折って数え上げる碓氷先生。

わたしもタイトル戦に出させていただいたことで、新聞社さんがどれだけの手間と費用をかけて棋戦を維持してくださっているのか肌身で知ることができた。

「将棋を指すだけが棋士の仕事じゃない。むしろ将棋を指せない人間にとって、新聞社の意向は現役《げんえき》の頃《ころ》以上に無視できないわけだ。わかるな、あい？」

「つまり……対局数が少ない先生や、もう引退なさったけど棋士総会では一票を持っていらっしゃる方々への影響力があるということ……でしょうか？」

満足気に頷《うなず》く碓氷先生。

和田さんが口を開いた。

「もう一つ、別の役割もあります。むしろそちらが我々の本分ですが」

「？　なんでしょう？」

「社会の公器としての役割です」

小学校の社会科の授業で聞いた憶えのあるような…………ええっと、それってどういう意味だったっけ？

「雛鶴さんの訴えを記事にします」

「ッ！　……新聞記事に、ですか？」

「将棋雑誌のように忖度《そんたく》はしません。事実を事実のまま書かせていただきます」

プロ編入試験の創設という、わたしの訴え。

それを世論に訴えかける絶好のチャンスだった。

――けど……。

わたしの発言は、自分に跳ね返ってくるだけじゃない。

背負っているタイトルにも影響を与えてしまう。

そんな懸念を察知した碓氷先生は、

「女流名跡戦のスポンサーはスポーツ新聞だが、そこは竜王戦の主催紙の系列紙だ。和田さんが紙面で取り上げることに何ら不都合はない」

……さすがは天才戦略家と名高い碓氷尊九段。

システムのように完璧《かんぺき》なその配慮に、わたしの心は一気に軽くなった。

誇らしげに和田さんは言う。

「弊紙の読者は一〇〇〇万人です」

「そりゃ大昔の数字だろう？」

「公称は今でもその数字ですよ。そして仮にその半数であったとしても、紙面に登場する影響力は、ネットとは全く異なります」

いっせんまん……。

途方もない数字だった。

それに新聞は家庭に配られるものだから、実際に読む人はそれよりも多いはず。今はネットにも記事が転載されるし……。

「賛同だけではないでしょう。新聞に顔を出して訴えるというのは、決してよいことばかりではありません」

身震いするわたしを気遣うように、和田さんは説明を続けた。

「私も自分の書いた記事で人生を大きく変えてしまった方々がいる。ましてや雛鶴さんはまだ小学生です。もしその年齢で――」

「やります」

わたしは床に膝《ひざ》を突いて頭を下げていた。

「やらせてください！　おねがいしますっ！」

「いい返事だ」

そう言ったのは和田さんじゃなくて碓氷先生だった。

どうして先生がわたしのためにここまでしてくださるのかはわからないけど、このチャンスを逃すわけにはいかなかった。

具体的な取材の日程を決めながら、和田さんは興奮した様子で言う。

「では今後この計画を『プロジェクトⅠ』と呼ぶことにしましょう！」

「ぷろじぇくと……あい？」

「そういう名前を付けたがる年頃《としごろ》なのさ」

碓氷先生は肩をすくめながら、

「そして意外とこういう部分がオッサンたちの心を揺さぶるんだ。困ったもんだな？」

◯ 専務

『会わせたい人がいるんだよね』

その連絡を鹿路庭《ろくろば》先生からいただいた時、わたしは思った。

「やっとですか」と。

このフレーズを聞いた瞬間に何の話かは予想がついた。絶対にアレだ。

——結婚報告、だよね。

同時に「他人行儀だな」とも思った。

たまよん先生と、そのお相手である山刀伐尽八《じん》段とは、一時的にだけど同居させていただいた仲だから。

「結婚式の受付の役とかお願いされるのかな？　友人代表のスピーチはリンリン先生だろうし……まさかフラワーガールとかリングガールとか⁉」

指定された港区の高級レストランに精一杯おめかしして出向くと、そこにはいかにも『ゆるふわ♡女子大生』な装いのたまよん先生が。

その隣に座っていた男性は、もちろん——

「はじめまして。珠代《たまよ》がいつもお世話になっています」

「…………ふぇぇ？」

そこにいたのは山刀伐先生…………じゃ、なかった。

というか日本人じゃなかった。

そこにいたのは金髪とブルーの瞳《ひとみ》を持った、五十歳くらいの、見るからにセンスが良くてお金持ちな感じの白人男性だったのです……。

最初は「お父さんかな？」って思ったけど、絶対に違う。そもそも人種が違う。

えええええええ……？

な、なにこれ？　どうしてわたし、港区の高級レストランで自分の父親より年上の白人男性を紹介されているの……？

混乱するわたしをよそに、二人は必要以上にベタベタしながらメニューを選び始めた。

「パパぁ。たまよ、このワイン飲みたーい♡」

「ではそうしようか」

「あとお小遣《こづか》いもほしーい♡」

「やれやれ困ったな。珠代とのデートにはいつもお金がかかる」

パパ活……ッッ!!

「さ〜すが専務☆　おかねもち！」

「ふふふ。役員報酬は全《すべ》て珠代に消えてしまうがね」

「ふへへ〜♡　パパ、だーいすき♡♡♡」

……なんということでしょう。

どうやらこのおじさんは、どこかの企業の専務さん。取締役です。重役です。

きっと会社の交際費で鹿路庭先生とパパ活を楽しんでいるのです！

「たまよん先生……」

「ん？　あ、そか。あんた未成年だからソフトドリンク――」

「見損ないましたっ!!」

わたしは怒りで目に涙を溜《た》めながら、

「いくら美形の中年男性がお好きだからって！　山刀伐先生という方がいらっしゃるのに港区でパパ活するなんて……許せませんッ!!　だらぶちっ!!」

「ちょ、ちょっと何だよ⁉　なにキレてんの⁉　あたしがパパ活⁉　ってか誰が老け専だコラァ⁉」

「だって鹿路庭先生が好きになる人って経済力のあるオジサンばっかじゃないですか！　顔がよくてお金持ちなら誰でもいいんでしょ⁉」

「うぐッ!!」

痛いところを突かれたのか、たまよん先生はグラついた。

しかしすぐに体勢を立て直して、こんな言い訳を口にする。

「師匠だよ！　あたしの師匠！　ブルーノ・レドモンド九段！　知らないの⁉　専務理事だよ⁉」

師匠⁉

それって、つまり――

「い、いくら最近パパ活の取り締まりが厳しいからって、お金をもらっていかがわしいことをする相手を『師匠』と呼ぶなんて……神聖な師弟制度を何だと思っているんですか！　けがらわしいっ!!」

「師匠にガチ恋してるオメーがそれ言うかぁ⁉」

掴《つか》み合《あ》いの喧嘩《けんか》になりかけたわたしたちは、店員さんに止められてようやく落ち着いて話をすることができたのだった。


「じゃ、じゃあ………本当にプロ棋士の先生なんです……？」

「この『と金』バッジで信じていただけませんか」

レドモンド九段は上等なスーツの襟《えり》に光るバッジを見せてくれた。

金色の将棋駒に『と』の文字が刻印されたそのバッジは、奨励連盟正会員の証。つい先日、女流タイトルを獲得したわたしも頂いたもの。

どうやら……本当に誤解だったみたい……あぅぅ………。

「私は子供ができなかったので、弟子のことを本物の子供だと思って接しています。だから『パパ』と呼ばせていたのですが、それで誤解させてしまったようですね」

「謝んなくていいよ師匠《パパ》。あたしがパパ活するなんて失礼なこと考えるこのクソガキが悪いんだからさ！」

……言いたいことは山ほどあったけど、がまん。

今回はわたしが悪い。ええ。全面的に悪いです。あやまります。

　でもみんな誤解すると思うけどなぁ……ぶつぶつ……。

「雛鶴さんはまだ小学生。連盟の細かな制度にまで知識が及ばなくて当然です。よければ料理が来る前に、理事のお仕事について説明させていただきましょう」

「…………よろしくおねがいします……」

「将棋連盟は理事会が大きな権限を有しています。理事の選出枠は、関東が五。関西が二。そして理事の中から会長などの役員を選出します」

　会長に何かあった場合は、その職務を専務が担う……らしい。

　つまり専務理事は将棋連盟のナンバー2。

　それだけ聞けば月光《つきみつ》会長のほうが偉そうだけど――

「月光さんは関西の理事を掌握していらっしゃるが、その数は関東の半分以下でしかありません。理事会の決は過半数で採るため、多数派を形成するのは常に関東の理事です」

「将棋連盟の実権は昔も今も関東にあるってわけ」

　と、たまよん先生は「ふふん」と得意気に言う。

　高級なワインをここぞとばかりにパカパカ飲みながら……。

「いくら関西棋士が活躍しようが、構造上そうなってるの。ちなみにあたしら女流棋士も似たような立場だから」

「珠代の言うとおりだね。増えつつある女流棋士の正会員の票によって釈迦堂《しゃかんど》さんも理事となりましたが、彼女がタイトルを独占し続けたことが、かえって自らの首を絞めている」

レドモンド先生は整った顔に憂いの表情を漂わせて、

「女流棋士が将棋連盟の正会員になるには、雛鶴さんのようにタイトルを獲るか、女流四段以上になるか。しかし勝ち星だけで女流四段になるためには、女流2級から数えて通算四〇〇勝が必要になります」

仮に勝率が五割なら対局数は八〇〇にもなる。

途方もない数字だった。

年間対局数が二〇局としても……達成まで四〇年もかかってしまう……。

「棋戦の少ない女流棋士が勝ち星だけで四段になるのは相当難しい」

「つまり釈迦堂先生と、奨励会員だった空銀子《そらぎんこ》がタイトルを獲りまくってたせいで、女性の正会員が全然増えなかったわけ」

「奨励会員は女流タイトルを獲っても正会員にはなれませんからね」

きっとこの二人は、こういう話を何度もしているんだろう。わたしと師匠が将棋の話をしていたみたいに。

政治のお話を。

「退屈ですか？　あと少しだけお付き合いください」

レドモンド先生はわたしを気遣いつつ、急に本題へと切り込んだ。

「理事会の権限は定款《ていかん》によって定められおり、その中の第27条（4）にはこう規定されています。『規則、規程及び細則の制定、並びに変更及び廃止に関する事項』とね」

「っ……！」

「雛鶴さんの訴えておられる制度の変更は、この範囲に含まれる……と我々は解釈し、実際に運用してきました」

「わかる？　要するに関東の理事から支持を得ないことには、あんたの願いは永久に叶《かな》わないってこと！」

ようやく鹿路庭先生がこの会食をセッティングしてくださった理由が見えてきた。

──関西棋士や女流棋士の支持だけじゃ足りないんだ……。

たくさんの人に訴えかければいいと思っていた。

でも、そうじゃなかったんだ。

わたしの戦い方は無闇《むやみ》に駒得を増やしていくような、素人の指す将棋のようで。

けど、将棋は玉を詰ますゲーム。

そして今……目の前にその玉が露出していた！

「ッ…………あ、あの──────!!」

わたしが前のめりになった、その時。

機先《きせん》を制するかのようにレドモンド先生が口を開いた。

「その関東の理事を代表して、雛鶴さんにお願いがあるのです」

「わたしに……お願い？　ですか？」

逆じゃなくて？

「ええ。我々からお願いするのです。そのために珠代を通じてあなたにアポイントを取ってもらったのだから」

ブルーノ・レドモンド専務理事は映画俳優のように魅力的な笑顔を浮かべると、いかにも慣れた様子でこう言った。

「もちろん見返り《おこづかい》もご用意していますよ？」

準備

「馬莉愛《まりあ》、それを取っておくれ。そう、その藍《あい》色のものだ」

練馬《ねりま》区にある、東京で一番大きな呉服店。

何十畳もある広間いっぱいに色とりどりの反物《たんもの》を広げながら、釈迦堂里奈《りな》女流八段は愛弟子《まなでし》に指示を出していた。

「その生地は却下だ。歩夢《あゆむ》の肌に合わぬ……そっちを取っておくれ。ああ、これも似合いそうだな！　まったくあの子は似合う柄ばかりで困ってしまうではないか！」

ここ『白糸呉服店』は多くのプロ棋士や女流棋士がお世話になっている。

先代の店主さんはW大学の将棋部で活躍した方で、それをきっかけに将棋界とパイプができたっていう話を、同じW大の鹿路庭先生から聞いたことがあった。

その先代の息子さんに当たる今の店主さんがさりげなく伝える。

「釈迦堂先生。お代が大変なことになっておりますが……」

「構うものか」

《エターナルクイーン》は豪快に笑い飛ばす。

「余《よ》の弟子が初めてタイトル戦に出るのだぞ？　ここで金を使わなくていつ使うというのだ。七番勝負用に七着……いや！　帝位戦は二日制なれば、一日目と二日目でお色直しが必要だな！　十四着ほど仕立ててもらおう」

「しかし第七局まで行くとは――」

「行くさ」

そこだけは反論を許さない口調で短く答えると、

「十四着くらいではまだまだ足りぬよ。名人はタイトル戦に出るたびに一着新たに作るのだろう？　貴店に預けている和服はそれこそ百着を優に上回るはず」

「はい。専用の倉を建てました」

く、倉⁉

「後ほどそちらをご覧頂くよう名人より仰せつかっております。親交ある神鍋《かんなべ》八段にはぜひ、気に入ったものがあればお譲りしたいと」

「体格はほぼ同じだからな。着られぬこともなかろうが……」

あの名人から和服を譲られるなんて、棋士なら誰もが羨《うらや》むほどの名誉……だと思うんだけど、釈迦堂先生は微妙な表情。

「しかしあの男、歩夢に挑決で負けたことがよほど悔しかったらしい。和服だけでもタイトル戦に連れて行って欲しいとはな。ふふふ……」

「感想戦でも、珍しく名人が悔しさを表に出していらっしゃいました」

わたしが当日の様子をお伝えすると先生はご機嫌を直されたようで、

「よほど其方《そなた》の師匠との番勝負に未練があったと見える。今は《両刀使い》と一緒に、名人の所有する別荘で七番勝負に向けた研究会の真っ最中だ」

「はい。山刀伐先生も張り切ってお出かけになりました。『久しぶりに男だけで楽しんでくるよ！』って」

ちなみに鹿路庭先生は『それ絶対浮気《うわき》じゃん……』って激おこだった。

師匠とのタイトル戦が決まったその翌日にはもう、ゴッド先生は東京を離れて名人たちと別荘にこもっていた。

きっと帝位戦が始まるギリギリまで研究を続けるんだろう。和服を作る時間すら惜しんで。

名人が自分の和服を譲ると言ったのはそういう意味だ。

——釈迦堂先生は一緒に選びたかったんだろうな……。

けど男の人たちは将棋に夢中。それがきっと寂《さび》しくて、釈迦堂先生は名人に対して厳しいことを言ってるんだと思う。

「現代最強の将棋指しがパーティーを組んで立ち向かう相手が、其方の師匠だ。まさに魔王の名にふさわしい強さといえる。どっちが勝つと思うかな？」

「…………それは…………」

難しい質問だった。究極の難問……。

師匠には、勝ってほしい。それは当たり前。

けど……。

「…………わかりません。でも、とにかく熱戦に……フルセットになってほしいなとは、思います」

「そのほうが双方の弱点が曝《さら》け出されるからな。やはり其方は生粋の勝負師」

「そ、そういうつもりじゃ……！」

「ふふふ、すまぬすまぬ。弟子のタイトル初挑戦が嬉《うれ》しすぎて、浮き足だっているようだ。許しておくれ？」

「釈迦堂先生。今日、ご相談させていただきたいのは——」

「ブルーノから接触があったようだね?」

「……はい」

わたしは関東の理事から、あるお願いをされた。釈迦堂先生も所属は関東。

――やっぱり内容をご存知なんだ……。

そのお願いを受けるべきか、それとも断るべきか。

その判断を直接おうかがいしたいと思ってここまで足を運んだんだけど――

「銀子はその名の通り、銀のような子であった」

「……?」

「素直に真横や後ろには動かぬ。だが誘導してやれば斜めには動いてくれるし、突破力にも優れるため、攻めに使いやすい駒であった。身を粉にして働く代わりに、敵陣に入るとすぐに取られてしまう不憫《ふびん》な駒でもあったが」

話の意図が摑めないままのわたしに、先生は問いかける。

「雛鶴あい。其方は自分を何だと思う?」

「歩、ですか?」

飛車や竜と言いたいところだけど……空先生が銀なら、わたしなんて歩でももったいないくらいだろう。

けれど釈迦堂先生は首を横に振って、

「其方は既に駒ではない。駒を動かす指し手だよ。何故《なぜ》なら他の誰かが指し示す方向へ進むのではなく、自ら進むべき道を選んでいるのだから……将棋連盟という大きな組織の決めた道を外れて」

「っ……！」

「誰かの定めた道を行くのは簡単だ。それがいかに険しい道であろうと」

美しい反物に目を落としたまま、女流棋士の歴史を切り開いてきたその人は言う。

「そしてどれだけ簡単な道であろうと、自ら選び取った道を行くのは、必ず困難がある。余と銀子はその困難から目を背《そむ》け続けた……」

わたしは、自分がいま進もうとしている道が、先生方よりも険しいとは思わない。

『強くなれば道は開ける』

そう思って、とにかく強くなることだけを考えてきた。

難しいことをしている自覚はあるけれど、それはわたしが小学生で、経験が足りないからだと……釈迦堂先生なら答えを教えてくれると思っていた。

でもそんな甘えはもう許されないのだと、先生はやんわりと伝えてくれた。

「わかっておくれ？　もう余には、其方に教えられることは無い。むしろ今の其方にアドバイスできるのは、経営者であろう。たとえばそこにいる店主のような」

急に話を振られた店主さんは「そうですな……」と小考してから、

「商売や交渉事では、完勝するのはよくありません。それでは後に禍根を残します。相手に『勝った』と思わせるくらいがちょうど良いでしょう」

「つまり、負けるが勝ち……ですか？」

「ええその通り。いかに上手に負けるかが商売の極意です」

「なるほどな。このアドバイスは余には無理だ」

釈迦堂先生は愉快そうに笑うと、

「棋士が商売に向かぬはずだよ。勝つことばかり考えているからな！」

☖　無敵の少女

駒がぶつかった瞬間、相手の闘志が消えていくのがわかった。

「こう――――」

そのことに敢《あ》えて気付かないよう、わたしは局面に意識を集中させる。

「こう、こう、こうこうこうこうこうこうこうこうこうこうこうこうこうこうこう……」

今日だけじゃない。

ここ一ヶ月くらい、女流棋士と将棋を指すと、こうなってしまうことがあった。

戦いが始まった瞬間に、相手がもう諦《あきら》めてしまうことが。

けれどわたしはなるべく相手の表情や挙措《きょそ》を視界に入れないよう、その事実から目を逸《そ》らし続けていた。

「あっ…………ふぅ……」

相手の手が宙を泳ぐ。

落ち着きなく駒台《こまだい》に触れたり、盤の上をフラフラしたり。明らかに迷っている。

何に？

攻め合うか、それとも守るか。

——それだけじゃない。

正面からわたしと戦うか、それとも…………諦めるかを。

「ん…………」

結局、相手は守る手を選んだ。諦めを感じさせる手つきで。

その瞬間に形勢は一気にこちらがよくなる。コンピューターの評価値が出るなら、もう優勢から勝勢くらいに良い。

——これは……危ない、な。

今の状況を『自分の実力が上がったから』と考えないほうがいい。

実際に強くなることより強いと思われることのほうが勝率に繋《つな》がるというのは、将棋がいかにメンタルのゲームかを示す証拠。心の強さを重視する関西将棋の正しさを実感して、わたしは一瞬だけ嬉しくなった。

でも……。

――心が折れた相手に勝って、それで意味がある？

むしろ心の強い相手と当たった時にギャップを感じてしまい、自分を信じられなくなってしまうかもしれない。

わたしを全く恐れない相手……長い黒髪を持つ少女が真っ先に浮かぶ。

この女王戦を勝ち上がった先に待つ、夜叉神《やしゃじん》天衣《あい》女王の姿が。

「こうこうこうこうこうこうこうこうこうこうこうこうこう――――!!」

盤の向こうに座る相手を天《てん》ちゃんだと思って、わたしは最強の手を選び続けた。大差で勝とうなんて思わない。常に一手違いのギリギリを目指す！

「こうッ!!」

「ま、負けました！　もう負けましたから！」

難解な詰みを読み切って王手を掛けた瞬間、相手は悲鳴のような声で投了《とうりょう》を告げた。自分の負けを読む時間はなかったと思う。

わたしが王手を掛けたからきっと詰んでると思って、それで反射的に叫んでしまった……そんな感じだった。

そして顔を伏せたまま、わたしにだけ聞こえる小さな声で、ぽそりと漏《も》らす。

「…………ごめんなさい…………」

「いえ……ありがとうございました」

——これが、空先生の見てた女流棋界なんだ……。

わたしは全力を出せるけど、相手は全力を出してくれない。

それは……とても孤独だった。

仲間はずれにされているような感じすら受ける。

たくさんの女流棋士や将棋ファンに囲まれているにもかかわらず、まるで一人ぼっちの惑星に来たみたいに感じた。


「それでは勝利者にインタビューさせていただきましょう！」

終局後。

大盤解説会場へ一人で出向いたわたしは、花束《はなたば》をいただいてから、集まったお客さんたちの前でマイクを向けられていた。

わたしはこれで一斉予選に参加するのは三回目だけど、今回が一番、お客さんも報道陣も多く感じる。その理由は、たぶん……。

女王戦を主催するマイナビ出版の職員さんが、明るい声で言う。

「昨年はこの一斉予選で悔しい思いをなさった雛鶴女流名跡ですが、今回は予選突破一番乗りとなりました。おめでとうございます！」

「ありがとうございます！」

「ま、最近の雛鶴さんの充実ぶりであれば当然の結果ともいえますね。なにせプロ相手に十一連勝！　そして女流棋戦でも、タイトルを獲得した女流名跡戦第五局以来負け無しです。まるで無敗の白雪姫を思い出しますね」

会場からは大きな拍手が。

チクリと刺すような痛みが胸に走るけど、それを悟られないよう、わたしは笑顔を浮かべ続ける。

「現在の女王は、雛鶴さんにとって姉妹弟子《しまいでし》に当たる夜叉神天衣さんです。ええと、どちらがお姉ちゃんなんでしょうか？」

「入門したのも、それにお誕生日もわたしのほうが早いんです！　だからわたしが姉弟子《あねでし》です！」

「どれくらい早いんですか？」

「…………にかげつ……」

ドッ！　と会場が沸いた。あうぅ……。

「綺麗《きれい》にオチが付いたのでここで終わり……の予定だったんですが、雛鶴さんがあまりにも早く勝ってしまったのでまだ次の勝者がやって来るまで時間がありそうですね。ご来場のお客様から質問を受け付けたいと思います」

一斉に手が挙がった。

最初に当たった人にマイクが回ると、

「みんなこれを聞きたいと思うんですが──」

そう前置きして、予想していた質問が飛んできた。

「プロ編入試験について、何か進捗《しんちょく》はありましたか？」

「っ……」

覚悟していたこととはいえ、やっぱりすぐに声は出なかった。

集まった報道陣の雰囲気も明らかに変わる。お客さんたちも、それに会場に散らばっている将棋関係者の人たちも、わたしの答えを聞き漏らさないよう一気に静かになった。

別室でまだ行われている対局の駒音《こまおと》すら聞こえてくるような静寂が、プレッシャーとなってわたしの心を惑わせる。

「………」

攻めるか。それとも守るか。

息を吸い込んで再び笑顔を浮かべてから、わたしは言った。

「そのことについては、いずれまた、正式に将棋連盟から発表があると思います」

「なるほどなぁ。派手なことはすな、と」

スプーンいっぱいにカレーを掬《すく》うと、おじいちゃん先生は大きな口でそれを頬張《ほおば》った。

「ま、いかにも関東の理事が言いそうなことやね」

マイナビ女子オープンの会場である、皇居前のパレスサイドビル。

その最上階にあるレストラン『アラスカ』のカレーをごちそうしていただきながら、わたしは懐かしさでお腹《なか》よりも胸がいっぱいになっていた。

――大阪《おおさか》にいた頃は、こうしてよく一緒にカレーを食べたっけ……。

テーブルにはわたしと一緒に本戦トーナメント入りを決めた岳滅鬼翼《がくめきつばさ》さんもいて、ほぼ初対面の清滝鋼介《きよたきこうすけ》九段に対してガチガチに緊張している。

「岳滅鬼さんはさっきから全然食べておらんけど、口に合わんかったか？」

「い、いえ！　も、もう……おなかいっぱいで…………はい……」

「痩《や》せすぎやでキミは。カレーが苦手ならパスタも頼むか？」

「いいいいいいい、いいえ！　だ、大丈夫ですから……!!」

翼さんみたいに控え目で人見知りする方にとって、関西人の距離の詰め方はちょっと苦手だったのかも。誘って悪いことしちゃったかな？

けど、わざわざ審判長の仕事を引き受けてまで関西から出て来てくれたおじいちゃん先生に、わたしのお友達を紹介したかった。翼さん、もうちょっとだけ我慢してね？

「おいしいか？　あいちゃん」

「はい！」

カレーにはこだわりのある石川県出身のわたしでも、ここのカレーはとびきり美味《おい》しいと思った。ちょっと黒っぽくて金沢カレーに似てるし。

対局が終わってからも、スポンサーになってくれたお客さんとの記念撮影や、本戦トーナメントの枠を決める抽選会とか、行事もいっぱいあった。ただでさえ一日に二局も大事な将棋を指してるから、本当におなかペコペコ！

ちなみにたまよん先生とリンリン先生は一局目で負けちゃったから、さっさと居酒屋に行って昼間から感想戦という名前の飲み会をしてる。『後で合流しろ！』って連絡が来てたけど、わたしは小学生だからお店に入れません。

「で、や。あいちゃん」

真っ先にカレーを完食すると、おじいちゃん先生は声を潜めて、

「さっきの話やけど……レドモンドさんはホンマにこう言ったんやね？『編入試験のことについて外部に話すのは待って欲しい』と」

「はい」

「新聞の取材に関しては事前に新聞社の上のほうの人と話し合えば潰《つぶ》せる。せやけど公開対局ではマスコミに取材するなとも言えんし、それにファンの前であいちゃんがまた何か爆弾発言する可能性がある。その前に釘を刺しておこういうわけか」

「碓氷先生と和田さんにも相談しました。そうしたら『そういう事情であれば、いったん引いて連盟の出方を見るべき』とアドバイスをいただいて……」

「ふぅむ……碓氷君は確かに将棋の上では天才やが、理事を経験したことがあるわけやないからな……」

おじいちゃん先生は、わたしが常務会の提案を受けたことが嫌だったんだろうか？

っていうよりも理事そのものを嫌っているような感じを受けるけど……。

「それで？　あいちゃんはレドモンドさんから『お小遣いをあげる』言われて、何をお願いしたん？」

「編入試験を恒久的な制度にしていただきたいとお願いしました」

「あいちゃんが前からこだわってた部分やね。わしとしては、一回限りの試験でもええと思うてるんやけどな」

黙って聞いていた翼さんもモジモジと呟《つぶや》く。

「わ、私も……そこにこだわる必要は、ない……と思うんだけど……」

二人の意見はわかる。わたしのためを思ってくれてるからこそということも。たまよん先生もリンリン先生も同じ意見だった。

だから連盟に嘆願書を出した時は、みんなの意見に従って、敢えて編入試験の恒久的な制度化にまで踏み込まなかった。

——けど、やっぱり……ここはどうしても譲れないから。

「レドモンドさんはそれについて確約したんか？」

「善処する、とおしゃっていただきました」

「毒饅頭かもしれんなぁ」

「取ったら負け……ですか？」

将棋用語で『毒饅頭』とは、その駒を取ったら負けちゃう……みたいな意味。取ったら駒得になって一気に優勢になりそうに見えるけど、実は罠《わな》が仕掛けられていたり……。

今回のレドモンド先生の提案もそうなんだろうか？

「わしも理事をやったことがある。疲れ果てて一期で辞めたが……」

「たいへんなお仕事なんです？」

「将棋の研究をする時間は確実に減る。成績も悪くなるわな。せやけどわしがもっと疲れたのは、人間関係のほうやね」

「にんげんかんけい……」

「役職にもよるが、理事の仕事はスポンサーに『お金ください』て頭を下げることや」

　おじいちゃん先生は白髪交じりの頭をなでながら、

「わしみたいによぉ負ける棋士は頭を下げることくらいどうということはないが、プロ棋士の大半はプライドが高い。せっかくまとめたスポンサーとの契約に文句を言ったり、そのたびにわしがスポンサーに謝りに行ったりの繰り返しでなぁ。たまらんで、ホンマ」

　そこまで一気に言って水を飲むと、

「………案外、レドモンドさんも誰かの使い走りをさせられとるのかもなぁ……」

　最後にポツリとこう漏らす。

　たまよん先生もレドモンド先生も、関東の理事のトップこそが将棋連盟の真の権力者だと言っていた。

　けど……そうじゃない可能性もあるんだろうか？

　──だったら誰が本物の権力者なんだろう……？

　ついつい考え込んじゃいそうになったわたしは、場の雰囲気を明るくしようとして話題を変えた。

「ところで桂香《けいか》さんは？　一斉予選で会えなくて残念でしたけど、あれから元気にしてらっしゃるんですか？」

「どうもこうも……負けすぎて手合いが全然付かん。あいちゃんとは真反対や。最近は部屋にこもってパソコンばっか触ってるみたいやわ。何をしておるのやら」

「将棋の勉強をしてるんじゃないですか？　若手の先生方は家に将棋盤を持ってない人も多いみたいですし」

「せやったらええんやがねぇ……」

おじいちゃん先生は苦そうにお水を飲んだ。

いつも仕事の後はビールを飲むのに、この日はずっとお水だったのは、翼さんに遠慮したんだろうか？

それとも……このあと、もっと大事なお仕事があるのかな？

☖　清滝師匠の訪問

「銀子さん。面会のお客さんがいらしてますよ。男性の」

いつもの検査を終えて自室に戻ろうと施設の廊下を歩いていると、すっかり顔なじみになった職員さんからそう声を掛けられた。

「しかも和服を着た、とっても素敵な人！」

――まさか……八一が⁉

少し前に突然現れて何も言わずに帰ったあいつがまた来たんだろうか？

でも、もうすぐ帝位戦の防衛戦が始まる時期。相手が誰になったかはチェックしてないけど、今ごろは対策の真っ最中だろう。

——防衛戦で着る新しい和服を見せに来てくれたとか？　……まさか、ね。

タイトル戦の前に来るわけがない。当たり前だ。

それでも心臓がドキドキと痛いほど跳ねるのは、私が心のどこかで期待しているからだろう……将棋よりも私のことを優先してくれるって。

「っ……！」

冷静になろうとしても自然と歩くスピードが上がってしまう。

そして部屋に入った私はそこで再会した。大切な人に。

「師匠……」

「ええとこやね。ここは」

胸の痛みは一瞬で消えた。もうびっくりするくらい。特効薬ね。特許取ってこの髭面《ひげづら》を売ればいいのに。

「何かガッカリしとらん？」

「別に？」

私はさっさと部屋に入ってベッドまで歩いて行くと、布団《ふとん》を被ってフテ寝を決め込んだ。

師匠は溜息《ためいき》を吐《つ》きながら、

「銀子、お前なぁ……久しぶりの師弟の再会やいうに、何でそんな素っ気ないんや？　わし、もっと早くに見舞いに来たかったんやで？　けど桂香が『私以外の将棋関係者は面会謝絶だから』言うて会わせてくれんかったから――」

「桂香さんは？」

「マイナビのチャレンジマッチでボロ負けしてなぁ。それがショックでここ最近は部屋に引きこもっとるんや。帝位戦の大盤解説会や動画中継の聞き手の仕事がたくさん入っとったのに、それもキャンセルやと。もうわしはあいつが何を考えとるかわからん……」

「………………」

「何や？　何か心当たりがあるんか？」

「別に？」

実は、あった。

私がここに移る時からずっと、桂香さんは付き添ってくれていた。

そもそも休場を決断した祭神雷《さいのかみいか》との対局中ずっと将棋会館で待機してくれてて、その後も桂香さんは密かに連盟と私の中継役になってくれていた。

週に一度は面会に来てくれて、話し相手になってくれたり、私が退屈しないようにお薦めの本を持って来てくれたり、一緒にキャンプしてくれたり……こんな状況になって改めて、桂香さんがいてくれてよかったと思った。

……けど、だんだんとこう思うようになってきた。

『この人……私のことをダシに現実逃避してるんじゃない？』

って。

逃げてきた私が言うのも何だけど、週の半分くらいこっちで過ごしながらダラダラと富●見L文庫なんか読みながら『あーあ私も実の家族に虐げられて評判の悪い名家の跡継ぎとかに売られたけどその結婚相手が実はいい人で自分を虐げてきた家族に羨ましがられて「ザマァw」みたいなことが起こらないかなー』とか言い始めるし……。

おまけに今度は小説の内容にいちいち文句を付け始めるし。

『こんな展開ありえないわー』とか。

『ないわー。この作者マジで現実知らないわー』とか。

『今の流行だとむしろハイスペックオラオラ系に玉の輿《こし》より、若い男を買ってきて育てる系のほうがいいのよねー。一周回ってショタがトレンド来てるしー』とか。それ桂香さんの元からの趣味だよね？

だからこう言ったの。

『そんなに文句ばっかり言うんなら自分で書いたら？』

そしてその時に読んでた本の巻末にちょうど、新人賞の募集要項が入っていて……。

だから多分、そういうことよ。

「逆に聞くけど師匠はどうしてここに来たの？　来ちゃダメって言われてたんでしょ？」

自分のしでかしてしまったことから話題を逸らす。

返事は意外なものだった。

「笙子《しょうこ》さんから連絡があってなぁ」

「私のお母さんから？」

「ああ。八一《やいち》がここに来たんやて？」

「っ…………おしゃべり……」

油断していた。

母は今まで将棋界とは慎重に距離を置いてきた人だ。

八一とも十年ぶりくらいに会話したほどだから、あの人から私の消息が漏れることは無いとたかをくくっていた部分はある。

「もう知っとるかわからんが、神鍋くんが帝位戦の挑戦者に決まったで」

「あゆ……神鍋八段が？」

「あの二人がタイトル戦で当たるやと」

師匠は疲れたように大きな溜息を吐いてから、

「わしも『A級に上がる』とか『名人になりたい』とか雑誌のインタビューで言ぅたりしたが、時間の流れには逆らえん。現状維持が精々で、それもいつまで保てるかわからん。いくら何でも時代の流れが早すぎるんや……」

「………そうだね」

タイトル戦。八一と神鍋先生が。

師匠の家の子供部屋で一緒に将棋を指した相手が……しかも最初は私が圧倒的に勝ってた相手が先にタイトルに挑戦すると聞いて、さっきよりも強く胸が痛みを訴えた。

この痛みはけれど、病気じゃない。

嫉妬《しっと》だ。

「あいちゃんのこと。聞いとるか？」

「多少は」

「奨励会に入らずプロになりたいと」

師匠は眼鏡《めがね》を外して瞼《まぶた》を指で揉《も》むと、天上を見上げながら「わしはなぁ……」と独り言のように語り始めた。

「わしは、あの子が本当にプロになりたくてこんなことをしとるとは思えんのや。八一に弟子入りして、大阪におるうちはずっと、あの子はプロになりたいなんて一言も口にせなんだ。それが急に……」

師匠はガリガリと頭を掻《か》きむしる。

——懐かしいな。

そんな姿を見て私は思った。

対局中、苦しい中で長考する時、師匠はよく自分の身体《からだ》を触る。頭を掻きむしり、爪《つめ》が食い込むほど膝を握り締め、扇子《せんす》で頭を何度も何度も叩《たた》いたりする。

そんな苦しんでいる師匠の姿を見るのが、私は好きだった。

あれこそが私の目指すプロ棋士の姿だって思った。

私にとって、ある時期から、将棋を指すことは苦しいことで……だから師匠のその姿は、苦しむ自分を肯定してくれるものだったから。

──楽しんで将棋を指す人間を私は認めない。

さっきと同じ胸の痛みを感じた。嫉妬だ。

そして私の胸を苦しくさせるのは──

「仮に新しく制度ができて、それであいちゃんがプロになっても、その後のことを考えて行動しとるようには思えんのや。と、いうよりも……あの子にはもっと別の目的があるような気がするんや」

雛鶴あい。

あの小童《こわっぱ》と最後に話したのは……私がまだプロになる前。三段リーグ終盤で、心身の状態が最悪だった頃。

『八一のこと、頼むわね』

商店街の夏祭り。二人だけになった時、私はあいつにそう声を掛けた。

その頃から考えていたことがある。

もし、八一が私と出会っていなかったら？

そうしたら八一はもっと強くなっていたんじゃないだろうか。もっと伸び伸びと、後《わたし》ろを振り返ることなく将棋の真理へと突き進んでいたんじゃないだろうか。

『八一が間違った方向へ進みそうになったら、それを止めて。あいつの手を摑んで引っ張ってあげて』

雛鶴あいに私はそうお願いした。若くて、健康で、八一への想《おも》いを最初から隠すことなく、私なんかより遙《はる》かに将棋の才能がある女の子に。

あの子が現れてから、私はこう考えるようになっていた。

私は八一の枷《かせ》になっているんじゃないだろうかって。

そして八一にとって翼になるのは…………。

「それで？　結局、師匠は何を言いたいの？」

「わしでもこのザマなんやから他の棋士はもっと揺れとる。仮にこの問題について棋士総会で話し合われるとしても、わしらだけでは結論は出んかもしれん。つまりや――」

師匠は眼鏡を再び装着する。

そして私の顔を真《ま》っ直《す》ぐ見て、言った。

「この問題について最も大きな発言権を持つ者は……あいちゃんと真逆の選択をした人間や。

奨励会という制度を迂回《うかい》せず、苦しみ抜いてプロ棋士になった……空銀子四段や」

……私が？

「銀子の意見が決め手になると、わしは思う。お前が『イエス』と言えば、そうなる。逆に『ノー』と言えば、新たな制度を作ることは無理やろう」

「………………」

未だ自分にそんな影響力があることを、私はどう捉《とら》えればいいんだろう？

少し前ならプレッシャーに感じていたはず。

けど今は、耳を塞《ふさ》ぎたくなる感じじゃない。冷静に師匠の言葉を聞くことができた。

だからこう思ったの。

──今だったら…………聞けるかもしれない。

「あいちゃんの熱意に打たれはしたが……わしは正直、今でも迷ってる部分はある。お前はどっちを望む？　銀子……」

「こっちの質問に答えてくれたら私も答えるわ」

「何や？」

「…………師匠は────」

この問いを口にする瞬間は、さすがに大人しくなっていた心臓が再び跳ねた。

そんな暗い胸の痛みに耐えながら私は言う。

「師匠は…………あれを、私の代わり《スペア》にしようと思ったの？」

それは非難の言葉じゃなくて。

そうじゃなくてただ、清滝鋼介という名伯楽の意見を聞きたかった。九頭竜八一という天才を育てたこの人ならきっと……ずっと考え続けていただろうから。

八一にとって誰が一番ふさわしいのかを。

「…………………………」

長い沈黙。

俯《うつむ》いた師匠の髪は、私が知っている頃よりも遙かにたくさんの白髪で覆《おお》われていた。この半年でどれほど悩んだかは、それを見るだけでわかる。

そして師匠は髭で覆われた口を開いた。

「わしは――――」

☗九頭竜八一の訪問

「ただいま」

関西将棋会館から環状線で一駅の野田《のだ》。

俺と姉弟子が人生の大部分を過ごしたそのエリアは、太平洋戦争で焼け残った古い大阪の名残を今も残す下町だ。

「桂香さん？　ただいまー」

将棋道場を併設した昭和の香りがするその家の門を久々に潜《くぐ》る。

「桂香さん？　師匠？　…………あれ？　誰もいないのかな？」

いつもなら「お帰りなさい！」と聖母のような笑顔と共に迎えてくれる桂香さんの気配がしない……っていうか。

「んん⁉　な、何だか家の中が荒れてるような……？」

家事を完璧にこなす桂香さんが管理するこの家は、師匠が若手棋士を集めた研究会を開いてもピカピカに掃除が行き届いていたし、いつも美味しそうな料理の香りに満たされていた。

それが今は……まるで廃屋のようだ。

このまま靴を脱いで上がるべきか上がらないべきかドキドキしながら悩んでいると、二階から何かが這《は》ってくるような音がした。

階段を見れば、そこにはジャージ姿で髪もボサボサの桂香さんの姿が。

「…………おかえりぃ…………」

「ど、どうしたの桂香さん⁉　メチャメチャ疲れてるっぽいけど⁉」

「……寝落ちしちゃったみたい。締め切りがね……」

し、締め切り？

自戦記？　それともコラムか何かかな？

「つ、疲れてる？　何なら出直すけど――」

「入って。コーヒーを淹《い》れるから……」

ヨタヨタと頼りない足取りで壁伝いに廊下を歩く桂香さん。

俺は慌てて靴を脱ぐと、桂香さんを支えた。

「えっと、俺が淹れようか？」

「……お願い。冷蔵庫に入ってるわ」

フラフラしてる桂香さんを椅子《いす》に座らせると、俺は戸棚からグラスを二つ取り出し、氷を入れてアイスコーヒーを作った。

ちなみに冷蔵庫の中には栄養ドリンクとチョコレートとコーヒーベース（カフェオレとか作るためのメチャメチャ濃いコーヒー。無糖）くらいしか入ってない。まるで修羅場中の売れっ子作家みたいな冷蔵庫デッキである。

――そういえばさっき締め切りとか言ってたけど……まさかねぇ？

出来上がった無茶無茶苦いコーヒーに俺はガムシロップを入れたが、桂香さんはそのままガブガブ飲んでる。カフェイン中毒者の姿がそこにあった……。

向かい合って座ると、桂香さんが俺を促した。

「それで？」

「うん」

俺は桂香さんの目を真っ直ぐ見て用件を切り出す。

「銀子ちゃんのお母さんから聞いたよ。遺伝のこと」

ここに来るまで何度も何度も練習したから、声が掠《かす》れるようなことはなかった。

「ああ…………そっか。知っちゃったかぁ……」

深い溜息を吐いて、黒い液体の入ったグラスに目を落とす桂香さん。

やはり桂香さんたちは知っていたんだ。

「師匠が俺と銀子ちゃんに恋愛禁止を言い渡したのは、それが理由なんだろ？　俺たちが……先走って子供を作らないようにするために」

「…………」

「そして、あいを俺の内弟子《うちでし》にしろと師匠が言ったのは……俺と銀子ちゃんを引き離すためだったんじゃないのか？」

「…………………………」

桂香さんは頭痛を我慢するかのように額を手の甲でおさえると、深い深い溜息を吐いた。

しばらくしてようやく口を開く。

「……お父さんは、あいちゃんと八一くんが将来的にくっついてくれることを期待していたと思う。口にしたことはないけど私もそうとしか思えないから」

もちろん、あいちゃんの熱意に打たれたのも事実でしょうけど……桂香さんは言い訳するようにそう付け加えた。

「そしてあいちゃんも……そのことに気付いたんだと思う。はっきりと自覚してのことかは、わからないけど……」

だから出て行った。そう考えれば辻褄《つじつま》は合う。

あいを弟子に取ったことは間違いじゃない。そう信じたい。

けれど内弟子にしたことが果たして正しかったのかといえば……悪手《あくしゅ》だったのだろう。結果からすれば。

あいと銀子ちゃんの両方を傷つけてしまったのだから。

「俺は…………後悔した。腹が立った。銀子ちゃんの身体のことも知らずに、無責任に将来の夢を語った愚かな自分に」

これは感想戦だった。

そして感想戦を行う理由は、次の対局で同じ間違いを犯さないためにだ。

次に……銀子ちゃんと会うときのために。

あの子の気持ちをはっきりと確かめる時のために。

今でも俺のことを愛してくれているのは、わかっている。こんな情けない男にはもったいないほど一途に俺のことを好きでいてくれることは。

「でも、髪を伸ばしてくれてた銀子ちゃんに会って……不安になったんだ。俺が何気なく語った希望や夢が、あの子を傷つけてしまったんじゃないかって。あんな俺の妄想に縛られたせいで……今もあの場所から出られないんじゃないかって」

しかしそれを確認するためには銀子ちゃんに『自分の病気のことを全部知っているのか？』と尋ねなければならない。

銀子ちゃんのお母さんによれば、本人には伝えていないという。

ここに来る前に、大阪での主治医である明石《あかし》先生にも確認した。やはり遺伝のことまでは伝えていないという答えだった。

伝えるのであれば俺の口から直接……そう思うと同時に、果たして何の知識も経験も無い将棋指しの自分にそれができるか、不安だった。

――将棋指しは将棋のことだけやってりゃいいんじゃないか？

だが将棋の未来はもっと暗い。

俺が《淡路》を通して見たのは全く救いの無い未来で、この俺ですら何のために将棋を指すのかわからなくなるほどで……。

さらに天衣は将棋の結論なんてものを手に入れた。それは今後、その結論を知った者だけが勝てる世界が訪れることを意味している。努力や根性や才能ではどうにもならない世界になってしまったのだ。そんな世界で生きるのが嫌ならば将棋を捨てるしかない。

けれど俺たち棋士にとって将棋を失うことは、死ぬ以上の苦しみで。

「それでも俺は姉弟子を失いたくない。姉弟子と……銀子ちゃんとずっと一緒にいたい。この家でみんなで過ごした頃のような幸せな家庭を築きたいんだ！」

この家に来てこうして叫んで、ようやく俺は理解した。

自分が何を望んでいるのかを。

この家で俺は育った。銀子ちゃんと一緒に。

中学生棋士になって家を出てからは史上最年少でタイトルを獲り、二冠になり、今では将棋の結論なんてものにまで手が届くほどに強くなった。

けれどそれが何だ？

強くなったところでちっとも幸せになんてなれない。背負うものが増え、戦いは加速度を増して過酷になり、雁字搦《がんじがら》めの中で指す将棋は息が詰まりそうなほど苦しい。

この家で過ごした幸せな時間を取り戻したかった。

努力すれば夢は叶うと信じて、勝ったり負けたりしながらみんなで将棋を指していた、あの頃のような……。

子供の頃に戻れないことは百も承知だ。それでも！　それでも俺は……!!

「…………桂香さんは、どう思う？」

「私は、銀子ちゃんが今も生きてるのは、奇跡だと思う」

はっきりとした口調で桂香さんは即答した。

「そして奇跡は何度も起こらない。だから奇跡なの」

「ッ……」

心臓に杭を打ち込まれたような痛みで呼吸が止まる。

自分の幼稚さを指摘された痛みだ。

「もし、貴方《あなた》たちが子供を産んで、その子にも病気が遺伝した場合……生まれてきた子が自分の身体についてどう思うかはわからない。一つだけわかるのは、八一くんが今の決意を後悔してしまう日が必ず来るということだけ」

「俺が?」

「目の前で小さな子供が苦しんでいるのを見るのはね、地獄よ。そして当然、今みたいに時間と労力を全て将棋に注《そそ》ぐなんてことはできなくなる。病気や障害を抱えた家族と一緒に生活するってそういうことなの」

「…………地獄…………」

実際に姉弟子の世話を一手に引き受けてきた桂香さんの言葉は重かった。

俺も姉弟子も自分一人の力で強くなれたわけじゃない。

そして桂香さんが長く女流棋士になれず苦しみ、今も棋力が停滞してしまっているのも、師匠が俺たちを内弟子として引き取ったからだ。

「結婚しても子供がいない夫婦はたくさんいるわ。敢えて子供を作らない選択をする人たちも増えてる。あなたたちなら有望な子を内弟子として育てるという方法で家族を作ることもできるでしょう」

「……」

「子供がいなければ到達できた高みがあると考えて、後悔する日が来るかもしれない。そこをよく考えたほうがいいと思う」

「………うん。ありがとう桂香さん。もっとよく考えてみるよ」

「八一くん」

コーヒーを飲み干して礼を言う俺に、桂香さんは尋ねる。

「銀子ちゃんのこと、好き？」

「好きだよ」

「そう」

俺は即答し、桂香さんは頷いた。

「じゃあ、あいちゃんは？」

「…………」

「銀子ちゃんが消えると同時に、あいちゃんも消えた。そのことであなたは自覚した。あいちゃんがどれだけ自分にとって大きな存在になっているかを……違う？」

俺は無言で立ち上がった。

戦いの時が迫っていたから。

「あいちゃんのことを本気で好きになってしまうかもしれないと思ったんじゃない？　だからあなたは、あの子にだけは会わないいんじゃない？　私や天衣ちゃんには会うのに、あの子にだけは会えないのは……」

背後から聞こえてくるその言葉を、俺は聞こえないふりをした。

暴《あば》かなくてもいいものがあることを《淡路》が教えてくれたから。

☖　合宿

噎《む》せ返るような男たちの匂《にお》いが充満する部屋で、山刀伐尽八段が、長机の上に置かれた持ち時間早見表の最後の数字に斜線を入れた。

「神鍋先生。これより一分将棋でお願いします」

「承知ッ‼」

僕は盤を睨《にら》み付《つ》けたまま小さく叫ぶ。

昨日の朝にこの部屋で開始した対局は、お互いに八時間という持ち時間をほぼ使い尽くしていた。計測は一分未満切り捨てのストップウォッチ方式なので、つまり最低でも十六時間以上はこうして戦い続けていることになる。

形勢は不明。しかし持ち時間は差が付いている。

考えている余裕は無かった。

「────そこだッ!!」

第一感を読み進めた先に見えた、敵の急所目がけて駒を進める。

直後、予測もしていなかった角度から大駒《おおごま》のボディーブローが打ち込まれた。

「おぐゥッ!?」

一分将棋の中で予想もしていない手を指されると本当に息が止まる。そして幻の痛みが治まる前に、さらに厳しい追撃が間断なく打ち込まれた。

「ガハッ……！　ぐぅぅぅ……!!」

ただでさえ体験したことのない長時間の対局に疲弊しきっている中で、最後の最後に想像もしていないほどのラッシュを浴びて、僕は情けなく悲鳴を漏らす。

その痛みはしかし、まだ足りないのだ。

──彼奴《きゃつ》なら……これ以上の手を返すのだろうな……。

薄れゆく意識の中で僕にできた最後のことは、投了のために声を発することだった。

「どうしたの？　元気出しなよ」

風呂《ふろ》から上がったばかりでハンドタオルと下着だけの山刀伐八段が、濡《ぬ》れた髪を拭《ぬぐ》いながら慰めの言葉を口にした。

一番風呂をいただいて先に出ていた僕は、ソファーに座って俯いたまま答える。

「…………挑決で勝ったはずの相手にタイトル戦と同じ条件で完敗しては、元気を出すほうがわざとらしいかと……」

「本番でもそんな態度を取るのかな？　番勝負はね、その対局が負けだとわかってからが重要なんだ」

「？　どういう……？」

「負けを意識してからは、次の対局で勝つための伏線を張る作業になる。逆もしかり。勝ちが決まった側は少しでも追加でダメージを与えようとしてくる。心を折ろうとしてくるのさ。今のキミみたいになってくれたら大成功だよね」

「っ……」

「そのための技術というのもあるんだ。そしてそれを吸収することができるのは、本来ならタイトル戦の舞台だけなんだからね」

――そんなことを言われても……。

「経験したことのないものをどうやれと――」

そんな反論をしかけて、ふと気付く。

まさか名人は……その経験を今日させてくれたのか？

「感謝しなよ？　タイトル戦と同じ持ち時間で練習将棋を指すなんて若手棋士だって嫌がるようなことを、あれだけお忙しい方がご自分から提案してくださったんだから」

そうなのだ。

帝位戦の挑決が終わったその日のうちに名人はタイトル戦に向けて研究会を企画してくださった。

メンバーは、僕と名人と山刀伐八段。

まず違和感を抱いたのは、その人数だ。

普通、研究会は偶数で行う。全員が対局できるように。

しかしこの研究会は三人のみで行った。

二人が対局し、残りの一人は記録係をする。あの名人も公平に。

それからコンピューターも使って、指した将棋を三人で徹底的につつき合う。この口頭での研究が最も重要だと思っていた。

なぜなら今の九頭竜八一は我々の遙か先を行っており、それに立ち向かうためには、たった一人の将棋観では限界があるからだ。

おそらく名人は挑決で勝っても負けてもこの研究会を開くつもりだったんだろう。

そしてこの研究会の最後に企画されていたのが、タイトル戦と全く同じ設定で僕と名人が対局するという、究極の練習将棋だった。

「記録係まで付けて、名人と八時間の将棋を指す。封じ手の練習もコミで。これは実質的にタイトル戦だよ。妬《ねた》ましさで毛穴から血を噴き出しそうさ！」

もちろん感謝はしている。

山刀伐八段はストップウォッチを使っての記録係までしてくださった。A級棋士、しかも昨年の名人挑戦者にここまでしてもらえるとは、この合宿に誘われた時には想像すらしていなかった。

ただ……本番を前に心をバキバキに折られてしまうと、暗い考えも浮かぶ。

――九頭竜八一とのタイトル戦を取り上げられて、その腹いせをしているだけなのでは？

不意に、山刀伐八段が言った。

「ビールでよかったかな？」

「いえ、我は――」

「まだ飲んだことがないのかい？　だったらなおさら今夜は飲んだほうがいいね！」

どういう理屈ですかと反論する僕に、山刀伐八段は冷蔵庫の中から勝手に取り出した缶ビールを放り投げながら、

「自分の酒量は把握しておいたほうがいいよ？　前夜祭や打ち上げで完全にアルコールを避けるのは難しいから」

「乾杯は口を付けるだけでいいのでは？」

僕は空中を飛んできた缶ビールを何とかキャッチする。

フルセットになれば前夜祭と打ち上げは各七回。確かにそれだけあれば、どこかのタイミングで酒を飲んでしまうことがあるかもしれない。

勝って祝杯をあげるか負けてヤケ酒に走るか……どちらも僕にはありそうだなと思った。

「それにアルコールは、時として武器になるからね」

「武器……ですか？」

「初めてのタイトル戦。しかも幼い頃からの親友との七番勝負。ガチガチに緊張するかギンギンに興奮するかどっちかだよ。それじゃあ上手《うま》くイクものもいかなくなっちゃうよね？」

「…………」

「そんな時に便利なのがお酒なのさ。適量なら寝付きやすくなるからね。けど飲んだことのない人が急に飲んでも失敗するだけ。だから今、経験者がいる前で飲んでみる。ＯＫ？」

「……………………」

言葉巧みに言いくるめられている感じがするけれど……。

「……いただきます」

「じゃ、乾杯♡」

密着するように僕の隣に腰を下ろすと、山刀伐八段は缶を呷《あお》った。ごくごくと喉《のど》を鳴らして一気に飲み干すと、わざとらしく缶を逆さに振って挑発してきた。

圧倒される僕に向かって、八段はニヤニヤしながら言う。

「ま、最初は舌を付けるだけにしときなよ」

「っ……‼」

まだアルコールを摂取していないのに、顔が赤くなるのを感じた。

これを飲むことで何かが変わるとは思えない……けど、今まで自分が摂取したことのない物質を取り入れることで自分がどう変わってしまうのかが、少しこわい。

ええい！　何を恐れる⁉

「ン！」

一気に口を付けてそのまま大きく反り返る。

口を通過して喉に直接ビールを流し込んだ。

そして噎せた。

「んんッ⁉　ごほっ……！　ごほっ……！」

「ウホ！　いい反応♡」

隣で飲んでいた山刀伐八段が楽しそうに言った。

僕をからかって楽しんでいるのか……。

「というか、どうして隣に座るのです？　向かいの席でいいでしょう。あと、早く服を着てください」

「裸で将棋を指した仲じゃないか」

「……こちらはアンダーシャツを着ていました」

あまり反論にならないなと思いつつも、侮られるのが嫌で言い返す。あのA級順位戦開幕局以来、毎日この人からメッセージが届くようになり、マスター……里奈さんから浮気を疑われたこともあった。

「それで、どうだった？　タイトル戦のイメージは持てたかな？」

「もともとイメージはありました。ドラゲキンと番勝負でいずれ戦うことになるイメージは。しかし――」

「こんな状況じゃなかった？」

「……評価値に縛られるディストピアのような今の将棋界ではなく、己《おのれ》の力のみでぶつかりたかった。ええ。その通りです」

アルコールが回ったせいか、普段ならば口にしない言葉が出た。

「コンピューターは不純だと思うかい？」

「正直に申せば、その意識は抜けません」

「確かに序盤はコンピューターで調べられる。そして下手に独自性を出さないほうが勝てる。けど、それだけに今のプロの将棋は人読みの要素が強くなったとも言えるよね？」

人読み……つまり相手がどんなソフトを使い、どんな定跡《じょうせき》をどこまで掘っているかを、その棋風から先読みして研究段階から準備すること。

メタ的な戦いは、確かに勝負師としての個性が出るとも言えるが……。

「しかし……それは結局、コンピューター同士の戦いなのではありませんか？　人が機械の道具に成り下がっているだけなのでは？」

「今の人類は機械の道具にすらなれていないよ」

「ッ……！」

「ごく一握りの人間だけがその域にようやく到達した段階だ。そして仮に最強のコンピューターを独占できるとしたら、それが示す手を指すだけで『個性』になる。それを個性じゃないと否定するなら、方法は一つ。勝つしかない」

「…………」

「今のキミは、負けた時の言い訳を探しているように見えるね。それじゃあ名人にコテンパンにされるのも納得だ。挑決で勝てたのはどうしてだと思うの？」

「それは、我の棋力が――」

言いかけて、僕はハッと気付く。

棋力も、そしてタイトル戦に必要な技術も経験も、僕は名人に遥かに劣る。それは今日、痛いほどわかった。

ならば僕があの日、名人に勝てたのは……！

「強かったからです」

これだけは誰にも負けないというたった一つのものを、僕は口にする。コンピューターには抱けない、大切なものを。

「我の九頭竜八一への想いが、名人よりも強かったからです‼」

「わかってるならグズグズ悩まない」

そう言って僕の手から缶ビールを取り上げると、山刀伐八段は残った液体を一気に飲み干す。

そして立ち上がりながら言った。

「そろそろ行こうか？　大人のパジャマパーティーにさ！」

「……はい」

山刀伐八段とベッドルームに行くと、名人は先に来ていて、やはりお酒を飲んでいた。

勝ったからかいつもより上機嫌な名人は、この合宿で毎晩そうしているように、思いつくままに色々な話をしてくださる。

七冠制覇の頃のことや、初めてタイトルを失った頃のこと……。

僕はそこで聞いたんだ。

名人が少年のような顔で語る、将棋の話を。

まるで星々の行く末を語るような、壮大な物語。何千年も何万年も、何億年もの時間を軽《かろ》やかに跳び越える、将棋という一つの恒星《ほし》の始まりと終わりの物語。

なぜ将棋は生まれ、そしてどんな終わりを迎えるのか。

僕らが生まれるずっとずっと前にもう、名人は今の僕らよりも明確に現在の状況を予測し、さらにその先までイメージしていた。

それはあまりにも荒唐無稽《こうとうむけい》で……コンピューターの指す将棋を見慣れた世代である僕ですら、自分たちがいま指している将棋と同じゲームだとは思えなくて。

だからこそ僕は理解した。

名人の、圧倒的な孤独を。

まだソフトが強くなる前に何億光年も遙か彼方へたった一人で飛び去ったこの人はずっと、孤独の中で生きてきた。なぜなら将棋は一人では指せないから。

九頭竜八一もきっと同じ孤独の中にいる。

スーパーコンピューターというブースターロケットを使って加速度を増したあの少年は、僕らではもう手の届かない高みへと至ったのかもしれない……。

「追い付くよ。必ず」

窓から見える夜空に向かって僕は手を伸ばした。

今の時代の人々に笑われようと僕も目指す。遙か彼方の宇宙で青く輝く、将棋の恒星《ほし》を。

第三譜

☗初デート

その日の朝は、いつもよりかなり早く目が醒《さ》めた。

あいつと将棋を指す日はだいたいこうなる。ワクワクして早く起きちゃうのだ。子供の遠足みたいな感じだ。

俺《おれ》は今、人生で一番将棋に絶望しているが……。

驚いたことに、あいつと大舞台で将棋を指すことに浮かれているらしい。

「……よく姉弟子《あねでし》に『ソワソワするな。きもい』って言われたっけな」

苦笑しながら布団《ふとん》を出る。

手早く朝食を済まし、それから真夏の三河湾《みかわわん》を眺めながら俺は和服を自分で着付けた。半年以上ぶりに着付けをしたが、思ったより時間はかからない。

「行くか」

荷物の入った信玄袋を引《ひ》っ摑《つか》むと、我慢できずに俺は部屋を出た。

廊下ですれ違った関係者がみんなビックリ顔だ。

「えっ⁉　帝位が、もう……？」

そう言って動揺する人々を軽《かろ》やかに置き去りにして対局室に入ると、そこにはまるで俺が早く来ることを見越していたかのように準備を全て整えた記録係が一人で盤側《ばんそく》に座っていた。

「おはようございます。九頭竜《くずりゅう》先生」

「おはようございます……登龍《のぼりょう》さん」

そそくさと上座に回る俺と同じように、登龍花蓮《かれん》三段も対局開始が待ちきれないようだ。

タイトル保持者が入室したことを聞きつけた報道関係者が慌てて入室してくる。みんなこっちに聞こえないようヒソヒソ話しながら。

「……普通は挑戦者が先に入室するものだろ？」

「……タイトル戦初舞台の相手を動揺させる作戦か？」

おそらくそんな会話が交わされているんだろう。

確かに普通は格上が後から来る。上司が先に来て座ってたら新人はビビるからな。圧迫面接っぽくなる。

だが俺たちの間にそんなことは杞憂《きゆう》だ。

バシャバシャバシャ！　バシャシャシャシャシャシャッ‼

「来たか」

部屋の外から聞こえている大量のシャッター音が耳に入ると、俺は思わず呟《つぶや》いていた。

まるで初デートの待ち合わせみたいに胸がドキドキしている……。

「挑戦者、入られます！」

フラッシュの光を背負って、あいつは俺の前に現れたんだ。

「遅かったじゃないか。歩夢《あゆむ》」

「貴様が早すぎるのだ。魔王」

いつもの白いマントよりも、今日の和服姿は眩しく輝いて見える。まるで夏の海のように鮮やかなその輝きに、女性も男性も思わず溜息《ためいき》を漏《も》らしてしまうほどだ。

「……神鍋《かんなべ》八段が着てるあの和服って、名人のものなんだろ……？」

「……自分の和服を託した⁉　九頭竜じゃなくて神鍋を後継者と認めたってこと……？」

「……挑決の翌日からずっと名人と研究会をしてたらしい……」

普通なら反発を覚えるそんな囁きが、今日は誇らしい。

——俺は誰よりも早く歩夢のことを認めてたんだぜ？　名人よりも！

まるで初デートで美しい恋人を見せびらかすかのようだった。その恋人《あゆむ》は対局前のいつものルーティーンで、自分で紅茶を淹《い》れている。タイトル戦でも歩夢は歩夢だ。

互いの想いが溢れたタイミングで自然と礼を交わす。

「「よろしくお願いします！」」

そして俺は一般的な大橋流で、歩夢は『僕が考えた最強にカッコイイ駒の並べ方』で、交互に駒を初形に並べる。和装だと歩夢の並べ方の奇抜さが際立《きわだ》つ。

「九頭竜帝位の振り歩先です」

記録係が白い布の上に俺の歩を散らして――――と金が四枚に歩が一枚。

先手《せんて》は歩夢に決まった。

「神鍋八段の先手番《せんてばん》です」

「ゴッドコルドレンでお願いします」

登龍さんは優雅にその言葉を無視した。将棋のことをよく知らない地元の有力者の方々は『今のは何らかの将棋用語なのかな？』みたいな顔をしているが中二用語である。

定刻の九時になった。

「……フッ！」

歩夢の手は微塵《みじん》の躊躇《ちゅうちょ》も迷いも無く、盤上に伸びる。

その初手《しょて》に報道陣が色めき立った。

「飛車先《ひしゃさき》の歩を……！」

「帝位の得意戦法である相掛《あいが》かりか……!?」

眼鏡のレンズを丁寧に拭ってから俺も飛車先の歩を突き返して、一局目から緊張が走る。

だが。

五手目に歩夢は角道を開ける。

――そう。これだよな。

俺は心の中で頷《うなず》いた。やっぱり歩夢はいつも俺が一番指したい戦型《せんけい》をわかってくれる。

「行くぜ……」

唇を舐《な》めると俺は自ら歩夢の胸に飛び込むかのように、敵陣に角を突っ込ませる。

帝位戦七番勝負。俺たちの初めてのタイトル戦。

その開幕局の戦型はノーマル角換《かくが》わりに決まった。

「見よ！　我らの指す『エクスチェンジビショップ・セイムスツールギン』をッ!!」

「角換わり相腰掛け銀って言えよ」

どさくさに紛れて最後に『銀』って日本語で言っちゃってるし。

ネーミングはガバガバな歩夢だが、しかし研究は完璧だった。

「ッ!?　……こ、これが…………百年後の角換わりの姿……!?」

記録係の登龍さんは前のめりになってそう漏らす。

それは現代将棋で指されているよりも、少し形の違う角換わりの基本図。公開した《淡路》の百局に収録された未来の角換わりだ。

仮に百年後も角換わりが生き残っているのだとしたらおそらくこの形だろう。俺と歩夢が演じた戦いは、そう思わせるような斬新《ざんしん》な手の連発だった。

普通の対局なら一発でも出れば『名局』と騒がれるような新手が、まるで真夏の打ち上げ花火みたいに何発も、何発も、何発も。

俺が早々に歩を打って王手を決めれば、歩夢は玉をくるくると回転させるように逃がしつつ攻め上がった銀を後退させる。

俺は俺で敵陣に打ち込んだ銀を使って駒をどんどん回収していき、そのまま飛車を金駒で封じ込めた。

どれも一見して意図の掴みづらい手だが、それらを俺たちはほぼノータイムで指す。この指先の動きが先に止まったほうが研究で後れを取っていることになり、角換わりでそれは死を意味するから。

そして互いに持ち時間をほぼ使わないまま昼食休憩の時刻になった。

「い、いったい……何が行われて……？」

「どっちが有利なんだ……？」

前代未聞のスピード勝負に唖然《あぜん》とする関係者をよそに、俺たちはさっさと自室へと引き上げていく。

昼食には三河湾の新鮮な海産物をたっぷりといただいた。

盤上は緊迫している……ように見えるだろうが、俺たちにとってはまだまだ研究範囲。だから料理を味わう余裕もある。特にこの地方でよく食べられているという小女子の料理は絶品だった。卵とじ、かき揚げ、天ぷら……新鮮でピチピチした小女子の味は最高だ。

ちなみに『こうなご』と読む。小さい魚です。何だと思った？

決していかがわしい食べ物ではないが「九頭竜帝位には絶対に気に入っていただけると思って極上のものを用意しておきました！」という宿の人の言葉には多少ひっかかるものを感じつつ、再び対局室へ。

昼食休憩後も俺たちの勢いは止まらなかった。

「おいおいおいおいおい……！」

「い、一日目で終わっちまうぞ……⁉」

休憩明けの写真撮影のタイミング中にもどんどん手が進んでいくため、引き上げていく関係者たちが対局室の襖《ふすま》の向こうで慌てている声が聞こえた。

めまぐるしく行われる駒の交換。

そして中央から駒が消滅した隙に、互いの大駒《おおごま》が敵陣に成り込む。歩夢は馬を、俺は竜を作った。

玉の周りを金銀で固めている俺に対して、歩夢の玉はスカスカだ。あと二手で詰めろが掛かるまでに。

——やっぱ入玉狙《ねら》いか。

その狙いを砕くように俺は先手玉の進路へ歩を打ち込んで牽制するが……歩夢の応手《おうしゅ》は想定を超えていた。

「4四歩⁉」

玉を上部へ逃がすでも、玉の周囲を固めるでもない。俺の玉へぼんやりとしたプレッシャーを掛ける遠大な構想の一手。

超えてきたか。人間を。

「ならば‼」

俺の応手は桂をタダ捨てする6四桂！

「っ……‼」

記録机から登龍三段が身を乗り出す。この二手を数分で放つことができる人間が地上に二人も存在していることが信じられないと言うかのように。

「やるな歩夢」

「貴様も」

ついつい嬉《うれ》しくなって思わず呟く。そのあいだも俺たちの手は止まらない。盤の端に逃げ込んだ歩夢の玉にいよいよ王手が三連続で掛かるが、そのピンチをまるで燃料にするかのように先手玉はグイグイと力強く上昇を開始していた。

入玉だ。

――……そろそろこっちも考えないとな。

先手玉を止めるのは難しい。そして俺の持ち駒は少ない。となれば自玉をどうするかも決断する必要がある。

とはいえこのまま歩夢の玉を放置するわけにもいかない。手を抜けばその瞬間から反撃が始まるだろう。

――駒を節約しつつ先手玉への楔《くさび》を残す！

最下段にゴールキーパーのような歩を打ち込んだ俺のその手で、百手に達した。

すると急に歩夢は動きを止める。

「…………………………………」

カラコンが入った目を閉じて、まるで眠っているかのように微動だにしない。

スローペースとかそういうのじゃない。文字通り一手も指そうとしなくなったのだ。一時間が過ぎ、二時間が過ぎ、三時間が過ぎても歩夢は指そうとしない。

そうして夕陽《ゆうひ》が対局室に差し込んだ頃《ころ》。

相変わらず目を閉じたまま、歩夢は盤側にかろうじて聞こえる声で、

「……現時点での我らの旅の記録をセーブしていただこう」

「わかりました」

十八時の定刻になるかなり前に歩夢は独特の表現で封じ手を行う意思を示し、新手の連発に動揺していた記録係の登龍さんもこれには動揺することなく応じた。関東所属の奨励会員が普段こいつにいかに鍛えられているかが垣間見える。

そして初めての封じ手を躊躇無く行う決断をした歩夢ももちろん、事前に経験者から手解《てほど》きを受けたはずだ。

――俺に封じ手のテクニックを使わせないつもりか？

昨年の帝位戦で見せた、勝負所で封じることで一晩じっくり考える策。

それは前提として俺が自分で封じることと、一晩中考え続けなければ読み切れないほど複雑な局面である必要があった。

歩夢はその条件を二つとも封じてきたのだ。

なぜなら先手が入玉したこの局面でもまだ、お互いに研究範囲のはずだから。

☖ 処罰

封じ手の儀式を全《すべ》て終えて自室に引き上げると、部屋の中に人の気配を感じた。

そこにいたのは――

「於鬼頭《おきと》先生ですか？」

窓際に佇《たたず》む長身痩軀《そうく》の男性は、夕暮れの三河湾から俺の顔へと視線を向け変える。

驚きと共に俺は尋ねた。

「どうしてこの部屋に入れたんです？」

「娘が君の婚約者だと言ったら通してもらえたよ」

「マ?」

「冗談だ」

無表情で言うから冗談に全然聞こえないんだよなぁ……。

とはいえどこか憑《つ》き物《もの》が落ちたような雰囲気だ。俺は羽織を脱ぎながら尋ねる。

「雷《いか》はどうです?」

「やはり休養が必要だ。休場届を私が代筆して、先ほど会長に提出してきた」

「そうですか……」

多忙な月光《つきみつ》会長は今日の午後になって関西から現地に到着していた。封じ手の局面では盤側に座っていたが、明日の午後にはまた移動するのだという。

そんな多忙な会長と直接会って話すためにわざわざここまで来たんだろう。堅物な於鬼頭先生らしいといえばそうだけど……。

「女流帝位戦《じょりゅうていいせん》は終了となる。どのみち一局目で勝負は終わっていたが……しかし前代未聞だな。五番勝負が一局で終わるというのは」

それも雷らしくはある……と言おうとして俺は言葉を引っ込めた。

本人に対してはまだ怒りがあるが、於鬼頭先生は何も悪くない。そして雷はこの人にとって大事な娘なんだ。

娘と会話をするためだけに将棋ソフトを開発してしまうほど、大切な。

「私も一緒に休場する。もっともこちらは責任を取って謹慎するという意味合いが強いが」

「責任？　何の？」

「実の娘であることを知りつつ立会人を引き受けたことについて」

「あっ……」

確かにそれは大問題だろう。

ただその処罰を受けるということはつまり、於鬼頭先生が雷との関係を公表するという意味でもある。

だから思わずこう口にしていた。

「おめでとうございます」

言った俺も意外だったが、於鬼頭先生はもっと意外だったんだろう。珍しく不意を打たれたような表情で、それでも頷いてくれた。

とはいえ微妙な空気が流れる。

捉《とら》えようによっては俺の弟子が先生の娘をぶっ壊したことをお祝いしてるわけで、煽《あお》ってるような感じにもなるからな……。

直前の言葉を誤魔化《ごまか》すように俺は別の質問を口にした。

「……玉将のタイトルはどうなさるんですか？」

「今ここであげようか？　どうせ全て君のものになる」

「ッ……！」

「冗談だ」

俺の表情が怒気を孕《はら》んだことに気付くと、於鬼頭先生は珍しく笑顔らしきものを浮かべた。

「玉将戦までには復帰する。タイトルの放棄は許さないと月光会長からも厳しく言われた。娘の分も責任を果たせ、と」

「ホッとしました。貰《もら》うにしても、実力で奪い取りたいから」

「こちらは戦々恐々だよ。君に勝てる要素は万に一つも無い」

「そうでもないと思いますよ。何なら明日――」

続けて口にしそうになった言葉を俺はギリギリで飲み込む。

しかし於鬼頭先生は今ので全てを了解したようだった。

「君がデザインしようとしている未来のタイトル戦の形は……理由を知らない者にとっては、批判の対象になるだろう」

「覚悟の上です」

即答した俺の決意を感じ取ったのか、先生は軽く頷いてから、

「もう一つ伝えておく。未来のことだ」

一瞬、混乱した。どういう意味の『未来』かと……。

「二ツ塚未来《ふたつづかみらい》四段のことですか？」

「我々の開発していたディープラーニング系ソフトの技術を、君と対立するであろう人物に提供するつもりらしい」

「その言い方だと歩夢じゃなさそうですね。誰《だれ》です？　名人ですか？」

「そこまでは聞いていていない。ただ……」

いつの間にか太陽は水平線の向こう側へと沈んでいた。

そして代わりに浮かぶはずの月を探すように遠くを見ながら、於鬼頭先生は言った。

「プログラムは二つ必要だと。そう言っていたよ」

☗シーソーゲーム

「封じ手は――――８四銀打《うつ》」

立会人の読み上げる声に従って、歩夢の白い手が盤上に銀を打ち込む。入玉した王様を防御するための一手だが……。

見守っていた人々は驚きの声を上げた。

「だ、大丈夫かよ⁉　直前に九頭竜が打った歩で馬を取られるぞ⁉」

「第一局から入玉確定か……⁉」

歩夢のこの封じ手について、俺は驚かない。ここもまだ定跡《じょうせき》の範囲内だからだ。ほぼノータイムで俺も馬を取る。

問題はこの四手先。

――先手玉を寄せるか？　それとも……相入玉《あいにゅうぎょく》か？

それは未来への分岐点でもあった。

一つは、偽りの未来。公開した《淡路》の百局をベースに研究を進めれば到達するであろうその未来では、歩夢の研究が完璧だった場合俺は確実に負ける。

だがそれはある意味、幸福な未来だ。

もう一つの……救いのない未来に比べれば。

それは俺が《淡路》との対局で何度も何度も見た焼け野原。どれだけやり直しても最後には《淡路》を自由に使えない以上、歩夢はまだあの焼け野原を見ていないはず。

そこに到達してしまう、俺にとっての将棋の結論。

だから、もし。

――もしここで……俺が一気に将棋の結論まで踏み込んだら……？

そうしたら歩夢はどんな手を返してくるだろう？

俺は盤から顔を上げて歩夢の顔を見る。

目の前に座る歩夢は――両目から血を流していた。

「うおおおおおおおおッ⁉」

悲鳴を上げて大きく後ろに仰《の》け反《ぞ》った俺は、激しい動悸《どうき》で呼吸すらままならない。

びっくりした顔で登龍さんが問い掛けてくる。

「九頭竜先生？　何か……？」

「い、いや…………何でも、ありません…………あっ、いや、その――」

慌てて座り直しながら俺は目を強く揉む。

そして自分が読みを深める中で幻覚を見ていたことを悟った。

「少し空調を……もうちょっと、室温を下げてもらってもいいですか？」

「もっと寒くするんですか？」

言外に『十分寒いだろ』という意味を込めてそう応じた登龍さんは歩夢に視線を送る。

「我は構わぬ」

持ち時間の少ない歩夢は盤から顔を上げることなく答えた。もちろん血なんか出てない。

冷気が室内を満たすにつれて俺の動揺も収まっていく……。

さっきのは……雷のことを於鬼頭先生から聞いたから、それで見たんだろうか？

この先、俺と歩夢が未来へ向かって人間から離れた将棋を指せば、どちらかが壊れる。その警告とでもいうのか？

――俺は雷のあの姿を見た。けど歩夢は知らない。だったら……。

その未来視《ビジョン》が俺に選ばせていた。

先手玉を詰ますための、８二歩を。

「むっ⁉」

その手を見た歩夢は、小さく声を上げた。

そして俺が予想していなかった表情を浮かべる。

歩夢は――悲しそうな顔をしていたのだ。

「そうか……それが貴様の…………」

けれど俺の見間違えだったかもしれない。

次の瞬間には、鬼気迫る表情でこう宣言していたのだから。

「……ならば、斬《き》る‼」

「やって見せろよ！」

ギリギリの寄せ合いが始まった。

俺が王手を掛け、歩夢はそれを受ける。二段目まで入玉した先手玉は守り駒こそ俺より少ないが、やはり一気に寄せるのは難しい。

「我は棋士にして騎士！　玉《キング》同士の一騎打ちは望むところ‼」

歩夢はお返しとばかりに俺の玉に詰めろを掛ける。

その瞬間に俺もありったけの力を解放して二度目の王手ラッシュ！　生き残るためのルートは一つしかないが、時間の無い中で歩夢がその正解に辿り着ける確率は低いと思っていた。

だが歩夢は間違えなかった。

「んんっ⁉　こ、この玉の駆動は……⁉」

歩夢の玉は一段目を横に這《は》って俺の王手を全て無効化したのだ！

まるで高層ビルの屋上に両手でブラ下がるアクション俳優みたいな離れ業《スタント》。思わず目を疑ってしまうようなこのルートだけが、入玉という特殊な状況での唯一の正解だった。

そして宣言通り、歩夢の玉はぐんぐんと俺の玉へと突っ込んでくる。

「これで――――ゲームセットだ‼」

唖然とする俺の攻めが切れた瞬間、鞘《さや》に収まった刃《やいば》を抜き放つかのように歩夢の手が駒台《こまだい》へと伸び、一撃必殺の角打ちが叩《たた》き込《こ》まれた。

――凄《すさ》まじい仕上がりだな……。

斬り合いを選んだ時から負けは覚悟していたが、ここまで鮮やかに斬られるとは思っていなかった。このタイトル戦に向けて歩夢が重ねてきた準備の量は、俺の予想を上回っている。

だからこそ切なかった。涙が出そうなほど。

「負けました」

サッと手洗いに立って身支度を整えると、俺は戻ってすぐに頭を下げた。

迄、一三五手で九頭竜帝位の投了《とうりょう》。

「………………ありがとうございました」

歩夢は何か言いたそうだったが、その気力は残っていない。文字通り魂を絞り尽くして後手《ごて》玉を寄せきったのだから。

「神鍋八段！　タイトル戦初勝利おめでとうございます‼」

「タイトル奪取への意気込みを改めてお聞かせください‼」

初陣を勝利で飾った親友に取材陣が集中するのを見届けると、俺は一人で対局室を後にした。


続く第二局は舞台を俺のホームである関西に移して行われた。

神戸《こうべ》の奥座敷・有馬《ありま》温泉。

豊臣秀吉《とよとみひでよし》も愛した名湯として知られるその温泉郷は京都《きょうと》や大阪《おおさか》からもちょっと足を延ばすだけで行けるため日帰り温泉としても親しまれている。

牧場やアスレチックがある六甲山《ろっこうさん》ともロープウェーで繋《つな》がっていることから、とにかく子供が多い。

そんなわけでこの第二局の対局室にも子供が溢《あふ》れていた。

「くずりゅうせんせー！　がんばれー！」

「まけるなー！」

下座から声援を飛ばしたり手を振ったりしてくれる小学生の団体。タイトル戦では地元の小学生なんかが見学に来るのはよくあるが……今日ここを訪れているのは、はるばる大阪から来た小学生たちだった。

「みなさん静かに！　大事な対局の前ですからね？」

そんな小学生の一団をここまで引率してくれたのは、あいの担任だった鐘ヶ坂操《かねがさかみさお》先生。この先生に推薦されて俺は小学校へ将棋を教えに行ったこともある。その時の児童たちが社会科見学として平日にもかかわらず応援に駆けつけてくれたのだ。

かなりの美談のはずなんだが、周囲の反応は思わしくなかった。

「幼女の大応援団だぞ……」

「挑戦者の神鍋は遠慮して師匠の釈迦堂《しゃかんど》さんすら来ないのに……」

「ロリ帝やりたい放題だな」

いつもは竜王をパロってロリ王と呼ばれてるが今回は帝位戦なのでロリ帝と呼んでくれる将棋関係者さん。スポンサーを大事にする前に俺を大事にしてほしい。

「それでは時間になりましたので、ロ……九頭竜帝位の先手番で対局を始めてください」

立会人すらも俺のことをロリコンだと思い込んでいるというもうこれホームなのかアウェイなのかわからない環境ではあるが、やることは変わらない。

――この将棋は勝つ。絶対に。

それが新時代のタイトル戦の姿だと信じるからこそ、初手に飛車先の歩を突くことにも五手目に角道を開けることにも迷いはなかった。

俺が目指す戦型は――――角換わり相腰掛け銀。

しかも歩夢が第一局で先手を持ってそうしたように、素早く玉を左辺へと逃がす。

「よかろう……受けて立つ‼」

居飛車《いびしゃ》党は先後どっちでも同じ形を持って戦うことを厭《いと》わない。そしてどっちを持っても勝つことを将棋界ではこう呼ぶ。

往復ビンタ、と。

「二度死ぬがよい！《西の魔王》よ‼」

歩夢は上部の開いた俺の玉を全力で押し返そうとしてくる。前局では自分が入玉して勝った以上それは当然の選択だった。

だからその方針を逆用するのも、俺にとって当然の選択となる。

「我が攻めを呼び込んで受け切ろうというのか⁉　ならばそのまま攻め潰《つぶ》すだけ‼」

まるで歩夢そのものが騎士《ナイト》となって玉《おれ》を討ち取ろうとするかのように、六二手目でもう王手を掛けてきた。

そして次の一手を俺は封じる。

封じ手を終えて部屋に戻り浴衣に着替えると、俺は大浴場に向かった。汗を流してサッパリしてから夕食を楽しみたかったからだ。

「あ、竜……帝位。温泉でしたか？」

部屋に帰る途中で地元の神戸三宮新聞の記者さんとすれ違う。

この人は天衣《あい》について以前から好意的な記事を書いてくれているので俺も気を許していた。

「ええ。いい湯でしたよ。さすが有馬温泉ですね」

「ところで夜叉神《やしゃじん》さんは応援にいらっしゃらないんですか？　地元ですが」

「応援……には来ないでしょうね」

「残念です。色々と取材したかったのですが、最近は受けていただけなくて」

俺は頭を下げた。心苦しいが、けれど天衣の考えもわかる。

記者さんは気を取り直したかのように、

「そういえばこの宿は昼と夜で男湯と女湯が入れ替わるんです。つまり帝位がいま入ったお風呂《ふろ》に、昼間応援に来てくれたＪＳたちが浸かったんですよ」

「なるほど！　子供たちに元気をもらった気がします（笑）」

こんなやり取りがあった。それは事実だ。

翌日の新聞の見出しはこうなった。

『九頭竜帝位、封じ手の夜は小学生の残り湯でパワー回復！』

なんでや……。

納得できないものを感じつつも俺の指し手は冴《さ》えに冴えていた。

二日目に入るとすぐに歩夢は次々に大駒や金駒を放って俺の玉を潰しにかかるが、それらは紙一重で空振りに終わる。

逆に俺は巧みに歩を使って敵陣を崩した。かつて俺が《淡路》にそうされたように。

「くっ…………負けました」

実質的に勝負は午前中で終わっていたが、歩夢は昼食休憩を挟んで考え続け……そして結局そのまま一手も指さずに投了。

粘ることも許さず挑戦者を圧倒した俺を見て、人々はこう囁き合う。

「つ、強すぎるだろ……本物の魔王か……？」

「……魔王が強いのか、それとも角換わりの結論が先手必勝なのか……」

「……しばらくは後手を持って角換わりを指す棋士は激減するだろうな……」

俺が動かした駒は、ほぼ玉と歩のみ。

第一局で歩夢は鋭い終盤力で俺を詰まして見せたが、そのお返しに今度は俺が歩夢の攻めを上手くかわしてやったというわけだ。やられっぱなしじゃ癪《しゃく》だからな。

当然、新聞やネット記事でもその部分がクローズアップされるはず――

『幼女パワー炸裂《さくれつ》！　挑戦者を寄せ付けない完勝譜‼』

『初防衛への鍵《かぎ》はやはり小学生？　小駒《こごま》だけで敵陣を圧倒‼』

なんでや……。

さらにこんな記事も出た。

『九頭竜帝位の三人目の弟子であるシャルロット・イゾアールさんは現在、関西研修会で女流棋士を目指して腕を磨いている。第二局の二日目となるこの日は敬愛する師匠を応援するため、学校が終わってからお友達の貞任綾乃《さだとうあやの》さんと一緒に京都から有馬温泉を訪れ検討に加わった。早い時間帯での師匠の勝利を聞くと、「しゃう、ちちょーとおんしぇんはいりゅんだよー！」と語り、関係者をザワつかせた』

ただ残念なことにこれは誤報である。なぜなら俺はシャルちゃんと温泉に入ることはできなかったからだ。

☖　金と銀

第二局が早い時間帯に終わったことで関係者たちはその日のうちに東京《とうきょう》や大阪へ帰ったが、俺だけは有馬に残った。シャルちゃんと温泉に入るためじゃない。対局場と道路を挟んで向かいの建物に用があったからだ。

ここは何と――

「九頭竜先生。ようこそ夜叉神グループの保養所へ」

「あんたら神戸を支配しすぎでしょ……」

俺を出迎えてくれたのは池田晶《いけだあきら》さん。

天衣のボディーガードにして腹心の部下であり、グループの系列企業『ロリホーム』の社長でもある。

様々な面を持つ人物だが、その正体は重度のロリコン。観る小（観る小学生ファン）だ。

「話があるなら家で待ってりゃいいのにわざわざ有馬まで来て、けど対局場には顔を出さないとか……お宅の総帥さん、天邪鬼《あまのじゃく》にも程がありませんか？」

「客人の接待をなさっていたのだ」

接待？　あの天衣が？

「仕事中なら俺は帰ります。邪魔すると悪いし」

「まあそう言うな。温泉にでも入って待っていてくれ」

晶さんが合図すると、どこからか現れたゴツい黒服の方々に荷物を奪われる。

抵抗しても無駄のようだ。いつものことだけど。

「温泉ならふやけるほど入りましたけど……」

「もっとゆっくり有馬を味わって欲しいという天衣お嬢様のご厚意だよ。有馬温泉の湯が二種類あるのは知っているな？」

「『金泉』と『銀泉』でしょ？」

「そうだ。銀泉は無色透明の炭酸泉。まあ一般的なお湯だな」

満足そうに頷きながら晶さんは建物の奥へと進む。

「もう一つの金泉は含鉄ナトリウム塩化物強塩高温泉で、赤みがかったトロトロのお湯。この二つを一度に楽しめるのが有馬の醍醐味《だいごみ》といえる。当館の大浴場にはもちろんこの二つを引いているのだ！」

「旅館業にも進出するつもりですか？」

晶さんを追いかけながら俺は微妙な嫌みを口にした。

ロリホームは東西の将棋会館を建て替える業者に指定されており、創設予定の女流順位戦のスポンサーでもある。

容れ物《ハード》と棋戦《ソフト》の両方からジワジワと将棋連盟を蚕食しつつある夜叉神家。その総帥である天衣の狙いが一体どこにあるのかは、師匠の俺ですらまだハッキリとは読めていない。

「旅館ならもう手がけた。少し前に関東でな」

「……」

「何か知りたいのであれば直接お嬢様に尋ねるがいい。ちなみに新しい将棋会館は宿泊設備も格段に向上する予定だ。ぜひ九頭竜先生には事前モニターをお願いしたい……教え子の幼女ちゃんたちと一緒にな！」

天衣よりはガードの緩い晶さんをつついて情報を引き出そうとしたものの、さすが裏社会で生き抜いてきた人物だけある。完全に読まれていた。

――俺みたいな将棋バカが太刀打ちできるわけない……か。

「大浴場はこの先だ。着替えは脱衣所に用意してある。服はこちらでクリーニングしておくから適当に脱ぎ捨てておいてくれ」

「はあ」

そう言い残して晶さんは立ち去った。

このまま逃げてやろうかとも思ったが、まあ無理だろう。大人しく風呂に入ってから天衣と話をしよう。

「疲れてるっちゃあ疲れてるしな…………おっ、ここか」

人気の無い大浴場のドアを開ける。

男湯と女湯が分かれているタイプじゃないようだ。保養所ってのはこんなもんかと納得しながら服を脱ぎ、素っ裸になって中へ。

広大な大浴場はまさにプライベート温泉！　の、はずだが。

「ん……？」

湯煙の奥に何かが……？

「竜王サンが入りたいのは、この金の湯どすか？」

はんなりとした京言葉でそう言ったのは、赤く濁ったお湯に浸かったままでもわかるほど蠱惑《こわく》的な肉体を持つ美女。

金泉のせいで身体《からだ》の全てを見ることはできないが……それが逆にエロさを際立たせている！

そしてもう一人――

「それともこっちの銀の湯か？　あぁ？」

ヤンキーみたいな口調でそう言ったのは、無色透明な銀泉に浸かった美女。

すらりとしたプロポーションは一流のスポーツ選手やスーパーモデルと言われても信じてし

まいそうなほど美しいが、同時にエロい！

まるでイソップ童話の『金の斧《おの》と銀の斧』の女神様みたいな台詞《せりふ》だが……こんなエッチな女神様、いるわけない‼

素っ裸のまま俺は叫んだ。

「供御飯《くぐい》さん⁉　それに月夜見坂《つきよみざか》さんも⁉　ど、どどど、どうして温泉に入ってるの⁉」

「キヨドんなクズ。ちゃんとタオル巻いてるよ」

「俺が巻いてないからキョドってんスよっっ‼」

慌てて風呂桶《おけ》で局部を隠すものの、かえって変質者度が増す。

「ちなみにこなたも巻いてへんよ？　ほらほら♡」

「わざわざお湯から出なくていい！　知ってますあなたはそういう人です‼」

天橋立《あまのはしだて》の温泉旅館でカンヅメしてた時も似たようなことがあったしな！　あのとき手を出さずに我慢できたのは今でも奇跡としか思えないが……奇跡は二回起きないから奇跡だって桂香《けいか》さんも言ってた！

「そ、そもそもなぜお二人がここに⁉　この建物は夜叉神家の所有物で──」

「その夜叉神に呼ばれたんだよ。オメーの弟子によ」

「天衣に？」

あいつが接待してたのって……この二人のことだったのか⁉

「八一《やいち》くんと歩夢くんのタイトル戦や。幼馴染みとして、お燎《りょう》と『どっかで現地に行こかー』いう話をしてたら、天《てん》ちゃんが有馬やったら交通費も宿代もタダで出してくらはると」

「正確には、連盟のスポンサーになったあのフザケた名前の会社がな」

ロリホームのことだ。俺まで申し訳ない気持ちになってくる。

「女流タイトル保持者同士、今後の棋戦運営や女流棋士制度について意見交換したいいうお誘いどした。こなたらとしても女流順位戦についてはお尋ねしたいことが山ほどおざりますゆえ断る理由は無い……いうわけどす」

「タダ飯にタダ酒に、オメーと歩夢の将棋の検討にはスーパーコンピューターまで使わせてくれる大盤振る舞いだ。とはいえあのクソ餓鬼はまだ顔を見せやがらねぇがな」

その時だった。

「供御飯山城桜花《やましろおうか》。それに月夜見坂女流玉将《じょりゅうぎょくしょう》」

晶さんが風呂場の戸を開けて二人に呼びかける。

「天衣お嬢様がお召しだ。身を清めたら食堂へお越しいただこう」

「あいあい。ようやくどすなぁ」

「チッ！　テメーで呼びに来いっつーんだ」

待ってましたとばかりにお湯から立ち上がる二人。わー！　わー！　わー!!

「っ……!!」

俺は慌てて目を閉じたが、視界の隅にチラッと月夜見坂さんが身体に巻いてたタオルが立ち上がった勢いでポロリしたのがちょっとだけ見えてしまった……！

供御飯さんは供御飯さんで、たぷんたぷんと豊かな胸が揺れる振動が目を閉じていても空気を通じて伝わってくるほどである。す、すげぇ……！

大浴場の隅で背中を向けて蹲《うずくま》る俺に晶さんが言った。

「九頭竜先生は一人でゆっくり温泉を楽しんでくれ。五時間くらいな」

「アッハイ」

ピシャリとドアが閉まり、残された俺は金泉と銀泉を見比べて途方に暮れる。

「………」

月夜見坂さんと供御飯さんの残り湯…………どっちから入るのが正解なの？

☗ 堕天使の誘惑

「さすが夜叉神天衣女流二冠が考案しはっただけあって、よぉできた棋戦どすなぁ。この女流順位戦いうのは。なぁお燎？」

「オレは対局が増えりゃあナンでもいい。別に意見なんてねぇから勝手に進めてくれって感じだ」

私の前には二人の女流棋士が座っていた。

《嬲《なぶ》り殺しの万智《まち》》と《攻める大天使》。

どちらも女流タイトルを長期にわたって保持し、二十歳にして永世資格であるクイーン位を獲得している将棋史上でも稀《まれ》な強豪。

そして数少ない将棋連盟の女性正会員でもある。

——生まれる時代が違ったらそれぞれ一時代を築いたでしょうね。

そんな二人に対して私は問いかけた。

「それよりどうだったかしら？《淡路》の使い心地は」

「「………」」

新棋戦のための意見交換というのは口実に過ぎない。

道の向こう側で行われていた帝位戦第二局。その検討用として、私は二人に《淡路》を提供していた。

これが私流の接待ってわけ。

美酒美食も温泉も、《淡路》に比べたらおまけでしかない。

グラスに注《そそ》がれた灘《なだ》の冷酒で舌を湿らせてから、供御飯が慎重に口を開いた。

「……あれが使えるのであれば、かなり有利にはなるわなぁ」

「指しこなせるかはわかかんねーけどな。メチャクチャな手ばっか推奨してくっし。まるで雷と将棋指してるみてーだったぜ……」

「その点についても安心していいわ」

月夜見坂の懸念を解消すべく、私は笑顔を浮かべて言う。

「人間の持つ弱点を克服するためのトレーニングツールも開発済みよ。あなたたちならすぐにでもティア2に……いえ、ティア1にだって到達できるはず」

「はぁ？　何だそりゃ？」

「今はわからなくてもいい。私の提案に応じてくれたら改めて説明するから」

「じゃあさっさと言えよ。その提案とやらを」

「そうね。単刀直入に言うわ」

面倒な駆け引きは必要ない。どうせ断れないから。

「私の共同研究グループに入らない？　スーパーコンピューターと最新の将棋ＡＩを自由に使わせてあげる」

「大盤振る舞いどすなぁ？」

「それに将棋の結論も付けるわ」

「ほう……？」

供御飯万智の目が妖《あや》しい光を放つ。かかった。

「どうやら供御飯先生は興味がおありのようね？　それとも鵠《くぐい》記者とお呼びしたほうがいいかしら？」

「万智でええよ？　天ちゃん」

ニッコリと笑顔を浮かべる女狐《めぎつね》。この反応を見るに、取り込むのはさほど難しくはなさそうね。

一方、月夜見坂は面白《おもしろ》く無さそうな様子で尋ねてくる。

「代償は？」

「さっき会ったでしょ」

将棋もだけど、この月夜見坂燎という女は常に急所を突いてくる。だから私も最強の手で応じた。

大浴場で八一と遭遇させたのはハプニングじゃない。

「あれが私のものだと認めること。空銀子《そらぎんこ》のものじゃなく……ね？」

「「………」」

この二人が師匠のことをどう思っているかは調べが付いてる。

単なる幼馴染みやライバルを超えた感情を抱いていることは。

そう。これは踏み絵なの。

最も大切なものを私に差し出すことができるかを量《はか》るための。

「別に私に頭を下げる必要も無い。敬意も払わなくてていい。ただあなたたち二人が女流棋士として東西の将棋界に君臨し続けてくれればそれで十分よ。空銀子が復帰してからも」

空銀子。

その名前が出た瞬間から、二人の目の色が変わっていた。

ふふふ。一度も考えたことが無いとは言わせないわよ？

『空銀子がいなければ』って。

「女性プロ棋士は女流棋戦にも出場する権利があると今の規定にはある。けど今度創設する女流順位戦は、女性であればプロ棋士でも強制的に参加しなくてはいけないとするつもりよ」

「つまり銀子ちゃんも復帰したら出るわけどすな？」

「そうよ。貴方《あなた》たちにとってもリベンジする場が必要でしょ？」

現在の規定のままで空銀子と対戦するためには、この二人がプロの公式戦に出場する必要がある。

仮に出場できたとしても対局できるかは抽選次第。しかも年に一局あるか無いか。

それじゃ足りないわよねぇ？

「空銀子に勝てるのよ？　想像してみて？　あいつが『負けました』と頭を下げる光景を」

——あの女からは全てを奪ってやる。

かつて私はそう決意した。

初めて出たタイトル戦の第一局で反則負けに追い込まれるという一生消えない屈辱を私はあいつに与えられた。

今度は私が屈辱を与える番よ。

せっかくプロになれたのに、女流棋士に負け続けるという屈辱を。

そうしてあいつの心を完全に折る。将棋盤を見るだけで嘔吐《おうと》するほど。駒に触れるだけで震えが止まらなくなるほど。

——将棋を失った空銀子を愛せる？　八一……。

そのために必要な手駒を集めるため、私は説得を続ける。

「あなたたちが一度も勝てなかった空銀子をあっさり引き裂いた祭神雷《さいのかみ》を、私は再起不能にしてやった。あれこそが《淡路》の力よ。将棋の結論を解明し、定跡という概念を超えた必勝法を私は確立した。欲しくない？　この特別な力を」

「…………くっくっく！　あっはっはっはっはっ‼」

いきなり笑い出したのは、月夜見坂。

「ひひひひひ！　ひっ、必勝法だぁ⁉　そりゃスゲェや！　あははははははははは‼それさえあれば銀子も怖かねぇってかぁ⁉」」

文字通り腹を抱えて大笑いしたあと、真顔になってこう言った。

「いらねーよボケ」

「……理由を聞いてもいいかしら？」

「そっか。オメーにゃわかんねぇか……」

嘲《あざけ》るような表情を浮かべて女流玉将は私に暴言を吐く。

「将棋の結論？　定跡を超えた必勝法？　んなもんクソ喰《く》らえだ。オレが将棋を指してる理由は、そんなくだらねーもんを見つけるためじゃねぇ。それもわかんねェようなガキが銀子を語るんじゃねぇよ。殺すぞ？」

「お燎！　そないなこと言うたら失礼や」

隣に座っていた供御飯が親友を諌《いさ》めた。

そうそう。短気でプライドが高い月夜見坂が反発するのは想定内。その点、利口な供御飯は私の持つ情報の価値を正確に評価できる。そのために二人一緒に面会したのだから。

やっぱりこいつは話がわかる——

「まだお子ちゃまやもの。パパとママに買《こ》うてもらったオモチャを自慢したいお年頃《としごろ》どす。『すごいねー』って褒めてあげな、泣いてまうよ？」

「ッ……!!」

月夜見坂以上に人を愚弄《ぐろう》した女狐は、ニタニタと実に楽しそうに私の反応を眺めている。

この……意地汚い京都人がッ!!

「こなたもお燎も確かに天ちゃんには負けやした。二十歳が十一歳に負けたら、そら今後も勝てぬ可能性の方が高ぉおざります」

それなのになぜ私と対立する道を選ぶのか。

その理由を供御飯は語る。

「せやけどな？　将棋に勝って心まで支配できると思うその発想は、あまりにも幼稚や。お姉さんたちがお灸《きゅう》を据えてあげな。なぁお燎？」

「だな。そもそもあの師匠《クズ》が甘やかすからこんなアホ餓鬼が出来上がんだよ」

月夜見坂は獣のように犬歯を剝《む》き出しにすると、

「将棋の結論が知りたきゃ教えてやる。『月夜見坂燎様の勝ち』だボケ。女流順位戦が始まったら銀子と一緒にテメーも泣かしてやっから自慢のパソコン先生に投了の仕方でも教わっとけ」

「…………私がわざわざ手を下す価値すら無いわ」

この二人の評価は今、定まった。

新しい技術を受け容れる勇気すら持たない負け犬よ。

「私が選んだ他の女流棋士にタイトルを奪われる屈辱を味わいなさい。自分よりも遙《はる》かに格下だと見下していた相手に負け続け、今日の決断を死ぬまで後悔すればいい」

これは予言ですらない。

単純な計算で導かれる答えを語っているだけ。算数の授業と同じ。そんなことすらわからないのなら、こいつらに女流タイトルを持つ資格は無いわね。

「二人とも女流順位戦の下位クラスで一生飼い殺してやるわ。空銀子と一緒に」

交渉は決裂した。

けど別に痛手でも何でもない。

この二人と同程度の才能を有する女流の選別も《淡路》がやってくれた。多少の手間はかかるけど、そいつらを育ててぶつけるまでよ。

「その前にオメーは倒さなきゃいけねぇ女流がいるんじゃねーか？」

去り際に月夜見坂が捨て台詞を吐く。

同調するように供御飯も「せやね」と頷いて、

「スーパーコンピューターでも出せへんかった答えを、あの子なら教えてくれるやもわからぬなぁ」

こいつらが誰のことを言っているのかは、すぐにわかった。

機械と対極にある、天然の才能。生まれながらにしてのティア0。

——想像以上に鬱陶《うっとう》しい存在になったようね……あい。

この時、私は決心した。

私の姉妹を将棋界から葬り去ることを。

☖ ティア・ゼロ

「天衣、お前まさか……供御飯さんたちと揉《も》めたのか？」

俺が天衣のところへ呼ばれたのは、ふやけるほど温泉に入ってからたっぷり昼寝をした後のことだった。

向かい合って夕食を摂《と》っている天衣は軽く首を傾《かし》げて、

「どうしてそう思うの？」

「いや、二人から怒りを感じるメールが来てたから……」

供御飯さんからは『製造物責任って知ってはる？』。

月夜見坂さんからは端的に『死ね』。

文面を伝えると、天衣は肩をすくめた。

「研究会に誘ってみたんだけど断られちゃったわ。徒党を組むのって苦手なのよね」

「…………」

何をどうすれば研究会に誘っただけでその相手から師匠に『死ね』ってメールが届くような結果になるんだ……？

それに《淡路》を手に入れた天衣が今さら人間と、しかも女流棋士と共同研究？　絶対ヤバい狙いがあるだろ……。

怖いから深く突っ込まないでいると、天衣のほうから話題を変えた。

「一勝一敗ね。感触はどう？　親友《ライバル》との初タイトル戦の」

「歩夢とは読みが嚙《か》み合《あ》うからな」

よく冷えた温泉サイダーを飲みながら俺は答えた。

「お互いのポテンシャルを最高に出し合えば、現代将棋は先手が勝つ。シーソーゲームになるのは想定通りさ。むしろ二日制の経験値の少ない歩夢がここまで崩れないのは——」

「サポートが充実してる？」

「おそらく」

第一局と第二局で歩夢が着ていた和服には見覚えがあった。

名人のものだ。

そして借りたのは和服だけじゃないはず。最強の棋士が向こうのセコンドに付いてるというのは……以前なら『卑怯《ひきょう》だ！』と叫びたくなるほどのアドバンテージ。

しかし今は、むしろ向こうが叫びたいだろう。

「けど、安心したわ」

「なにが？」

「師匠が安易に《淡路》の手を指さないことに。篠窪太志《しのくぼたいし》との順位戦では痺《しび》れを切らしてお漏らししちゃったけど……ね？」

──やっぱり釘を刺すために呼んだわけか。

天衣と俺は《淡路》の棋譜《きふ》を百局公開したが、それは矢倉《やぐら》や角換わりといった従来の戦型についてのものだけを選んでいる。

初手5八玉に代表される、死亡フラグの存在を推知されかねない序盤の多用は控えなければならない。

優位性が薄れるからだ。

「それにしても、一局目も二局目も《淡路》の最善に近い手をお互いに最後まで選択し続けているわね。角換わりはこのタイトル戦で終わるんじゃない？」

「釘を刺したり褒めたり忙しいな？」

「お互い家には帰れないもの。会った時に全部言わないとね」

ワーカホリック気味な総帥は食事の席にまでタブレットを持ち込んでいた。時間が無いからそうやって将棋の勉強をしてるんだと思うと、頭が下がる。

「……まあ、俺からも伝えたいことがあったからな」

於鬼頭先生から聞いた、雷の現状。

それを天衣に直接会って説明したいと考えていた。さすがにあのまま終わったんじゃ後味が悪すぎる。

こっちの話を聞き終えた天衣は、

「人間の能力、特に大局観の精度を向上させてコンピューターと同じ棋譜を生成する試みは、失敗に終わったということね」

途中で終わったあの対局をそう総括した。獲得することになる女流帝位のタイトルについては何の興味も示さない。

「祭神雷という異能をもってしても、人体の構造がそれに追いつけない。サイボーグ手術でもすれば別なんでしょうけど」

「そうなると、人間はずっとコンピューターには追いつけないことになるのか？」

「局面を読まなければいい。つまり『暗記』よ」

確かに序盤は死亡フラグを知っていれば、かなり有利にはできるだろう。

だが……。

「将棋はそこまで単純じゃない。暗記で対応できなくなる部分は必ず現れる。特に中盤はミスが出やすいところだ。そこをどうやって克服する？」

「これよ」

天衣はタブレットの画面をこっちに向けた。

しかしそれは《淡路》ではない。よく目にするゲームのタイトル画面だった。

「……将棋アプリ？」

「前に話したでしょ？　対戦型将棋アプリをリリースしている会社を買収したって。急激な成長は見込めないけど、それなりに安定した利益《りえき》を稼ぎ続けてくれるから、安い買い物だった」

「経営の話をしてたわけじゃ――――」

「将棋の話よ。人間の指す将棋の、ね」

天衣の口から言葉が溢れてきた。

「このアプリは人間同士の対局の記録が消費時間と共に記録されている。累計対局数は億単位。そんな膨大な棋譜データベースはこの地上に未《いま》だかつて存在しなかった……今もあらゆる棋力の人間が、膨大な数の将棋を指し続けているの。特にアマチュア高段者という、棋譜の残りづらい存在が」

「けど初心者の棋譜なんかも含まれてるんだろ？　精度が低いんじゃないのか？　そんなもの

よりプロのデータベースを使ったほうが…………」

ミスの少ない棋譜がいっぱいある、と言おうとしたところで俺は固まった。

ようやく天衣の意図を摑めたから。

「…………人間特有のミスや思考方法を、その棋譜の中から抽出しているのか……？」

「安い買い物だったわ！」

しかも天衣が買収したゲームでは、有料でＡＩと対局することもできる。

人類とＡＩが戦った棋譜のデータベースでもあるのだ。

「このデータを使って学習することで、私は人間の手に対してソフトの手を返すことができるようになった。人工的にティア・ゼロへと至ったのよ」

「ティア……ゼロ？」

Ｔｉｅｒ《ティア》。

ネットゲームなんかでキャラの強さを表現するときに使う単語のはずだ。

そして数字が少ないほど強キャラと評価される。

「九頭竜八一、雛鶴《ひなつる》あい、椚創多《くぬぎそうた》、祭神雷、そして名人。この五人はティア1よ。通常の人類を遙かに超えたポテンシャルを有している。人間としての上限ね」

「……あいをそこまで高く評価してるのか？」

「あら？　あなたは評価してないの？　私としては終盤力だけならあの子はティア・ゼロです

らあると思っているのだけど？　まさに人外の生き物よね！」

「……………」

　俺は答えなかった。答えるまでもないからだ。

　あいの才能が異常なのは最初に将棋を指した瞬間にもうわかった。

「その下のティア2は、月光聖市《せいいち》や生石充《おいしみつる》、それに神鍋歩夢あたりね。月光は目が見えたままだったら確実にティア1だったでしょうけど」

　生石先生は振《ふ》り飛車《びしゃ》というハンデを背負いつつあの名人からタイトルを奪ったことで、才能的には居飛車党よりも高い可能性はある。

　歩夢もそうだ。別の時代に生まれていたら長期政権を築いていただろう。あいつの強さは機械との親和性とは全く別の部分にあるから。

「ちなみに私はポテンシャルだけならティア3といったところね。それこそ中世の騎士のような。

「プロ棋士ならタイトルに挑戦できるかできないかのボーダーにいる程度の。供御飯万智や月夜見坂燎とそれほど変わらないレベルよ」

「ずいぶん控え目だな？」

「あなたの評価はもっと高い？」

「正直なところを言ってしまえば、俺じゃ評価すらできないと思ってる。こんなこと言ったら師匠失格かもだが……」

天衣をコントロールしようなんて傲慢《ごうまん》な考えだったと思い知らされる。

俺の思考は将棋盤の中から一歩も外に出ていない。

プロ棋士はほぼ全員がそうだろう。名人も含めて。

だが天衣はそもそも将棋盤の外から将棋というゲームを眺めているように思える。視野のレベルが高すぎるのだ。

まるで宇宙や未来から将棋界という狭い世界を覗《のぞ》き見ているような……。

「《淡路》に教えてもらった死亡フラグの位置。そしてアプリを解析して得た、人間の死角を克服するための次の一手問題集。この二つを手に入れたことで私は人間を超えることができた」

その口調に傲慢さは無い。

あるのはただ、冷徹なほどの確信だけ。

コンピューターというツールを真の意味で使いこなし、将棋というゲームを攻略する、新時代の棋士の姿がそこにあった。

「そして師匠は《淡路》と対局を繰り返したことで、自分の中に百年後の将棋を創り出し……人間には到達できないはずのゴールへと至った」

細い腕を伸ばして俺の頬《ほお》に触れると、夜叉神天衣は予言する。

「それぞれ別のアプローチで人間を超えた私とあなたが将棋を終わらせるのよ」

☗ロリ評価関数

「……やはりそれほどのものだったのか？　例の《淡路》ってやつは」

「はい。ディープラーニング系であることは間違いありません」

都内にあるレンタルルーム。

その一室で、わたし──雛鶴あいと、プロ棋士の二ツ塚未来四段、それから女流棋士の供御飯万智先生の三人が情報交換の場を持っていた。

わたしの実家である『ひな鶴』でも、将棋会館の地下にある編集部でもない場所を選んだのは、この集まりを呼びかけた二ツ塚先生のご希望。

「私が持ち込んだソフトとは出す評価も候補手も大きく隔たりがありました。探索の時間も非常に短い。百年先の将棋と言われても違和感はありません」

将棋ライターの鵠記者としてこの場にいる供御飯先生は、女流棋士の時には浮かべないほど緊迫した表情で語り続ける。

「《淡路》を使うことで夜叉神さんは将棋の結論を解明し、定跡を超えた必勝法を得たとすら言っていました。ハッタリとも思えませんが……」

「その件は俺も於鬼頭先生から多少の情報は得ている。もの凄《すご》く昔に流行《はや》ったアンチコンピューター戦略と似たような手法だが……事実だとすれば、単純な手法だけに打ち破るのは難しいだろうな」

「マシンパワーだけなら北米のクラウドサービスを使えば――」

「しかしそれだと資金も莫大《ばくだい》に――」

部屋に入ったときからずっと、喋《しゃべ》ってるのは二ツ塚先生と供御飯先生だけ。わたしは目の前で交わされる言葉の半分も理解できなかった。

――……どうしてわたしも呼ばれたんだろう？

天ちゃんについて個人的なことを聞かれるんだろうか？　でも大阪を出てからは会ってないし、その前から天ちゃんは将棋ソフトを作ってるなんて一言も口にしていなかったし……。

「雛鶴さん」

「ふぇ⁉　な、なんでしょう……二ツ塚先生」

急に名前を呼ばれてわたしはビックリしてしまう。

「雛鶴さんは将棋ソフトをどの程度、使ってる？」

「正直、あんまり……」

「いかんな。九頭竜先輩はそういうことを教えてくれないのか」

二ツ塚先生は学校の先生みたいな口調になって、

「将棋ソフトにはＣＰＵを使う従来型と、ＧＰＵを使うディープラーニング系があることは知っているか？」

「そのくらいは……はい。ほとんどの棋士が使っているのがＣＰＵのですよね？」

「そのとおり。そして従来型のソフトは基本的にたった一つのソフトのことを指す」

現在ほとんどの棋士はフリーで提供されているソフトを使っている。作者は不明という、ちょっと怪しげなソフトを。

そしてそれは将棋ソフト開発者にとっても同じなんだと二ツ塚先生は言う。

「探索部に関しては海外のチェスソフトを将棋用にローカライズしているだけだが、重要なのは評価関数だ」

「ひょうか……かんすう？」

「人間でいう大局観に当たる部分と考えてくれ。ここが上手《うま》く作れないと他がどれだけ良くても将棋が強くならない。そしてこの評価関数は、一人の天才によってとんでもないブレイクスルーを迎えた」

その評価関数が発表されたのは今から五年以上も前になるのに、ディープラーニングの技術が発達するまではそれに替わるものを誰も開発できなかった。

「それがＬＯＬＩ《エルオーエルアイ》評価関数。通称『ロリ評価関数』だ」

「作った人は頭がおかしいんでしょうか？」

「ああ。そのくらいブッ飛んだ技術といえるな」

そういう意味で言ったんじゃないんだけど……。

「ロリはその名のとおり非常に小さなサイズだが、軽いから素早く計算できる。家庭用のパソコンでも高い性能を出せる理由がそれだ。ロリは海外でチェスソフトにも逆輸入されてるくらい優秀で——」

熱を帯びる二ツ塚先生の説明を、わたしは表面上、前のめりになって聞く。

ど、どうしよう……。

とってもとっても大事なお話をしてるのに……ロリっていう単語が気になって内容があんまり入ってこないよぉ！

「ただ一つ難点があるとすれば、ロリはどういじくっても元のままのほうがパフォーマンスが高い。世に出た時点で完成されすぎていたんだ。これだと強くするにも限界がある」

「逆にディープラーニング系は、コストはかかりますがモデルを巨大化させればまだまだ強くなる余地がある、と？」

供御飯先生が確認すると、二ツ塚先生はお手上げという感じのポーズで、

「そう思っていたんだが、世界一のスパコンなんて持ち出されるともう究極のソフトは《淡路》で決まりという気もするな」

「「……………」」

室内に重い空気が漂う。

供御飯先生が言うには、天ちゃんは自分に従う人にだけ《淡路》を使わせることで、将棋界

を思い通りに支配しようとしている……らしい。

──ほんとうに天ちゃんがそんなことするのかな？

　空先生を潰すことが目的だって言われても、やっぱりわたしの知ってる夜叉神天衣ちゃんとは違う気がする。

棋士はそもそも自分が強くなること以外にあまり興味がない。

天ちゃんは特にその傾向が強くて、他人に全く興味を示さなかった。とにかく自分が強くなることを最優先していたから研究成果を共有するなんて考えられなくて……。

今まではそうだった。

──でも……もうこれ以上強くなれないいくらい強くなっちゃったら？

そうなったとき、天ちゃんは変わったんだろうか？

師匠は《淡路》に触れて変わったような気がする。

あの人は急激に強くなる時、いつもすごく苦しそうで……側《そば》にいると、わたしもすごくつらくて。でも苦しむ師匠を支えるのは、とっても幸せで。

一緒に強くなっていく時間は、何ものにも代えがたい喜びがあった。そのためだけに将棋を指しているんだと思えるほど。

けれど将棋の結論や必勝法を知ってしまうというのは、その瞬間は幸せかもしれないけれど
……そこから先は？

成長する苦しみや喜びが消えた世界に辿《たど》り着いた天ちゃんは、次に何を望み、何をしようとしているんだろう？

わたしなら……どうするんだろう……？

《淡路》に弱点があるとすれば、だ」

わたしがそんなことを考えているうちにも、二ツ塚先生と供御飯先生は話を進めていた。

「それを探り当てることができる人物は、俺が知る中では世界にたった一人」

「誰です？」

「ロリを作った人物だよ。さて、そこで今日の本題だ」

二ツ塚先生は声を一段と潜めると、

「俺と於鬼頭先生が作っていたディープラーニング系のソフトをあんたたちに提供する。夜叉神と戦う時に必要になるはずだ。役立ててもらえるとありがたい」

「いいのですか？」

供御飯先生が驚きに目を見開く。

「理由は二つある。一つは、祭神さんを潰した夜叉神に対する復讐《ふくしゅう》。あんな子でも恩師の実の娘だし、研究パートナーだったからな」

「私たちに敵を討て、と」

「次にあいつが狙うタイトルは、あんたが持ってる山城桜花だろ？　そして雛鶴さんはこのまま行けば――」

「はい。天ちゃんと初めて公式戦で当たります」

わたしたちは同門だから、よほどのことがないと対局を組まれない。予選の段階で別々のブロックに分けられる。

ただ山城桜花戦だけは独特で――

「桜花は予選が存在せんし、同門を避けて当たりを組んだりもせんもの。先期ベスト四以外はタイトル保持者であろうとフラットに抽選しやす。難儀な棋戦やわぁ」

クイーン山城桜花である供御飯先生は棋士の口調に戻って言う。

そのため、普段は組まれないような……一回戦から東西の棋士が当たったり、新人とタイトル保持者が当たったり、見る側は面白くても指す側はドキドキなトーナメント表が完成するのが山城桜花戦だった。

「どうせなら潰し合って二人とも消滅してくらはったらええんやけど。ねぇ？　あいちゃん？」

「あ、あははは…………」

冗談っぽい感じだけど…………目が笑ってない……。

天ちゃんと真剣勝負をする。

それはつまり、将棋の必勝法を見つけたという天ちゃんの言葉を検証できる機会を、わたしたちが持っていることになる。

でも……。

「……せっかくのお申し出ですけど、供御飯先生はともかく、ディープラーニングの情報をわたしが使いこなせるとは……」

「その点は大丈夫だ。雛鶴さんの側には専門家がいる。世界一のな」

「え？」

「ロリを作り、従来型の将棋ソフトを完成させた人物だよ。俺にとっては大学の先輩に当たる。わからないか？」

二ツ塚先生が口にした名前。

それを聞いた瞬間……わたしは絶叫してしまった。

「ええええええええええええええええええ!?」

「まあ、雛鶴さんの様子を見ていたら知らないんだろうなとは思っていたが」

あ、あの人が……そんなに凄い人だったなんて……。

それが事実なら確かに心強いけど……えええええ？　まだ信じられないなぁ。

「理由は二つあるとおっしゃいましたよね？　残りの一つは？」

供御飯先生が尋ねると、

「そうそう。むしろこっちのほうが重要なんだ。これはコンピューター将棋ソフト開発者にあるまじきことかもしれないが――」

表情に乏しかった二ツ塚先生はそこで初めてニヤリとして、わたしを見る。

「実は、俺はもともと振り飛車党でね。碓氷《うすい》先生と雛鶴さんの対局は、ぶっちゃけ感動した」

「あ……」

「だから託したいと思ったんだよ。将棋界の未来を、きみに」

わたしと碓氷先生が指した将棋はコンピューターの発展とは最も遠い場所にある。少なくとも指したときはそう思っていた。

けどその将棋が回り回ってわたしに新しい将棋ソフトを与えてくれた。

不思議な巡り合わせだけど……あの時、碓氷先生のシステムを避けずに正面から受け止めることで道が開けたのなら。

「ありがとうございます！　あの、お預かりします……先生たちの築いた未来を」

──運命よ。そこをどけ。

その言葉を信じて、これからも進む。

改めてそう心に刻んだその時だった。

テーブルの上に置いておいたスマホがメールの受信を持ち主に報せたのは。

「ふぇ？　……たまよん先生から？」

ディスプレイに表示された短い文面を見た瞬間、胸の奥から大きな音が響くのを感じた。

その音はまるで砲声のようにどんどん大きくなっていく。

それが自分の心臓の音だと気付くまで数秒を要した。

『例の件、決まったよ。すぐ連盟に来い』

☖　先手必勝時代の番勝負

帝位戦は一進一退の展開となった。先に結果を言ってしまおう。第六局まで全部先手が勝った。


第三局の戦型は相掛かり。

ただ歩夢が先手で目指した相掛かりの姿は、現代将棋では理解できない手順のオンパレード。

『先手は9六歩型の相掛かりか………ええ⁉　1六の端歩も突いた⁉』

『後手はその隙に7筋の位を取ったぞ。これもうクズ竜の優勢じゃ？』

『おいおいおい！　空いた7四のスペースに先手の飛車が回ったぁ⁉　何の意味がある？』

『もうわけわからん』

ソフトの読み筋や評価値を見ながら観戦していた将棋ファンたちですら混乱し通しで、解説のプロ棋士も「謎です」と言ったきり絶句していたという。

実はこの形、俺にとっても歩夢にとっても謎だ。意味は理解できないが《淡路》によればこれが最善の応酬であり、最も先後のバランスが取れている。

それもあってか、勝ったにもかかわらず歩夢の表情は晴れなかった。第一局と同じように。

第四局。

今度は俺が先手を持って相掛かりを採用すると、歩夢も堂々とそれを受ける。ここで勝てば先に三勝しタイトル奪取にリーチがかかるとあって相当な気迫だ。

「挑戦者が快調に攻めていますね」

「九頭竜帝位は苦しそうです」

こんな感じで、封じ手の時点では歩夢の勝利を断言した検討陣もいたという。

対照的に俺は淡々としていた。

後手番《ごてばん》ながら先攻してこちらを攻め潰そうとする歩夢に対して、淡々とその攻めをいなし、カウンターで仕留めたのだ。

ただ第二局とは違い、逆転の望みがなくなってからも歩夢は持ち時間を使い果たすまで指し続け……最後には今までに見たことがないほど悔しそうな表情で投了した。

「…………負けました」

「ありがとうございました」

俺は淡々と頭を下げて手短に感想戦を行うと、理解不能といった様子の報道陣や関係者を残して一人、帰路に着いた。これで互いに二勝二敗。

第五局。戦型は、タイトル戦が始まる前から誰もが「必ず一局は出る」と断言していたものになった。矢倉だ。

必勝を期した歩夢の矢倉は、未来を知る俺が見ても実に見事な完成度だった。

「…………美しい……」

対局中にもかかわらず俺は扇子《せんす》で口元を隠しながら思わず溜息を漏らす。

歩夢の研究はこのタイトル戦が始まる前に俺が予想していたよりも遙かに進んでいた。名人と山刀伐《なたぎり》さんが付いてるだけある。

——たった百局の棋譜から、よくここまで……。

まさに人類の叡智《えいち》を集結させたその駒組みは、宝石のような結晶体。

あまりの美しさに俺はその囲いに手を掛けることなく投了した。


歩夢が奪取にリーチを掛けた状態で臨んだ第六局でも、俺は震えることはなかった。先手だからだ。

戦型は再び相矢倉。

現代で指されている矢倉は相掛かりとの境界が消えつつあるような掘っ立て小屋みたいな形だが数十年後の矢倉は逆に固く囲う形が多い。コンピューターが再発見し矢倉の代わりに有力視されている雁木《がんぎ》も、時代を進めると消滅する。進化した機械は痛みや恐怖を理解するからかもしれない。

ゴリゴリの削り合いになり、三百手を超える大激戦となった。

「はあっ……はあっ……はぁぁぁぁぁぁッ……!!」

「ふううう――――………」

互いに肩で息をする。二日目の深夜十一時を回っても決着は付かないが、俺の疲労度は歩夢よりも遙かに軽かった。

肉体的な疲労は感じていたが、一瞬たりとも自分が負けるとは思わなかったからだ。

この心理的余裕は勝負の上で非常に大きい。

「そこだっ!!」

最後まで集中しきって戦うことができた俺は、互いの玉の詰み筋が複雑怪奇に絡《から》み合う最終盤の局面でも急所を射貫くことができた。

そして三一三手で先手の勝ち。フルセットとなった。

「……なぜ九頭竜は、篠窪との対局で見せたあの初手5八玉を出さない?」

「さすがに冒険できないんじゃないか?」

「それだけ神鍋が充実しているということか……」

ヒソヒソと交わされるそんな会話を背に、俺は部屋に引き上げた。

その電話があったのは第六局が俺の勝利で終わり、スマホを返却された直後だった。

『どうした八一？　手こずってるじゃないか』

「兄貴か……」

『将棋の結論は千日手《せんにちて》か相入玉じゃなかったのか？　今までのところ一局も出てないみたいだが』

この帝位戦が始まる少し前に新宿御苑《しんじゅくぎょえん》で久しぶりに再会した九頭竜家の長兄は、勝利を祝うでも弟にハッパをかけるでもなく、煽るような口調で言う。

『どうせお前が見たっていう将棋の結論に疑問が生じたんだろ？　昔からすぐメンタルが将棋に影響するからな、八一は』

「相変わらず浅いな、兄貴は」

挑発と知りつつ俺はそれに乗った。

「千日手と相入玉が出ないのは俺がそれを拒む指し方をしてるからだ。やろうと思えばいつでもやれるが、それを見せるとすぐにコピーされる。タイトル戦で千日手合戦や手待《てま》ち合戦はご免だよ」

『……』

「そもそも《淡路》が俺に見せたあの焼け野原は、お互いがスパコンと同じほどの棋力を有している場合にのみ出現する。けど俺にも歩夢にもそんな棋力は無いからな」

人間の棋力では、ああいう形で千日手や持将棋《じしょうぎ》にするのは難しい。

というか不可能だ。

「この世で最も矛盾を孕んだ存在が何か知ってるか？　兄貴」

『居飛車党だろ？』

「そう。先手でも後手でも平気で同じ戦型を持つからな」

ハンズフリーにしたスマホを座卓の上に置くと、汗で重くなった和服を脱ぎながら俺は会話に応じた。

ちょうど誰かと話したかったところだ。

同じ時間軸に生きる数少ない人間と。

映画やドラマじゃあ未来からタイムスリップしてきた主人公が楽しそうに現代で未来知識を使って無双したりするが、実際はそこまでお気楽でいられない。

秘密を誰にも打ち明けられないから自然と口数は少なくなるし、自分だけが先を知っていることへの負い目もある。

圧倒的な孤独に耐える日々は、人間らしい感情を削ぎ落としていく。

「《淡路》を使っている以上、研究の進み具合は間違いなく俺に分がある。だが居飛車の代表的な戦型に関しては百局分の棋譜を公開済みで、それをもとに研究を深められたら後手番でブレイクするのは容易じゃない」

『それだけ先手番の利が大きい、ということか……』

人間が生み出した戦型を指した場合、将棋は先手のほぼ必勝。

最善手を指し続ければ先手が勝つ。そういうように将棋はできてる。

今までは先後どちらも持つという居飛車党の矛盾をスルーできたが、今後はそうもいかなくなるだろう。

角換わり、相掛かり、矢倉という相居飛車の主力戦法が先手必勝であることを俺と歩夢がこのタイトル戦で曝《あば》いてしまったから。

「というわけで、番勝負の早い段階でこっちの研究を見せると対策されちまう。だから最後の最後まで隠しておかないといけなくなったわけさ」

つまり先手は、確実に勝つためミスを極力しないよう集中し。

そして後手は、不利を自覚しつつも研究を見せないようじっと耐える。相手のミスが出れば一撃で倒せるよう力を溜《た》めながら。

『それが先手必勝時代のタイトル戦か……人間が将棋を指す意味を考えちまうよ』

「イヤだと言っても仕方がない。コンピューターは消えて無くならないからな」

血湧《わ》き肉躍るような、人間が脳髄を絞って戦う時代は終わった。

今はただ、機械が与えてくれた正解をひたすら求める。未知の局面でいかに機械と同化できるかが勝負を分ける。

「ところで兄貴。あ――」

『ん？　何だ？』

「……………いや。もう疲れたから切るぞ」

あいのことを聞きそうになった俺は、ギリギリ我慢して通話を終了。

普通に聞けばいいんだろうが……桂香さんに言われたことで妙に意識してしまっている。

――タイトル戦の途中で良かった。勝負に集中できるから……。

今の目的は明確だ。

「俺が見た地獄を隠し続けること。さらに天衣が解明した『死亡フラグ』の存在も、できるだけ秘匿すること」

それは決して不可能なことじゃない。

たとえば最強のソフトが『51対49』と評価を出したとする。

その場合、人間にとっては『51』の局面こそが『100』になってしまう。全員がそちらを選んでしまう。

そうして残りの『49』に含まれているはずの真実は隠されたままになるのだ。

「半分隠せるなら将棋の進歩も随分遅くなるからな……」

そのためには俺自身が頂点に立つ必要があった。最強の存在に。

このプランには明確なモデルがある。

名人が七冠をほぼ独占し続けた時代だ。

あの時期、将棋界は長期の停滞期に入った。圧倒的に強い存在がいると誰もがその真似《まね》をしたがる。独創性が失われるのだ。

奨励会員や若手棋士から振り飛車党はほぼ絶滅し、みんなこぞって名人の書いた戦法書を読み漁った。

「そんな中で碓氷先生がシステムを引っ提《さ》げて竜王を奪取したんだよな。マジで偉大だよ、あの人は……」

だがあんな天才はそうそう生まれない。

俺だってシステムみたいな戦法を自分で作れと言われたら「そりゃ無理だ」ってなる。強くなることはできても、ああいうのは無理。むしろ独創性を犠牲にしなければ強くなれない時代になってしまったとも言える。つくづく人間にとってつらい時代だ。

「……それでもまだマシか。あの焼け野原に比べれば……」

《淡路》とだけひたすら対局を続けた期間。

その最後の一週間で俺はようやくスーパーコンピューターとまともに将棋を指せるようになった。

もちろん《淡路》に勝つことなんてできない。

それでも何とか途中で折れることなく最後まで指せるようになったとき、俺は初めて将棋に絶望した。

もう自分が全力を出せる相手は機械しかいないんだと。

ずっとこの孤独の中で生きていくしかないんだと。

「……あの焼け野原で俺に勝てる人間がいるはずない。多少でも将棋を知ってる人間なら、あんな勝ち方を真面目に研究するはずがないから……」

冷蔵庫から取り出した炭酸水を直飲みしながら窓を開けて、白み始めた夜空を見る。湿った夏の空気が気だるい身体を撫《な》でていく。

次は決着《だいなな》局。

振り駒で先手が出れば淡々と定跡形を指して勝つ。

偽りの未来を見せたまま、歩夢との初めてのタイトル戦を締めくくる。それはおそらく誰にとって最も幸せな結末。歩夢にはつらい結果だろうが、それでも最悪じゃない。

「だが……」

もし後手が出れば、その時は――――

第四譜

将棋会館の二階にある研修室では、月光聖市《つきみつせいいち》会長やブルーノ・レドモンド専務理事以下、七名の常務理事が顔を揃《そろ》えていた。残る一人は関西在住の元連盟職員で、その人物も関西将棋会館からリモートで参加をしている。

理事の中で女性は釈迦堂里奈《しゃかんどりな》女流八段たった一人。残りは全《すべ》て男性で、誰《だれ》もがタイトル獲得やA級在籍経験を有する大棋士ばかりだった。

その威圧感や尋常ではない。

雛鶴《ひなつる》あいはパイプ椅子《いす》に腰掛けて、背筋をピンと伸ばし、その風圧に相対している。

女流棋士会の副会長として一人だけ同席を許可された鹿路庭珠代《ろくろばたまよ》は緊張で下腹部が痛くなるほどだった。

ただ同時に、抑えきれないほど胸が高鳴る。

──フルメンバーか……これ、いけるんじゃない？

「…………………」

隣に座るあいは、逆に怖いくらい冷静だ。

大勝負の前ほど集中していく『強い棋士』の姿がそこにあった。結果がどちらに転ぼうが、心が戦いから離れることがない勝負師の姿が。

トッププロたちを相手にしても全く怯《ひる》まないその姿に鹿路庭は頼もしさすら覚えた。

――って、あたしが励まされてどうすんの⁉

「常務会での協議の結果をお伝えします」

口を開いたのは中央に座る月光会長だった。

隣の道場から駒音《こまおと》が聞こえてくるほど重たい沈黙を挟んでから、その決定は告げられた。

「雛鶴あい女流名跡《じょりゅうみょうせき》に対して、特例としてプロ編入試験を実施する。試験官の選定と合否の条件は常務会に一任する」


「やっ……‼」

思わず立ち上がって「やったぁぁぁぁぁぁぁ‼」とガッツポーズを決めそうになって、鹿路庭は慌てて椅子に腰を下ろす。

そんな弟子に困ったような笑顔を向けてから、今度は専務理事のブルーノ・レドモンド九段があいに説明する。

「おめでとう。あなたは史上二人目のプロ編入試験を受ける資格を得ました。ちなみにこの決定は常務会の全会一致です。では受験の具体的な日程を調整――」

「受けません」

「「……………は？」」

鹿路庭とレドモンドが同時に聞き返す。

呆気《あっけ》にとられる一同に対して、あいは再度、きっぱりと言った。

「その条件では受験したくありません」

「……理由を聞かせていただけますか？」

静かに問いかける月光に対して、あいも冷静に答える。

「特例ではなく、恒久的な制度として、女流棋士を含む全ての人々に対して奨励会を経ずにプロになれる道を作っていただきたいんです。試験の内容はお任せしましたが、この点がかなえられないなら、わたしは受験しません」

「まずは雛鶴さんが試験に合格してプロの世界で活躍すること。その実績を見極めたうえで、改めて制度設計を行う。それではいけませんか？」

——そうだよ！　それで十分じゃん！

鹿路庭は心の中で月光に拍手した。早くこのチビに「うん」って言わせて！

しかし。

「だめです」

あいは頑としてその道を拒む。

「ここでわたしがこの条件を飲んじゃったら、それが今後の『前例』になります。特例なんてあやふやな条件で目指せるほどプロは甘くないと思います。明確な目標が必要なんです！」

「…………」

盲目の月光は、あいの反論をじっと聞いていた。

隣に座るレドモンドが焦《あせ》りを滲《にじ》ませた声で言う。

「大師匠の清滝鋼介《きよたきこうすけ》九段がもしこの場にいたら、まず間違いなくこれ以上の条件を将棋連盟が提示することは無いとアドバイスするでしょう。彼なら『受けろ』と言うはず。あなたのために力を貸した多くの方々の気持ちを裏切るのですか？」

「逆です。力を貸してくださった方々のためにも、わたしは自分のことだけで満足しちゃダメなんです。清滝先生なら絶対にそうおっしゃいます！」

頑《かたく》なあいの態度に業を煮やしたレドモンドは弟子に視線を向ける。

「……鹿路庭女流二段。キミからも何か言ってやりたまえ」

「あたしは──」

その時ようやく鹿路庭は師匠の意図に気付く。

もともと理事たちは特例での編入試験までなら許容範囲だったのだろう。

だが、あいが試験の制度化をマスコミを通して世間に訴えることを阻止するために、敢《あ》えて理解のあるように振る舞った。

今日の会合にフルメンバーが集まったのも、圧迫面接であいに『はい』と言わせるため。

そして自分がこの場に呼ばれたのは、あいを勇気づけるためではなく……理事会《おとな》の望むように説得するため。

自分は玉《あい》を詰ますための、トドメの金だったのだ。

──いいよそれでも！　ここで受ける以外の手なんて無いんだから！

鹿路庭は知っている。大人だから。

師匠のレドモンドは将棋連盟の支配者などではない。Ａ級までは行けたがタイトルには手が届かず、外国人として初めてプロ棋士になったことで知名度があるから理事になっただけの、自分と同じ小物だ。

会長職はタイトル経験者が就く慣例があるため月光をトップに据えなければ政権の維持すらできず、常に鹿路庭に弱音を漏《も》らしている。あいにパパ活と揶揄《やゆ》された会食も、弟子としてレドモンドを励ますためにやっていた。

その証拠に今もレドモンドは縋《すが》るような目で鹿路庭を見ている。二人きりだったら拝み出しそうな表情だ。

──きっと、どこかの大口スポンサーからキツく言われたんだよね？

奨励会制度は将棋界の根幹。プロとアマチュアの線を引く唯一の制度。

その制度が崩壊すれば将棋連盟は存在意義を失う……と頑なに信じるスポンサーもいるのだろう。実際は女流棋士とか普及指導員とか様々な制度を維持運営しているが、そういった制度もプロ棋戦の契約金あってのもの。結局のところプロの将棋に金を払ってくれるスポンサーの意向が全てに優先する以上、ここで棋士同士が揉《も》めたところで無意味なのだ。

けれど説得のために口を開く直前で、鹿路庭は考えを変える。

自分の手を摑《つか》んだあいの手が、震えていたから。

――っ……こいつ……。

生意気にすら見える態度の裏で、あいは怯《おび》えていた。ここまで積み上げた賭《か》け金を全て失うかもしれない大勝負に出ていた。

それはプロを相手に盤を挟むよりも、ずっとずっと勇気が必要なはずで。

――こいつはずっと戦ってるんだ！　なのに、あたしは……。

その瞬間、鹿路庭珠代の決意も固まった。

震え続ける小さな手を強く握り返すと、

「あたしも、この提案は受ける一手だと思います」

「っ……」

鹿路庭がそう話し始めると、あいはこの部屋に入って初めてビクッと震えた。

そんな後輩にニヤリと不敵な笑顔を向けてから、

「けど！　こいつが……雛鶴あいが違う手を選んだのなら、それがこいつの正解なんです！

あたしたちはこいつの決断を支持すると決めました！　それはタイトルを獲ったからでもプロ

に勝ったからでもなくて、こいつが全ての女流棋士のために一人で戦い続けてるからです‼」

「た、珠代……」

動揺するレドモンドに申し訳なさを覚えつつも、鹿路庭は言い切る。

「ここでこいつを支えてやらなかったら、あたしたちは何もしないままの頃《ころ》と同じです。だから女流棋士会は最後の最後まで、こいつの意思を尊重します。それがたとえ常務会の判断に逆らうことになったとしても」

「お見事」

他の理事たちが沈黙する中で、前女流棋士会長である釈迦堂だけが手を叩《たた》いていた。


「ったく！　人の苦労をぜーんぶ無駄にするんだからさぁこのガキは‼」

「ご、ごめんなさい…………」

連盟を出て近所のバーガーショップに腰を落ち着けると、鹿路庭はヤケ食いを始めた。

「……まあ、あんたの言い分も理解できるし。正しいこととは思うけど。でもこれで完全に連盟執行部を敵に回したよ？　次の一手は考えてあるの？」

「…………」

あいは黙って俯《うつむ》いている。

――まーだ何か隠してやがるな？　どうしてそんなに焦ってんのさ？

目の前の小学生の行動はまるで死期を悟った老人のそれだ。

——理由はわかんないけど、このチャンスを逃したら次は無いってこと？　だったら……！

鹿路庭はズゴゴゴゴゴゴと音を立ててシェイクを飲み干すと、

「わかった。ここはあたしが文字通り一肌脱ぐよ」

「へ？」

「実はあたしのグラビアを載せるなら今回の編入試験の件を記事にしていいっていう週刊誌が何冊かあるんだ。水着……いや、手ブラくらいまでならやる覚悟は決めてるから！　将棋人口のボリュームゾーンである中高年男性層の同情心と下半身に訴えかけてでも——」

「無駄だと思います」

「はぁ⁉　あたしのグラビアに何の価値もねーってのかこのクソガキャァァァァ‼」

「違います違います！　そ、そうじゃなくて……」

空になったシェイクのカップを床に叩き付けて激怒する鹿路庭を慌てて宥《なだ》めると、あいは周囲をはばかるように声を潜めて、

「今日の反応でわかったんです。誰にお願いするのが正解だったかが」

マスコミでも、実力のある理事でもない。

その相手は————国すらも動かすことのできる権力者。

☖　死装束《しにしょうぞく》

第七局というのは特殊な対局だ。

そもそも七番勝負はストレートで終わると第四局までしか行かない。五局目以降はあるか無いかわからない不確かな対局ということになる。そして五、六、七と数字が進むほど発生確率はどんどん小さくなる。

そんなわけで第七局を引き受けてくれる宿というのは将棋に深い理解がある、タイトル戦の常連みたいな場所に限られる。

ただ、九頭竜八一《くずりゅうやいち》にとって第七局はそう珍しいものじゃない。

初タイトルを獲得した時も、初防衛も、第七局まで行っているからだ。

「そういうわけでもないんだろうが、いい場所を押さえてもらったなぁ」

都心とは思えないほど緑豊かなそのホテルの庭園を散策しながら、俺《おれ》はささくれていた心が落ち着くのを感じていた。

明治維新の元勲にして供御飯《くぐい》さんのご先祖様の別荘だったというこのホテルは、昨年の帝位戦開幕局で俺と於鬼頭《おきと》先生が戦った場所。

――そしてあの日、姉弟子《あねでし》がプロ入りを決めた。

あれからもう一年が経《た》っていた。早いと思う感覚もあるし、あまりにも多くのことが起こりすぎて十年以上前に感じる部分もある。

一つはっきりしていることがあるとすれば。

「出会いよりも別れの方が多かったな……」

しかしその寂《さび》しさにも慣れなければならない。名人のようになるのなら、孤高であらねばならないのだから……たとえ明日からの将棋で親友を失うことになったとしても。

検分を終え、前夜祭までの短い空白時間。

その時間に俺はここである人に呼び出されていた。

「やあ」

「釈迦堂先生。ごぶさたしています」

瀟洒《しょうしゃ》な庭園の片隅で百日紅《サルスベリ》を愛《め》でながら、その人は俺を待っていた。

「馬莉愛《まりあ》に頼んで人払いをしてもらっている。些《いささ》か不安ではあるが、最近はあの子も随分しっかりしてきた」

「順調に昇級してるみたいですね」

神鍋《かんなべ》馬莉愛ちゃんは歩夢《あゆむ》の妹で、今ではそこまで珍しくなくなった女性奨励会員。6級で入会して既に4級になっていた。小六で4級なら男子の有望株と比べても早いくらいだ。

「歩こうか？」

「はい。あっ……腕をどうぞ」

「おやおや。関係者に見られたら誤解されてしまうね？」

楽しそうに微笑《ほほえ》むと、釈迦堂先生は杖《つえ》とは逆の手で俺の腕にもたれかかる。庭園はかなり起伏に富んでいて杖だけだと危険だ。

そして探るような上目遣《うわめづか》いでこっちを見て、

「ふふ……其方《そなた》は近くに置く女性の影響をすぐに受けるからな。今は誰と一緒にいるのか、斯様《かよう》な仕草から想像してみるのも楽しいよ」

「第一局にはいらっしゃらなかったですよね？　近所だから今回は足を運ばれたんですか？」

俺は華麗にスルーした。

こういう話の持って行き方こそ天衣《あい》の影響を受けてるな。

「いや。あの子が余《よ》を誘ったのだ。わざわざ余と馬莉愛の部屋まで取って」

「歩夢が……!?」

「期するものがあるのだろうよ。衣装も特別なものを用意した」

「初タイトル奪取でそのまま結婚式とか？」

このホテルは将棋のタイトル戦もよくやってるが、国内有数の式場としても有名だ。棋士が披露宴を行うこともあった。

「ところで俺に話があるとか。何の件です？　師匠なら最近は会ってなくて――」

「其方の雛鳥のことだよ」

「……」

そうだろうとは思っていた。

ただ、本当にその話をタイトル戦の前日に釈迦堂先生が俺にするかは半々だと思っていた。

将棋に影響しかねないから。

――そこまでして歩夢にタイトルを獲らせたいのか？

一瞬、そう勘ぐってしまった自分を嫌悪する。釈迦堂先生はそんな姑息《こそく》な駆け引きをする人じゃない。

純粋に、他人に聞かれない場所で俺に伝えたいことがあるんだろう。しかも勝負の途中で知るのではなく、いま知っておいたほうがいいことが。

その予想は的中した。

「理事会はあの子に特例での編入試験を認めた。しかし即答で断られたよ。条件面で折り合わなかったのだ」

「そうですか」

「驚かないのだね？」

「あいのやることです。理由があるはずですから」

本当は心臓がバクバクいってる。どうして断っちゃったんだよ⁉　そのために東京《とうきょう》に行ったんじゃないのか⁉

聞きたいことも言いたいことも山ほどあったが、俺は冷静を装った。ほんの僅《わず》かな動揺も、腕を通じて釈迦堂先生に伝わってしまう。動悸《どうき》も発汗もコントロールする必要があった。

「…………強いな。あの子も、其方も」

やがて俺の腕を放して立ち止まると、生い茂った緑の木々を見上げながら釈迦堂先生はそう言った。

「余は理事会に首根っこを捕まれて《殺し屋》に成り下がった。あの子はそんな余を軽々と乗り越えたのだ。力ではなく勇気で女流棋士たちを束《たば》ねて」

勇気。

その言葉は俺の涙腺を刺激した。

なぜなら……あいに初めてあげた言葉だったから。

――大事にしてくれてるんだな。俺なんかの教えを。

「歩夢も強くなったよ」

釈迦堂先生は祈るように俺を見ると、

「明日からの将棋、ぜひ全力を出してあげておくれ？　あの子は其方を追いかけてここまで来たのだから……」

「あいつとの将棋で手を抜いたことなんてありませんよ」

馬莉愛ちゃんに釈迦堂先生を託すと、俺は前夜祭に出るため一人で建物の中へと引き返した。

そして翌朝。

改めて行われる振り駒に備えて少し早く入室すると、対局室には見知った顔が勢揃いしていた。

立会人は、碓氷尊《うすいたける》九段。俺の前に竜王だった人だ。ちなみに碓氷先生が立会人を引き受けるのは初めてで、それだけでもこの対局はかなり話題になっていた。

記録係は第一局と同じ登龍《のぼりりょう》三段。記録が再登板するのは無いわけじゃないが、珍しい。

観戦記者は鵠《くぐい》記者。昨年の第一局もこの人はここに座っていた。

その後ろには月夜見坂《つきよみざか》さんがモゾモゾしながら窮屈そうに正座している。さすがに立て膝《ひざ》は怒られる。

釈迦堂先生と馬莉愛ちゃんは報道陣に紛れて部屋の隅から立ったまま見守っていた。座ると立ち上がるのが大変だからだろう。

十年前の小学生名人戦を思い出すメンバーだ。

あそこで俺と歩夢は当たらなかったけど、たまに夢に見ることがある。

撮影用のライトに照らされた将棋盤に幼い歩夢と共に歩いて行って、将棋を指す夢を。

将棋の内容は憶えていない。

ただその夢を見た後で目を覚ますといつも汗ぐっしょりで、相当な泥仕合だったんだろうなと予測がついた。泣いていたことすらあるから負けることもあるんだろう。

その歩夢はまだ対局室に来ていない。

俺が上座に腰を下ろそうとした、まさにその瞬間。

「神鍋先生⁉　そ、そのお姿は――――」

部屋の外から動揺したような声が聞こえてきた。

まさかタイトル戦にいつものマント姿で来たのかと思いきや、歩夢の服装は俺たち凡人の想像を軽《かろ》やかに超える。

「なっ⁉　何だあの和服は……⁉」

「上も下も真っ白じゃないか……！」

そう。

対局室に現れた歩夢の和装は、真っ白だったのだ。

羽織袴は言うに及ばず。持ち物すらも全て純白で揃えたその姿は、将棋の対局で用いるにはあまりにも異例でありすぎた。

「いくら白が好きだからって、ありゃやり過ぎだぜ………だって、あれじゃあ――」

豪胆な月夜見坂さんの漏らした感想が全員の気持ちを代弁していた。

「………あれじゃあ死装束だ……」

「遅参をお詫びする」

伊達政宗《だてまさむね》みたいなことを言って頭を下げてから、歩夢は盤の前に腰を下ろした。大真面目《まじめ》だ。

中腰のままポカンと歩夢を見ていた俺も慌てて座り、駒箱に手を伸ばす。

——ったく！　どういうつもりでそんな衣装を選んだんだよ？

最後くらい俺たちらしく戦おうって意味か？

それとも…………本当に命を捨てる覚悟で盤の前に座ったのか。

「振り駒です」

登龍さんがそう言って立ち上がり、五枚の歩を振る準備をする。

「九頭竜帝位の振り歩先です」

ガチャガチャガチャガチャガチャ！　そんな音を立てて入念に俺たちの運命を掌《てのひら》の中で攪拌《かくはん》すると、パッと空中に駒が舞った。

「「っ…………!!」」

運命の振り駒を誰もが注目していた。ここまで全て先手《せんて》が勝っている。つまりここで先手を引いた方が勝つ可能性が非常に高まるからだ。

ただ俺だけは別の意味で先手を欲していた。

——できれば見せたくない。あの……焼け野原を。

後手《ごて》を引いて歩夢に勝つのは至難。その場合はこの一局だけ《淡路》が見せた将棋の結論を出さざるを得なくなる。あの純白の和装が、雷《いか》のように血に塗れるビジョンが浮かぶ。本当に死装束となってしまう未来が。

白い布の上に五枚の駒が落下した。

歩夢が微《かす》かに息を吸う。人々の視線が俺に集まる。

登龍さんが散らばった歩を掻《か》き集《あつ》めて盤上に戻す。

俺はその駒を自陣に並べ直した。指は震えない。

「ちょうど時間になったな」

立会人の碓氷尊九段は定刻になると、独特の表現で対局の開始を宣言した。

「始めるがいい小僧ども。神鍋の先手でな」

☗観戦記者

その初手《しょて》を歩夢くんが指すのを、私は盤側《ばんそく》で見ていた。

「2六歩……」

手元の取材ノートに符号を書く。

歩夢くんの手は居飛車《いびしゃ》明示。幼い頃からその手つきは変わらない。

小学生名人戦で私は彼と当たらなかったけど、実は昔からその美しい手つきに憧《あこが》れて、こっそり真似《まね》してきた。

――歩夢くんの真似をすれば八一くんの気を引けるいう打算もあったけど。

私の目の前で盤を挟んでいる二人の関係は特別だ。

『同世代。幼馴染み。親友。ライバル。』

そういった属性の全てをノートに書き連ねてみても、どれもしっくり来るし、どれも微妙に違うように思える。さすがに『BL』とは書かなかったけど、それも違う。

清滝家や神鍋家の子供部屋でお燎《りょう》も交えて四人で合宿をして（銀子《ぎんこ》ちゃんのいない日を狙《ねら》ってやった）みんなで寝落ちして……夜中にふと目を覚ますと、八一くんと歩夢くんだけで将棋を指していたという場面を何回か目撃したことがある。

『二人だけの時間。私たちは邪魔？　将棋の結論について語っていた記憶。歩夢くんは宇宙とかビッグバンとかの話もしていた。八一くんは「あと何分？」と茶化す。』

次の手を待つあいだ、思いつくままにペンを走らせた。

八一くんが初手を指すまでの時間はだいたいわかる。

モーニングルーティーンのような『初手ルーティーン』があるから。

水差しからコップに水を注《そそ》ぎ、一口それを飲む。初手を指す前に間を置くのは、軽挙を戒める師匠からの教えを今も八一くんが忠実に守っているからだ。そして深呼吸。

「……………ふぅぅぅ──────……………」

一度目を閉じてから──────口元に力を入れて、駒を摑む。

ずっと見て来たはずのその動作。けれど今日はこの段階で違和感があった。

原因は、摑んだ駒の種類だ。

「「玉を⁉」」

八一くんが摑んだ駒は、玉。

初手に玉を動かす手を彼が選んだところを私は一度も見たことがなかった。この私ですら。

「……遂に出たか……」

「……後手番《ごてばん》でもやるんだな……」

周囲の棋士たちが囁《ささや》き合う中で、八一くんは摑んだ玉をそのまま真《ま》っ直《す》ぐ突いた。

間違えないよう声に出して、ゆっくりと一字ずつ、私はその符号をノートに記す。

「ごぉ、にぃ……ぎょく」

「………百年………」

隣に座る記録係の登龍三段がボソリと呟《つぶや》いた。シャッター音に紛れてはっきりとは聞き取ることができなかったけれど、確かにそう言った。「本物の……」とも。

先週終わった三段リーグで降段点を取るほど成績が低迷している彼女がこうして二度も帝位戦の記録を取ることを、幹事の鳩待《はとまち》先生は巨体を揺らしながら感激して美談にしていた。『みんなも登龍さんみたいに気持ちを切り替えて！　強くならないとプロにはなれないよ！』と。

けれど私はそれを美談だなどと思えない。

例会で登龍三段が指した将棋は、もう将棋としての形を成していなかった。

彼女は祭神雷《さいのかみ》と夜叉神天衣《やしゃじん》の将棋でも記録係をしている。

空銀子《そらぎんこ》に憧れてその記録を何度も何度も取っていた彼女が、銀子ちゃんがプロデビュー戦で祭神さんに敗れる姿を盤側で見て……今は八一くんと天衣ちゃんの追っかけだ。

――わかりやすいなぁ。

同じように九頭竜八一の将棋を追いかけてきた私には、登龍三段がこうなってしまった理由が手に取るようにわかった。

食い入るように片方の棋士だけを見詰めるその視線を文章で表現するなら、こうだ。

『女はいつも強いものに憧れる。』

一時間ほど対局室に居座ってから、午前のおやつが出るタイミングで私も関係者控室に引き上げる。

初手に玉を立つ手を歩夢くんは予想していたようで、ほぼノータイムで次の手を指した。お互い意地になったかのようにノータイムで指し続けるからこっちも席を外すタイミングを摑めなかったのだ。

――A級になってもタイトル獲っても子供の頃と変わらんなぁ。

多少ほっこりした気持ちで控室に戻った私は、

「えっ」

入口で思わず立ち止まってしまった。

部屋の中の光景が、想像とあまりにも違っていたから。

お燎や釈迦堂先生がいるのは知っていた。けれど控室はまるで終局間近のような、異様な雰囲気になっていて。

プロ棋士はもちろん、女流棋士や奨励会員や、アマチュアの強豪までもが悲愴《ひそう》な顔で局面を検討している。

「え……？」

思わず自分が日付を間違えたかと確認する。平日だ。夏休み期間中だから学生はいてもおかしくはないけれど……。

「こんなに……？　ま、まだ一日目の朝やで？」

「凄《すご》いだろう？　二日制のタイトル戦の一日目にこれだけの棋士が集まるのは異例中の異例だよね」

継ぎ盤の前に座って私に声を掛けてきたのは、今期の名人挑戦者だった。

「山刀伐《なたぎり》先生……」

歩夢くんの研究パートナーは、この番勝負で初めて現地に姿を現した。まるで最初から第七局まで行くことがわかっていたかのように。

「ボクの名人戦なんてほとんど誰も来なかったらしいじゃないか。どうせボクが負けるからわざわざ現地に行く必要ないとでも思われていたんだろうね！」

「いえ。嫉妬《しっと》だと思います」

《両刀使い》の正面の席に腰を落ち着けると、私は正直な気持ちを口にした。

山刀伐尽《じん》という棋士は苦労人だ。

そして将棋の世界において、苦労したというのはつまり、才能よりも努力が勝ると評価されていることを意味する。

そんな『努力の人』が格上になることを、この世界の人たちは一番嫌う。

努力とは蔑称《べっしょう》なのだ。

才能が無いと蔑《さげす》んでいた人のことを『実は才能があった』と認識を改めるのは難しい。それよりも死を選ぶ人のほうが多いだろう。

「この二人……八一くんと歩夢くんにも、みんなそれを感じていたはずなんです。だって二十歳そこそこの二人がタイトル戦をするようになってしまったら、それを『強い』と認めてしまったら、もう自分たちが主役になる日は来ないと認めることになってしまうから……」

「じゃあみんなそれを認めたのかな？」

「それも少し違うような気がします」

この部屋の空気からは、そういった相手の強さを前向きに認めるような感情を汲《く》み取ることはできない。尊敬とかそういう感情は……。

『羨望《せんぼう》？　嫌悪？　焦燥？』

広げたノートに走り書きでメモしていく。文字にしてみると、やはりどの表現もしっくり来ないなと思った。

私のノートを逆側から眺めていた山刀伐八段は、真面目な声で言う。

「……ずっとキミと話したいと思っていた」

「私と、ですか？」

この人が女性に興味を示すことがあるんだと少し驚いたけれど、あいちゃんを手元に引き取ったことからも、そうした考えは偏見だと反省する。

「『九頭竜ノート』の編集者であり、九頭竜八一の将棋を誰よりも見続けて、その関係者にも取材を続ける鵠記者。キミになら八一くんの指す、あの初手の意味がわかるんじゃないのかな？」

「……仮説はあります」

「拝聴したいね」

「初手に玉を真っ直ぐ立つ。どう考えても棋理には反しています。ただそれは相手の玉を詰まして終わるというルールにおいては意味の無い一手ということに過ぎない」

「…………」

「そして将棋には、相手の玉を詰ます以外にも、終わりはあります」

かつて穴熊《あなぐま》が猛威をふるった時代。

同じような発想でその最強戦法を無効化しようとする試みがあった。

私の師匠である加悦奥大成《かやおくたいせい》七段が編み出し、ほんの一時だけ流行したその囲いは――

「……キミは『風車《かざぐるま》』のことを言っている？」

「発想としては似ているのではないかと。ただ……」

「ただ？　何だい？」

「風車は千日手《せんにちて》狙いでしたが、九頭竜帝位のこれはもっと遠くを見据えているように思えます。もっと遠く……それこそ世界の果てのような場所を。そうでなければ篠窪《しのくぼ》七段をああも無惨に屠《ほふ》ることはできませんから……」

様々な証言や情報をもとに立てた仮説を、私はノートに記す。

『将棋の結論とは○○○なのか？』

まだ確証には至らない。だから肝心な部分は空欄だ。

九頭竜八一という棋士と出会ってから初めて、私は揺れていた。

――こなたが見たいと思ってた将棋は……これなん？

私が彼に憧れたのは、強かったから。

けれどその強さとは何だったのだろう？　手筋や定跡《じょうせき》を暗記することではないはずだ。

『自由。』

制約だらけの盤上で、あの少年が指す将棋だけが、まるで宝の地図みたいに思えた。

今はまだ、私以外にも八一くんの将棋を理解しようと努力する棋士がいる。だけどこの先も一人だけで進んでいくのなら……いずれみんなこう思うようになるだろう。

『もうキミのことは理解できないから勝手にその辺にいてよ』

この第七局で指す将棋がどんなものになるかで決まる。そんな気がした。

八一くんが将棋界で孤独になるか否かが――

「いや、凄い。本当に凄いな」

パチパチという音でノートから顔を上げると、山刀伐八段が拍手していた。

「あの方も同じ結論だよ。キミより遙《はる》かに少ない情報からそこまで見通すっていうのは……やっぱり将棋の星から時空を超えて来たのかなぁ？」

山刀伐八段の視線は私を見ていない。

さらに後方、つまり部屋の入口を、その両目は捉《とら》えていた。

「ッ……まさか⁉」

私は反射的に振り返る。

気付いたのは私だけではなかった。

「め――――ッ‼」

部屋にいた全員が、目玉が転げ落ちるほど目を見開く。

そこに現れたのは――四つのタイトルを保持する、最強の男。

「名人がタイトル戦の控室に⁉」

「ぜ、前代未聞じゃないか……？」

タイトル保持者は立会人を引き受けることがない。

また原則的に、他のタイトル戦で仕事を受けるようなこともない。

だから名人はここ二十年ほどタイトル戦の控室に現れることはなかったはず……。

「どうぞ。一番いい席を取っておきましたよ？」

名人戦で死闘を演じた相手を招き寄せると、山刀伐八段は席を立って名人を座らせた。

私の正面に。

「えっ⁉」

「キミと話したがっていたのはボクよりも名人のほうでね。二日目は観戦記のために対局室に入りっぱなしになっちゃうだろうから一日目のほうが話しやすいですよと申し上げたら、用事があって遅れるから特等席を確保しておいてくれと言われたのさ。鵠記者の正面をね！」

観戦記の取材で何度もやり取りしているけれど……膝が震える。

さっそく両方の手で頬《ほお》を挟む『乙女ポーズ』で継ぎ盤を凝視する名人。極限まで集中している時の癖《くせ》だ。

「さあ！　時間旅行に連れて行ってもらいましょうか」

初手から棋譜《きふ》を再現しながら山刀伐八段は楽しそうに言った。

少し離れた場所では立会人の碓氷九段が新聞記者と雑談しているけど、こっちの会話に聞き耳を立てているのはバレバレで。

私はノートにこう書き記す。

『タイムマシン、みんなで乗れば怖くない。』

観戦記には絶対に書けないけれど、それはこの部屋に集まった全員の実感だったと思う。

☖ 札束《さつたば》の殴り合い

「あっ！　いた……!!」

東京にある旅館『ひな鶴』のロビー。

そろそろチェックインするためにお客さまたちが増える夕方の時間帯になってようやく、わたしはその人を発見した。

「お兄さん！」

「あいお嬢さん？　どうなさったんで――」

「ロリを作ったって本当なんですか⁉」

師匠のお兄さんをわたしは問い詰める。

あまりにも驚いたせいで、仕事中だとかお客さまがいるとか、そういうのがぜんぶ頭から抜けちゃっていた。

「答えてください！　ロリのデータをインターネットで公開してるのはお兄さんなんですよね⁉　それをみんなダウンロードして楽しんでるんでしょ⁉」

ザワザワザワ……。

「ロリのデータをインターネットに……？」

「しかも、楽しんでるって……」

「言われてみればそういうことをしそうな顔つきをしているわ……！」

女子小学生のわたしがロビーでロリロリ叫ぶことで、家族連れのお客さまたちに動揺が広がっていく。

「お、お嬢さん！　営業妨害！　営業妨害ですから‼」

お兄さんは慌ててわたしの背中を押すと、ロビーを出て人気の無い場所へと移動した。

誰もいない事務所に引っ込むと、お兄さんは疲れた顔でわたしに尋ねる。

「……誰に聞いたんですか？」

「二ツ塚《ふたつづか》四段です。九頭竜先輩によろしくって」

「あいつ……」

頭痛を我慢するように額を手で押さえると、お兄さんは溜息《ためいき》と共にこう言った。

「ええ。確かに俺はロリ評価関数を作りましたし、お嬢さんが使ってる将棋ソフトを無料で公開してます。他にもGUIとかまあ、色々と」

「どうして教えてくれなかったんですかー!?」

「一応、匿名ってことになってるんですよ。身の危険を感じたんで」

「みの……きけん？」

「昔からの将棋ファンにしたら、ソフトなんて将棋界を破壊した悪魔の発明ですからね。それを無料公開でバラ撒《ま》いてる人間なんてそれこそ無差別テロリストです。『貴様を殺して世界に平和をもたらす！』みたいな脅迫メールが山ほど来ます」

「あ…………」

確かにプロ棋士や女流棋士にも未《いま》だにソフトを毛嫌いしている人は多い。しぶしぶソフトは使うけど、開発者のことは一切《いっさい》触れないし、感謝もしていない。

わたしも……そうだ。

「……すみません。お兄さんの事情も知らずに騒いだりして。身バレしちゃったら死んじゃうかもしれなくて、それでさっきはあんなに動揺してたんですね？」

「いやあの場面は他の理由で社会的に死にそうになったわけですが」

お兄さんは不思議なことを言った。ふぇぇ？

「まあ公然の秘密みたいなものですから。八一はもちろん知ってるし、大学関係者はみんな知ってます」

「師匠がたまに言ってた『パソコンに詳しい知人』ってお兄さんのことだったんですね！　それに二ツ塚先生は東大の後輩に当たるから――」

「ええ。そして俺の大先輩に当たるのが《淡路》を作った夜叉神夫妻です」

「っ……!!」

不意に現れたその名前に、鼓動が止まりそうになる。

全てが繋《つな》がっていく。

わたしが将棋をおぼえる遙か以前から続いている因縁に。

「天《てん》ちゃんの……夜叉神天衣女流三冠の、ご両親……ですよね？」

「はい。お二人は東大将棋部の先輩で、部活を引退してからもちょくちょく顔を出していらっしゃいました。そこで俺も目をかけていただいて」

しんみりした表情でお兄さんは学生時代の話をしてくれた。

中学生の頃から独自にプログラミングをやっていたお兄さんは、進学先の東大で天ちゃんのご両親から色々と教わり、お兄さんも様々なアイデアを出したこと。

その頃もう天ちゃんのご両親はスーパーコンピューターの製造を手がける大企業で働いていて、そこは日本有数の将棋部を抱えていたこと。

アマトップの棋力を有するお兄さんも、卒業後はそこに就職するつもりだったこと。

けど……天ちゃんのご両親は事故に遭って亡くなってしまう。

そのことにお兄さんはショックを受けて大学を休学し、さらに留年もしたこと。そんな学生生活に区切りを付けるために東大将棋部を学生王座に導いたこと……。

「……お二人がご存命だったら、俺の人生も別のものになってたかもしれない。そう思うときはあります」

「お兄さん……」

「もちろん会長に拾っていただいた今が最高なのは当然ですが。会長は本当に素晴らしい。一生ついていきます！」

「お、お兄さん……⁉」

お母さんの狂信者がいた。うちの従業員さんやお客さまにはこういうタイプ多いからそんなに驚かないけど。

「……ふむ。最近の八一の将棋から《淡路》の影響は感じていましたが、まさか夜叉神夫妻のお子さんがそんなことを企《たくら》んでいるとはねぇ」

天ちゃんが何をしようとしているのかを伝えると、お兄さんの表情は珍しく厳しいものになった。

恩人の娘と、雇い主の娘。

　その板挟みになったと感じているのかもしれない。

「それで二ツ塚先生が、開発中のディープラーニング系ソフトのデータをお兄さんに渡せば、アドバイスしてもらえるって。その……攻略法とかを」

「ほう！」

「教えてください。ディープラーニングってそんなに凄いんですか？　お兄さんだったら《淡路》よりも強いソフトを作れたりしないんですか⁉」

「無理ですね」

　即答だった。

「ディープラーニング系のソフト同士の戦いってのはね、簡単に言っちまうと『札束の殴り合い』なんです」

「札束……お金？　ですか？」

「ディープの仕組みを簡単に説明すると、ポリシーネットワークで未来を予測し、デュアルネットワークでそれを探索する……とまあ何やかや面倒な説明を省けばとにかく開発に金がかかるんです。俺がディープに手を出せずにいた理由はそれです」

「二ツ塚先生もおっしゃってました。ディープラーニングは、モデル？　を大きくすればするほど強くなるんだって」

「ええ。そしてそのためには莫大《ばくだい》な計算資源が必要になる。創意工夫よりも計算資源が重要なんですよ。だから言ったんです。『札束の殴り合い』だって」

その規模は個人レベルを遙かに超えているとお兄さんは言った。

個人より企業。そして企業より上なのは、国家。

天ちゃんは国を動かしているのだと。

「スパコン事業は国家プロジェクトですからね。企業と税金を上手に使って将棋ソフトを作った。その政治力には脱帽です。俺みたいなパソコンオタクじゃ一万年かかっても実現できないでしょう」

「………そっか。やっぱり天ちゃんはそんなにすごい力を……」

「そう落ち込まないでくださいお嬢さん。確かにディープラーニングで作り上げたモデルは、とんでもなく複雑です。俺の作ったロリでは太刀打ちできないくらい」

「だったらもう──」

「けど、もっと複雑なモデルなんてそこらへんに何十億と転がっています」

「えっ⁉　……どこに？」

「脳ですよ」

お兄さんは自分の頭を指さして、

「人間の脳に入ってるニューロンの数は、機械が作り上げたモデルよりも遙かに多くて複雑な構造をしています。だから人間の能力はもっともっと拡張できるはずです。正しい教師から学ぶことができれば女子小学生が名人《神様》を倒すことだって不可能じゃない」

「正しい……教師……」

「もちろん口で言うほど簡単じゃない。二ツ塚たちがやってた実験はこれを正面からやろうとして破綻したんだと思います」

そしてお兄さんはボソリと付け加える。

「コンピューターの棋風を人間にコピーする実験は俺もやりましたが……あまり上手《うま》くいかなかった」

「あ、あの！　ちょっと……ちょっといいです、か……？」

おそろしい想像をしてしまった。

いま、人類で最もコンピューターに似た将棋を指す人物。

それは生まれつきや偶然なんかじゃなくて…………遙か昔に誰かがそう教えていたのだとしたら？

「師匠に初めて将棋を教えたのは……まさか……!!」

「偶然ですよ」

わたしの妄想をお兄さんは否定した。

「八一に将棋を教えた頃、俺はまだ趣味でコンピューターをいじる程度の田舎のパソコン少年でした。あいつがバランス型の将棋を指したのは、あいつの才能です。まあでも……」

師匠のお兄さんはニヤリとして、

「歳《とし》の離れた兄貴ってのは大抵の場合、弟に悪いことを教えるんですがね？」

☗焼け野原

ぐっしょりと汗で濡《ぬ》れた前髪を掻き上げると、神鍋歩夢は素早く目薬を差した。

「つッ……」

眼球から血が噴き出るのではないかと思うほどの激痛が走る。だが歩夢はその痛みを欲していた。

痛みだけが味方だった。

――正気を保て！　一瞬でも気を抜けば終わる!!

夏物の羽織は天女の羽衣のように薄かったが、それすらも熱くて重いと感じ、既に脱ぎ捨てている。

――あれは一五〇手を超えたあたりだったたか……。

過去を振り返ろうとする自分の頰を片手で叩いて現実に戻ると、まだジンジンと痛む両目で前を見た。

――集中しろ神鍋歩夢!!　戦いは終わっていない！　現局面を冷静に評価するんだ!!

盤上は混沌《こんとん》の極みにある。

初手に玉を立つあの一手は、プロ的には選びづらい。それは手損《てぞん》というよりも形を早く決めすぎているからで、やられた歩夢は当然あの初手を咎めようとした。

――……実際、序盤で優位を築けたはずだった……。

封じ手の時点で感じていた手応えを歩夢はつい思い出してしまう。

二日目に入ってからも快調に攻め続けていた。午前中にはもう後手玉を盤の端に追い詰めて、文字通りあと一歩のところまで迫った。持ち駒に歩がたった一枚でも多くあれば後手玉は詰んでいたはずだった。

だがようやくゴールが見えそうになったところで九頭竜八一は絶望を用意していたのだ。

遙か昔に自玉が詰まないことを読み切っていた八一は指一本で玉を動かし、いとも簡単に歩夢の寄せを掻い潜っていく……。

「……………魔王……………」

目の前に座る八一の表情は、自分とは対照的だった。

一度も羽織を脱ぐことなく涼しい顔で指し続けている。まるで自分が負けることなど絶対に無いと確信しているかの如く。

そして魔王は歩夢に対して、盤上でこう迫った。

『俺と戦い続けたければお前も同じことをしろ』と。

それは崖から崖に張られた一本のロープ。

——この細いルートだけが……。

初タイトルに手を掛けた高揚と、少しでもミスをすれば転落する恐怖。二つの感情に抗《あらが》いながら、歩夢はその細いロープに爪先をかける。

名人との合宿で胸に抱いた決意を勇気に変えて。

——怯むな！　手を伸ばせ！　あの場所を目指すと決めたのだろう⁉

もう一度、音がするほど強く頰を叩くと、神鍋歩夢は自玉を力強く前進させた。

「征《ゆ》くぞ……‼」

ロープを渡りきった先に待つ————焼け野原へと。


控室では淡々と手数をカウントする中継担当の声だけが響いていた。

「……次の手で二百手になります」

集まった棋士たちは継ぎ盤の上で再現する両対局者の手の意味を理解するために全神経を集中しているが、プロ棋士をもってしても善悪の判断は至難。声を発する余裕も無い。

そして誰もがこう思っていた。

もはやこれは将棋ではないと。

「すっげ……」

中継担当の記者は思わずそう感想を付け加えていた。

二〇〇手目にして出現したその局面は、異様としか表現できない。

大砲を詰んだ帆船がすれ違いざまに砲火を交わすかのように、二つの玉は1五と9五に——

盤の右端と左端の中央に鎮座して戦い続けている。

「まるで将棋盤を横に傾けたみたいだな……」

「こんな駒の配置のまま最善手を指し続けるとか……どっちも化け物かよ……」

ゆっくり、ゆっくりと、駒たちに守られた玉が上へと昇ってゆく。

相入玉《あいにゅうぎょく》。

硝煙が晴れるかのように、盤上はその異様な局面を晒《さら》していた。

「焼け野原だ……」

ポツリと誰かが呟いた。

盤の中央からはぽっかりと駒が綺麗《きれい》に消え去っている。

成り駒の文字が赤く表示される将棋ソフトの画面は、盤上が真っ赤《か》になっていた。どちらも入玉を果たし、その周囲を近衛兵のような大駒《おおごま》が固めている。

「……封じ手開封の時点からじゃ想像できない局面だよなぁ……」

「今まで全部先手が勝ってたけど……この将棋でそれが途切れるのか……」

一時はソフトも『先手勝勢』と判断したが、今となってはその評価が本当に正しかったのか疑問だと誰もが思い始めていた。

「もし《西の魔王》が最初からこうなることをわかって指してたとしたら……超えたってことか？　機械《ソフト》すらも……」

誰もその声に答えない。沈黙こそが何よりも雄弁な肯定だった。

モニターを眺めていた釈迦堂女流八段が、同じように口をポカンと開けたまま局面を見入っていた弟子に声を掛ける。

「馬莉愛」

「のじゃ⁉」

「規定を言ってみなさい」

相入玉状態では玉を詰まして終わることは難しい。

そのため別の終局方法が必要となる。ルールが変わるのだ。

一瞬、言葉に詰まった馬莉愛だったが、すぐに指を折りながら答える。

「ええと……まず、片方の玉が入玉している状態か、入玉しそうでもうどちらも詰ます見込みがなくなっている状態であること。玉以外の駒を点数化し、小駒《こごま》を一点、大駒を五点とする。そしてお互いの点数が二四点以上であれば、両者の合意によって持将棋《じしょうぎ》成立とし、引き分けにする……のじゃ」

「よく憶えていたね？」

「もちろんですじゃ！　なにわ王将戦で雑草なぞに不覚を取ったのは、わらわが持将棋の規定を何となくしか把握しておらなんだから！　思い出そうとして集中を欠き最後は頓死《とんし》したが、あれから夜寝る前に持将棋の規定を五回暗唱するのが日課なのですじゃ！」

えへん！　と胸を張る愛弟子の頭を撫でると、釈迦堂は言った。

「だが、余が聞きたかったのはその規定ではない」

「ど、どぅぇぇ……？」

ポカンとする馬莉愛の顔を、釈迦堂はもう見ていない。その視線はモニターに映る二人の棋士に注がれている。

そんな釈迦堂の言葉が呼び水となり、控室の記者たちは一斉に記事を用意し始めた。

「タイトル戦で持将棋が発生した前例は⁉」

「玉将戦でありましたよね？　生石《おいし》先生と於鬼頭先生が二回もやったやつ……」

「帝位戦では前例ありません！　成立すれば史上初です！」

同時に、撤収の算段も始まっていた。

将棋会館で行われるタイトル戦だと持将棋は即日の指し直し。

だが外で行う場合は対局場の都合もあって即日の指し直しは異例だ。

千日手と違って持将棋は決まった時点でかなり遅い時刻になっている。宿に迷惑はかけられない以上、タイトル戦での持将棋成立は、実質的に八番勝負になることを意味していた。

「見えてきたな。第八局が」

立会人の碓氷尊九段はそう言って和装を整えると、対局室に向かって歩き始めた。

手番を得た八一は、盤上ではなく目の前に座る親友の姿を眺めている。

「はぁ……はぁ……はぁ…………ガッ……!!」

まるで砂漠で彷徨《さまよ》う遭難者のような姿だった。

渇きで喉《のど》を掻きむしり、熱で全身を赤くする。少し前までは止まらなかった汗が今は完全に引いていた。脱水症状だろう。

「ゴホッ！　ゴッ…………えぇぇぇぇっ……!!」

空嘔吐《からえづ》きを繰り返す歩夢。死装束のような和服を纏った若者は、本当にこのまま死んでしまいそうだった。

——これ以上は危険だな。

局面ではなく親友の体調を見て八一はそう判断した。

自分の初めてのタイトル戦でも、名人との初防衛戦でも、似たような状態になったことがある。

持ち時間が数分しか残っていない状況では、追加の飲み物を頼む余裕も、手洗いに立つ時間も無い。

しかも帝位戦の二日目は午後三時に出るおやつが最後の栄養補給。こうなることを見越した八一は食べ物も飲み物も事前に用意していた。

タイトル戦での戦い方において、明らかに八一には一日の長がある。

──それに加えて俺は《淡路》と相入玉の将棋を指しまくった。

普通の棋士は相入玉状態での指し方など真面目に研究しない。そもそもソフトと対局することすらしないだろう。だが八一はそれをしていた。

なぜならそれが、九頭竜八一の信じる将棋の結論だから。

たとえそれが人間との対局では絶対に現れないだろう局面だとしても。

「歩夢」

八一は自分の手元にあった未開封のペットボトルを、そっと前へ押し出した。

「ッ……!?」

ハッと顔を上げる挑戦者。できるだけ優しい顔をして魔王は言った。

「これ以上は指す意味が無い。引き分けにしよう」

持将棋の提案だった。

「現状、俺の点数は二四点。お前は三十点。二五〇手も指せばもう十分だろ？　日を改めて指し直そう」

ただその場合、先手は八一に移る。

――これが先手必勝時代のタイトル戦だ。

当然、初手に玉を動かした瞬間から八一はこれを狙っていた。

さらに言えば第一局の時点からこの展開を思い描いていた。

《淡路》が示す千日手の筋は一度見せれば簡単にコピーされてしまうが、持将棋を見据えた指し方をコピーするのは至難。

タイトルも未来も守れる唯一の方法だった。

「断言するが、ここから俺の点数が二四点を下回ることはないし、俺の玉を詰ますこともできない。けどお前はどうだ？　そんなボロボロの状態で正確に指せるか？」

伝統的な将棋観や人間としての美学を大切にする歩夢にとって、こんな将棋をタイトル戦で指し続けることは不本意に違いない。

それこそ、敗北以上の屈辱のはず。

「引き分けにすれば仕切り直しだ。持ち時間も戻るし、体力も回復できる。普通の将棋を指して終われるんだ。そのほうがいいだろ？　お前にとっては」

「…………」

歩夢は黙ったまま、八一の差し出したペットボトルに片手を伸ばす。

カサカサに乾いた唇が、言葉を紡《つむ》いだ。

☖　勝負の条件

その部屋に足を踏み入れるのはとても久しぶりだった。

御上段《おんじょうだん》の間《ま》とは違い、そこは畳も襖《ふすま》もボロボロ。土壁は触るとパラパラ崩れちゃうからもたれないようにって、よく幹事が注意していたわね……。

かび臭い部屋を見回して私は言った。

「もっと早く新しい会館を建てるべきだったのよ。築四十年？　いつ災害で壊れてもおかしくないわ。そんな場所で子供たちに将棋を教えるなんて無責任だと思わない？」

関西将棋会館の四階にある『水無瀬《みなせ》』と『錦旗《きんき》』を繋げた広間に私たちは立っていた。ここでは今も研修会が行われていて、私たちの妹弟子《いもうとでし》も通っているはず。

入口近くに立っている姉に、私は尋ねる。

「東京の将棋会館はもっと古いんでしょ？　私はたまにしか行かないからわからないけど、使い心地はどう？」

「……あんまりよくない、かな？」

リュックを胸の前で抱えた雛鶴あいは、遠慮がちに答えた。

「ゴキブリさんとかも出るし……」

「ちょっと！　汚いこと言わないでよ!?」

対局中にあの黒いのが近くにいるかもって思うだけで集中できなくなるじゃない！

「懐かしいね天ちゃん。ここは思い出がいっぱい詰まってるから……壊しちゃうのは、やっぱり寂しいかな……」

「そうね。それは否定しない」

私はようやくしっかりと、あいの姿を見る。

少し背が高くなったかしら？

この関西将棋会館で顔を合わせていた頃と比べて、表情に精悍《せいかん》さが出たような気がする。髪を短くして印象が変わったからかしら？

それとも《淡路》に触れた私が、こいつの真価を理解できるようになったか。

「憶えてる？　私たちが初めて戦った時のこと」

「もちろんだよ」

私の研修会入会試験。

その最後の相手が雛鶴あいだった。

あの時、私は勝った。最初から最後まで完勝譜だと思っていた……けど終局後、相手が詰みを逃していたと幹事に指摘された。

その詰みを指摘された時、あいは泣き崩れた。何度も「悔しい」と言って。

あれ以来、私たちは一度も公式戦で戦っていない。

「それで、なに？　直接会って私にお願いしたいことがあるって聞いたんだけど？」

「プロ編入試験について……」

「聞いてるわ。あなた理事会の提案を蹴《け》ったって？」

「う、うん……」

あいに対して好意的な印象を持っていた棋士や奨励会員も、その行動に意見が真っ二つに割れていた。

「それで？　私に何の関係があるわけ？」

「記録を調べたの。プロ編入試験が実施された唯一の記録……真剣師だった釈迦堂先生のお師匠様が、どうやって試験を実現させたのかを」

「ふぅん？　どうやったの？」

私はとぼけてみせた。

《箱根の鬼》と呼ばれた足柄貞利《あしがらさだとし》が飛び付き五段でプロ入りを決めた史上唯一のプロ編入試験が行われたのは、新聞を使って世間に訴えたわけでも、プロ棋士にお願いして正会員に働きかけてもらったわけでもなかった。

「スポンサーを見つけたの」

あいは答えた。

「その人は、将棋が強いわけじゃなかった。ただ、権力を持っていたの。将棋連盟を好きなようにできるだけの力を」

「……」

「常務会の決定を断ったとき、釈迦堂先生は『お見事』って拍手してくれた。他の人たちは、それを同席してくれたたまよん先生の演説に対してだって思ったみたいだけど……あれはきっと、わたしが正解に辿《たど》り着いたことに対しての拍手だったの」

喋《しゃべ》り続けるあいの声は、最初のオドオドした感じが消えていた。

読み切った詰み筋を盤に並べるように整然と言葉を紡いでいく。

「レドモンド先生は本気でわたしを説得しようとしてたけど、月光会長や釈迦堂先生にとってあの常務会はアリバイ作りだったんじゃないかな？」

「アリバイ？」

「うん。スポンサーに対して『説得したけどダメでした』って言い訳するための。それから常務会には、関西将棋会館で長く職員をしてた峰《みね》さんもリモートで参加してたの。定年後に理事になる職員さんもいるけど、関西の職員さんがなった例は無い。じゃあ誰が？　それはきっと、顔見知りの職員さんが常務会に入ると都合のいい人が決めたんじゃないかな？　たとえば天ちゃんとか」

「……今も昔もあの組織は浮世離れしてるのよ。どっちかというと、悪い意味で」

連盟を支配している特定の人間を探しても見つかるわけがない。

そんな人間は内部にはいないのだから。

もともと勝負師の集合体である将棋連盟は、相手の言うとおりに動きたくない天邪鬼《あまのじゃく》の集まりでもある。「仮にその意見が正しいとしてもお前の言うことには従いたくない」ってわけ。

だから何一つ自分たちで決めることができない。

じゃあ誰が決めるのか？

偉い人に決めてもらうの。まるで封建時代ね！

そんなわけで、幾人かの政治家や経済界の重鎮を経由することで、私は間接的に将棋連盟を操《あやつ》ることに成功した。

会館の建て替えを受注できたのもそんな工作が成功したから。

「あなたの言うとおり、連盟を動かすことができるのは無力な大衆じゃない。ごく少数の有力者よ。そして今の私にはその力があるわ」

「っ……！」

あいは猫のように目を大きく見開く。ようやく自分が願いを届けるべき相手を見つけたのだから当然ね。

「お願い天ちゃん！　わたしが目指すプロ編入試験の実現に力を貸して！」

「…………いいわ」

「ッ‼　ほ、ほんと⁉」

「私に勝てたらね」

そう答えることを予想していたんだろう。あいは特に驚く様子もなく、ただ黙って私の目を見ている。

私の言葉に続きがあることを知っているから。

「それからもう一つ条件がある」

乾いた唇を舌で湿らせてから、私はその条件を口にした。


「負けたほうが将棋を捨てるの」


ぼとっ。そんな音がした。

あいが手に持っていたリュックを畳に落とした音だった。

「……しょうぎ、を…………？」

「このくらいの犠牲を払えないでプロ棋士になろうだなんてムシが良すぎるでしょ？　奨励会を退会した人間と同程度のリスクも背負えないの？　女流棋士をやめて二度と駒に触れないことを誓いなさい」

「…………………」

てっきり八一を捨てろと言われると思っていたんでしょ。

──けど私はそこまで甘くないわよ？

何が目的で、あいはプロ棋士になりたいと言い出したのか。その理由を私は最初から理解することができた。《淡路》の力を借りるまでもなく。

だって私たちは姉妹だから。

そして負けたほうがという条件はつまり、あいが勝てば私が将棋を捨てるということも意味している。

──こっちのほうがプレッシャーよね？　あなたには。

他人の人生をも変えてしまうという勝負の重さ。それを背負ってこそ雛鶴あいは本当の力を出すことができる。人類の限界であるティア1としての力を。

雛鶴あいは常に泣きながら他人の人生をグチャグチャにしてきた。圧倒的な若さと才能を見せつけて、戦った相手の心を折り続けた。まるで死神か疫病神みたいに。

本気を出したこいつを倒してこそ、私は自分がティア・ゼロになったことを証明できる。

空銀子を抜き去って、九頭竜八一と並んだことを。

「……わかりました」

あいはスカートの裾《すそ》をギュッと握り締めて、言った。

「天ちゃんに負けたら、わたしは将棋を捨てる」

俺が差し出した飲み物を掌で押し返すと、歩夢は言った。

「断る」

最初、その短い答えの意味が理解できなかった。

それが飲み物ではなく、持将棋の提案に対する答えだということを。

「…………なに？」

「断る‼」

決然とそう繰り返すと、歩夢は拳に固めた両手を畳に突いて盤に向かうことで戦闘継続の意思を示した。

「お前…………もっと真面目に考えろよ」

持将棋の提案を拒否した歩夢に、俺は対局中であるにもかかわらず呆《あき》れて言ってしまう。

このまま指し続けても勝負は付かない。

いや、正確には……いずれ終わるには終わる。そのためのルールもあるから。

だがそれは完全に無駄な行為だ。

互いに点数が足りてて、玉を詰ます可能性も無い。そんな状態で指し続けたところで、と金を量産する行為が延々と続くだけ。

そして結局、最後は持将棋になる。

「確かに指し直しになればお前は有利な先手を失う。それを認めたくないのは理解できるし、次に繋げるためにも最後まで諦めずに指す姿勢は立派だとも思う」

立会人の碓氷先生が部屋に入ったことを横目で見つつ、俺は説得を続ける。

「だけどこれ以上、棋譜を汚してどうする？　宿の人たちにも迷惑をかける。この将棋がタイトル戦だってことを自覚してくれ。子供の頃の練習将棋とは違うんだよ」

「…………」

プロは意味の無い手を重ねることを『棋譜汚し』と呼んで最も嫌悪する。

棋譜は後世に残るからだ。

歴史と美学を重んじる歩夢にとって、未来永劫にわたって後輩棋士から批判されるのは何よりも避けたいことのはず。

さすがにこれで持将棋に同意するだろうと思ったが——

「……………モーツァルトの晩年を知っているか？」

歩夢の口から出たのは将棋の話題ですらなかった。も、モーツァルト？

何と返していいかわからない俺に代わって、碓氷先生が言う。

「五歳で曲を書き上げるほど早熟の天才として知られるモーツァルトだが、晩年は人気が無くなり、借金を重ね、墓の場所すらわからないほど葬式も粗末だったらしいな」

「そう。モーツァルトの晩年は孤独だった……しかしそれは、金銭的に不遇だったというだけではない……」

盤上没我の姿勢のまま語る歩夢は、俺の声と碓氷先生の声の判別が付いていない。

まるで呪文のように言葉を紡いでいく……。

「作曲家としてのモーツァルトは、バッハやヘンデルといった巨匠の音楽を全て過去のものに変えた。ベートーベンは未だ頭角を現わさず、ワーグナーは生まれてすらいない。あの時代でただ一人だけ先に進みすぎてしまったのだ……同時代の人々が、その音楽を理解することを放棄してしまうほどに……」

「いつの時代も天才は孤独だ。それは俺も身にしみてる」

『碓氷システム』の生みの親は歩夢の話に理解を示してから、当たり前のことを問うた。

「だが、それが今、何の関係がある？」

「九頭竜八一をモーツァルトにはしない」

歩夢は盤を見据えたまま、歓喜に震える声で言う。

「ようやく……ようやくここに辿り着いた。我らの戦いは今、ここから始まるのだ。そしてこの対局で全てが終わる。決着をつけるのだ……五〇〇手までに」

「ッ⁉　あ、歩夢……お前、あれを目指してるっていうのか⁉」

相入玉になった場合、両者が持将棋の条件を満たしていても片方が引き分けの提案を拒むことを、将棋のルールは想定している。

その場合に決着を付ける方法も、ある。

一つは、五〇〇手目まで指し続けること。

現行のルールでは五〇〇手に到達した将棋は無条件で指し直しとなる。

だが歩夢が言っているのはもう一つのルールのほうだ。

特定の条件を満たした場合に、その者が条件を満たしたと自ら宣言することで勝者と認定されるルールがある。

投了《とうりょう》という、敗者が頭を下げることで終わることが基本となる将棋の中で唯一、勝者が自ら宣言することで終局することが可能な方法が。

その名前は――

「「「「『入玉宣言法』……!!」」」」

対局室にいる、歩夢以外の四人の声がハモった。

立会人の碓氷先生は、あまりにも複雑なその規定を正確にジャッジできるか若干の不安を漂わせ。

記録係の登龍三段は、この先に待つ正座の無間地獄を想像して絶望し。

観戦記者の鵠さんは、宣言勝ちか五〇〇手到達による持将棋のどちらかが発生する場合に備えて、それまで書いていた草稿を全て破棄し。

そして俺は…………………思い出していた。

第一局。歩夢の玉を詰ますか、それとも相入玉にするか。その分岐点で俺が相入玉にする手を選ばなかった時の、歩夢の表情を。寂しそうな、傷ついたようなあの顔を。

「ま、まさか………?」

その『まさか』を確かめるために、俺は止まっていた対局を再開する。

歩夢はすぐに手を返してきた。

点数や自玉の詰みだけではなく宣言に必要な条件も把握しつつ、それを一分将棋で延々と指し続ける歩夢を見て……『まさか』はやがて確信に変わる。

この規定が制定されて以来、人類の対局で宣言勝ちは一度も現れていない。

条件が厳しすぎるのだ。

そもそもプロ棋士うちの何人が正確にその条件を暗記してるかすら怪しいが、宣言が行われない最大の理由が――

『宣言をした側が条件を満たしていない場合、宣言した側が負けとなる』

これだ。

秒読みになっている状況で、相手の駒と自分の駒を全て把握しなければいけない。

そんな危険な橋を渡るくらいなら引き分けで妥協する。

しかし持将棋の提案を拒否した歩夢は、宣言法の条件を満たすべく正確に指し手を積み重ねていく。

迷いもミスも無いその指し回しには明らかに訓練の跡があった。

条件を全て暗記している程度でここまでの精度は出ない！

「まさか歩夢、お前………こうなることを予想して、相入玉してからの指し方も鍛えてきたっていうのか⁉」

「我ではない」

「は？」

「相入玉してからも将棋には無限の可能性があることを、あの人は既に探求していた。今までそれを実現する相手がいなかっただけで、あの人はずっと……ずっとずっとずっと、ここでの戦いを研究していたのだ！　我はそれを教わったに過ぎぬ！」

歩夢が言う『あの人』が誰なのか。

将棋の結論に想《おも》いを馳《は》せ、未来を高い精度で予測し、それだけではなく必要となるルールまで予め定めていたその人物が誰なのか。

「…………名…………人…………？」

入玉宣言法というルールを名人が提案した時、人々はあまりにも複雑で実現不可能と思われる状況設定に対して疑問を抱いたという。

だが歩夢の話を聞いた今は……別の景色が見える。

——将棋をもっと楽しみたかったからじゃないのか……？

《淡路》が見せた相入玉だらけの棋譜を見て、俺は絶望した。

五〇〇手まで続いて引き分けになる将棋や宣言勝ちだらけの棋譜を見て、それが将棋の未来だと信じて、絶望した。こんなもん欠陥ゲームだと。

けれど目の前に座る親友は、そんな俺にこう言っているのだ。

相入玉での戦いを極める前に勝手に絶望するな、と。

「だったら見せてくれよ！　その可能性ってやつをよぉ！」

「承知ッ‼」

相入玉独特の、背中越しに撃ち合うかのような攻防！

並みのプロでは破綻せずに指すだけでも一苦労だろうが、この焼け野原での戦いを研究した俺たちはさらにそれぞれ罠《わな》を仕掛け合っていた。

駒の利《き》きを感覚的に把握できるトップ棋士だからこそ為《な》し得る超絶技巧の応酬だ。いちいち読んでいては絶対にどこかが破綻する。

——全ての感覚を拡張しなければ……負けるッ‼

もはやこれは読みの勝負ではない。

今までの人生でどれだけ駒と戯れてきたのか、将棋の可能性と未来をどれほど真剣に追求してきたのか。

将棋というゲームへの純粋な愛の深さが試されていた。

「征け!!　成りポーンたちよ!!」

『玉を除いて敵陣に駒が十枚以上存在する』という条件を満たすべく、歩夢は駒台《こまだい》の歩をどんどん召喚してくる。

こっちの陣地に突っ込んで来る歩夢の駒をモグラ叩きみたいに潰《つぶ》しながら、息継ぎするように俺は記録係に問うた。

「手数は⁉」

「次の手で三八八……い、いいえ！　三九〇手目になります!!」

俺に残された道は、歩夢が条件を満たすのを阻止したまま五〇〇手に到達すること。

そうなれば点数に関係なく持将棋になる。正確に言えば四九九手目で歩夢が宣言勝ちの条件を満たさなければ無勝負。指し直しだ。

目指す五〇〇手まで、あと一一〇手。普通なら一局終わるくらいの手数だが――

「チョロいな」

そう言うと、俺は歩夢の駒が自陣に侵入するのを防ぐために大駒を犠牲にした。

点数が大幅に二四点を割り込む。

これでもう提案による持将棋にはできない。

退路を断った俺のその手を見ると、碓氷先生は胡座に組み変えながら言った。

「好きなだけ続けろ小僧ども。この碓氷尊が立ち会ってやる！」

日付が変わっても戦いは続いていた。

俺と歩夢がかつて打ち立てた四〇二手という戦後最長手数《さいちょうてすう》の記録を突破し、それでもまだまだここから九八手もあるという地獄のような将棋。

だがそんな地獄が——

「ハハッ！　楽しいじゃねえかッ!!」

こっちの陣地に侵入しようとしてくる歩夢の駒をギリギリ九枚に抑えるという、もはや将棋のルールから掛け離れたゲームを俺は全力で楽しんでいた。

「かああああああああああああああああああッッ!!」

「ハアァァァァァァァァァァァァァァァァっっっ!!」

深夜、東京の閑静な歴史あるホテルで互いに奇声を放ちながら、俺たちは延々と鬼ごっこみたいなゲームを続けた。

『これは将棋なのか？』

その問いに対して答えなど用意していない。

一つだけ言えることがあるとすれば……よくもまあここまでギリギリのバランス調整をしたもんだとは思う。名人は間違いなくテストプレイを繰り返したはずだ。

「やっぱ頭おかしいだろあの人!!　なぁ歩夢⁉」

「その点には完全に同意するッ!!」

俺は《淡路》に勝ったことはない。

だが二回だけ引き分けにはできたことがある。五〇〇手まで逃げ切るという、今と全く同じ方法で。

その俺が、歩夢を振り切れない。

四〇〇手を超えた辺りからお互いが殻を破ったような感覚があった。人間が未知の局面でここまで正確に指し手を重ねられるなんて想像すらしていなかったが……今の歩夢は《淡路》に匹敵するほど強い！

「やるじゃねえか人類!!　だが───ッ!!」

四五〇手目を迎えて俺にはゴールが見え始めていた。

このまま逃げ切ることができる手応えが……ある！

「あと……五〇手ぇぇぇぇぇぇぇぇぇぇぇぇぇぇぇぇぇぇぇぇぇぇぇぇぇぇぇぇぇぇぇぇぇ!!」

雄叫びを上げて意識を保ちながら、俺は歩夢に対して遂に三つ目の条件も献上する覚悟を固める。

こっちの陣地に侵入してくる十枚目の駒を狩るのをやめたのだ。

その代わりに最後の一つだけは死んでも放さん！

『宣言する者の玉に王手がかかっていない』

この条件だけは死守して五〇〇手を迎える。つまりここから五〇手、貯め込んだ持ち駒の全てを使い果たしてでも王手を掛け続けるのだ。

二五回の連続王手を！

「王手ぇッ‼」

相手に考える余裕を与えないようここからは全てノータイムで、俺は連続王手を決めてゆく。

王手！

王手！　王手！

王手おおおおおおぉぅぅぅぅぅぅぅぅぅてぇぇぇぇぇぇぇぇぇぇぇぇぇッッ‼

一手一手の王手に迫力は無い。当然だ。最終的に詰みが無いことをお互いが理解しているんだから。

ただ手数を伸ばすことだけが目的のクソみたいな王手だったが……今はその手数が何よりも重要だった。

「いま何手⁉」

「この手で四九六手目ですっ‼」

空になった駒台を見て、俺は舌打ちをする。

弾切れだ。

あと二回だけ王手を続けることができれば持将棋が成立する。

――だが、あと二回！

歩夢の玉に対して俺が王手を掛け続けていれば宣言勝ちの条件を満たすことはない。持ち駒の無い中でそれをするには盤上の駒を使うしかないが――――あった!!

「王手だッ!!」

――やった……！

盤の上には奇跡のように、相手の駒を取りつつ王手ができる駒が転がっていた。取った駒を駒台に補充することで王手の継続も保証される一石二鳥の手が。

碓氷先生が盤側で大きく息を吐いた。

史上初の宣言法を判定する必要がなくなって緊張から解放されたんだろう。

四九六手目を王手で終えた俺は、持将棋の成立を確信しつつ、奪い取った歩夢の駒を駒台に置く。

「……………」

それまでノータイムで王手を受け続けていた歩夢の手が、止まる。

だがもうできることは一つしかない。今までどおり王手を受けるしかない。

そして歩夢は震える指で玉を動かしながら、こう言った。

「王手、」

「は？」

四九七手目。

歩夢が指したその手を、俺はポカンと見詰める。

え？

いま…………何て言った？

「王手だ」

歩夢はもう一度言った。王手、と。

俺が王手を掛けていたのに…………逆に今、俺の玉に王手が掛かっている……？

「ぎゃ……！」

立会人と記録係が中腰になって叫んでいた。

「逆王手⁉」

俺は声を上げる余裕すらない。

——やられた……ッッ！

盤上に転がっていた奇跡は、奇跡なんかじゃなかった。

食ったら死ぬ毒リンゴだったのだ。

二十回を超える連続王手で玉を追い回されていた歩夢は、ただ逃げるだけではなく、自玉を隠れ蓑にしたこの罠をずっと狙っていた。

王手を続けることと五〇〇手まで逃げ切ることの二つに意識が行っていた俺は、本来なら見落とすはずのないそれを完全に見落としていたのだ。

自玉の安全を。

「ここで逆王手だと⁉　こ、これじゃあ――――」

手を戻さなければ詰まされて負ける！

最後の最後の最後の最後で歩夢の仕掛けた罠にまんまと嵌《は》まった俺は、自玉を守るための一手を指さざるを得ない。

「……くっ‼」

奪った駒を、王手ではなく、合駒《あいごま》として盤に埋める。そうしないと負けるから。

俺の指が駒から離れると……。

次の手を歩夢は指さなかった。四九九手目を。

本来ならば盤に伸ばすべき右手を、挑戦者は天へと伸ばしていく。

「我の――――」

神鍋歩夢は高々と片手を突き上げると、その言葉を口にした。

長い長い壮絶な戦いの果てに勝利を掴み取った者だけが口にできる言葉を。

「我の勝ちだ」

その姿は、あまりにも神々しかった。

これが将棋の対局であることを忘れるほどに……。

「そ――――」

突き上げられた拳《こぶし》を口を開けてポカンと見詰めてから、立会人の碓氷九段は確認する。今まで誰もが終局時にはその逆の言葉を……『負けました』と言い続けてきたのだから、すぐに反応できなくて当然だ。

「それは宣言と理解していいんだな?」

「無論」

「いい台詞だ。確認する」

碓氷先生は傍《かたわ》らの記録係にまずタブレットの機能で確認するように指示しようとするが、途中でバッテリーが尽きてしまった関係でとっくの昔に紙での記録に切り替えている。それに最新のタブレットにも宣言法の条件を自動で検知する機能なんて付いてない。

というかそもそも登龍さんはもう何時間もトイレに行けていないので、歩夢が宣言した瞬間に光の速さで席を立っていた。

入れ替わるように、ドドドドド……! という地響きみたいな音と共に関係者や報道陣が部屋に殺到。

宣言した以上、条件を満たせば歩夢の勝ちだし、満たさなければ俺の勝ち。引き分けはもう無い。

このジャッジで全てが終わるのだ。

「先手の持ち駒が、いち、に、さん、し…………小駒が十枚に大駒が三枚で、合計二五点。ここに入玉した駒の点数を加えて…………くそ！　こんな面倒な規定、やっぱり反対しておくんだったな……」

カメラの砲列が、盤上の駒を指さしながら確認している碓氷先生を捉えている。

俺と歩夢にはもちろん、結果はわかっている。

それでも立会人の判断が下されるまでの時間は、判決を待つような気持ちだった。互いに一分将棋。何かの錯覚で条件が一つでも欠けていたら、俺はまだタイトルを持っていられる……。

「…………確認した」

慎重に全ての条件を精査し終わった立会人が、疲れ切った声で判定を読み上げる。

史上初の、入玉宣言法の結果を。

「宣言を行った神鍋の玉は入玉しており、その玉を除いて敵陣にいる駒が十枚以上。そしてそれらの駒と持ち駒の合計が三一点を超えていて、さらに現局面で王手もかかっていない。手数もギリギリ五〇〇手未満だ。よって——」

ゴクリ……と立会人が唾《つば》を飲み込む音すらも聞こえる沈黙。

そして遂に、その静寂が破られる。

「迄四九九手をもって、この対局は神鍋八段の宣言勝ちと認定する！」


おおおおおおおおおおおおおおおおおおおおおお!!

深夜の対局場が大きく揺れた。

「終わったのか⁉」

「宣言勝ちだ！　史上初の宣言勝ち……!!」

「最終手は何になるんだ⁉　ええッ⁉　せ、先手の『宣言』が最終手になるのぉ⁉」

「え、永遠に続くかと思った……」

「神鍋帝位の誕生か!!」

「九頭竜は初失冠……しかも史上最年少での失冠だ！　名人の記録よりわずかに早い！」

……失冠の瞬間、涙は出なかった。

身体《からだ》中の水分と感情が勝負の中で出尽くしてしまったからだろうか？

踏ん張りが利かずにそのまま後ろにひっくり返った俺は、床の間の柱に背中を預けたまま、
ぼんやりと虚空を見上げていた。

「…………………はぁ…………………」

重かった頭が、今はなぜか軽くなっていた。ずっと暗かった気持ちが、今は雲が晴れたかのように清々《すがすが》しい。

悔しさは無い。

今の将棋を振り返ろうという気持ちにもならなかった。手の善悪をいちいち突《つつ》くよりも、この将棋はこのまま全てが俺にとって宝物みたいに輝いていたから……。

ただ、歩夢にこう言っていた。

「…………ごめんな？　お前の初めてのタイトル戦を、こんな勝負にしちまって……」

「いいよ。これから何度でもやれば」

出会ったばかりの頃の口調に戻ってそう答える歩夢も、宣言当時の雄々しさは消え失せている。遊び疲れた子供みたいな顔をしていた。

――真っ暗闇《くらやみ》の焼け野原しか、待ってないはずなんだけどな……。

隠そうと思っていた世界の果て。

そこは意外と……楽しかった。

初めて駒を持ったときのようなワクワクした気持ちのまま、ヒリヒリした勝負の快感を存分に味わうことができた。ちょっと手数は長すぎるけど。

どうしてだろう？

《淡路》と指したときは虚無しか感じなかったこの場所が、やけに満たされている。

それはきっと、歩夢が一緒に行ってくれたから。

どんな荒野でも、地獄でも、この宇宙の果てだろうとも、神鍋歩夢《しんゆう》がいてくれれば……そこが俺にとっての最高の遊び場なんだって、わかったから。

「なあ。新帝位」

一人では起き上がれないので歩夢に向かって手を伸ばしながら、俺は尋ねた。

「また一緒に……ここまで来てくれるか？」

「我らはモーツァルトとは違う。未だ古典定跡を極めたわけではない。探求すべき楽曲《せんけい》はいくらでもある」

こっちの差し出した手を力強く握り返すと、歩夢はこう答えた。

「だが、たまにはよかろう」

そう何度も指したら死んでしまうからなと真顔で続ける歩夢きゅんは、出会った頃から全く変わっていない。

昔からこいつはこうだった。

師匠の家に泊まりに来て俺や姉弟子と『タイトル戦ごっこ』をした時も、アホみたいに長い持ち時間の将棋に文句も言わずに付き合ってくれた。

俺と姉弟子が上京した時に関東の道場を荒らし回ったエンドレス道場破りにも、こんな顔して付き合ってくれてたっけ……。

「……連れて来られるかな。銀子ちゃんも……」

あの子には耐えられないかもしれない。

けど、俺と歩夢が定跡という道を開いていけば、いつかは誰もがここに来て、思いっ切り将棋を楽しめる日が来るかもしれない。

ここでならきっと、修行時代の子供部屋みたいなハチャメチャな将棋を指せるから。

☖　夜明けの空

握り締めたスマートフォンは終局とほぼ同時に電池切れになっていた。

「……熱い……」

ついさっきまでずっと対局を映していた画面にはもう何も映っていないけど、手の中のスマホは長時間の稼働で発生した熱を持ち続けている。

四九九手。

史上初の入玉宣言法による決着。

見たことはもちろん、今まで想像すらしたことがないあの終局図を思い出すと……心臓が締め付けられる。

「………痛い……」

けれどこれは嫉妬のせいじゃない。

神鍋八段が……歩夢くんが八一からタイトルを奪って帝位になったことよりも。

八一が初めてタイトルを失ったことよりも。

その事実よりも強く私の心を締め付ける想像が、ある。

――もし私が、歩夢くんの代わりに、対局者として八一の前に座ったら？

そうしたら同じことができただろうか？

「無理だよ………絶対に、届かない……」

きっと私は二人がノータイムで指すような局面で時間を使い果たし、どうでもいいような局面でミスをして、頓死するんだろう。

私の夢は、プロとして、九頭竜八一と公式戦で戦うことだった。

でもね？　見えちゃったんだ。

その場所に辿り着くことができたとしても……きっともう、私とでは、八一は本気を出せないことが。

「ねえ、八一……」

スマホをタップして、壁紙に設定している恋人の顔を映し出そうとするけれど、電池が切れた画面は真っ暗なままで。

さっきまで熱かったそれは、手の中で急速に冷えていく。

「…………やっぱり、私は…………いらない……？」

白み始めた銀色の空を見上げながら、どうしようもないほどの切なさと孤独の中で、私はそう問い続けていた。

☗闇《やみ》からの声

「…………不覚…………」

俺の肩に担《かつ》がれてそう呻く新帝位からは酒の匂《にお》いがした。

打ち上げは短時間だったが、義理堅い歩夢は注がれた酒を全部飲んだ。五〇〇手近く将棋を指した直後に酒を飲めばそりゃ潰れる。仕方が無いから俺が担いで部屋に連れ帰ってやることになったというわけ。みんな寝ちゃったからね！

「タイトル戦で負けたほうが勝ったほうを担いで部屋に帰るなんて聞いたことないぞ？　普通は敗者がヤケ酒を飲んで、勝者が気を遣うもんなんじゃないの？　あぁ？」

「…………ふかきゅ…………」

もう舌も回ってないじゃん。くそっ！　かわいいなこいつ。

「そもそもお前、酒なんて飲めたのかよ？」

「……名人と山刀伐八段に教わった…………合宿で…………」

他のことも教わってなけりゃいいけど……。

親友の身体をベッドの上に横たえる。酔《よ》いが回って苦しそうだ。

「帯、緩めるか？」

「……頼む……」

大の字に寝転ぶ歩夢の和装を解いてやる。

俺、姉弟子の服も脱がしたことないんだけどな……初めて着物の帯を解く相手が男だという悲しい事実。うわぁこいつシルクのパンツ穿《は》いてやがるよ……純白の……。

「そういえば、あいが俺たちの対局を盤側で見てたのも帝位戦だったよなぁ」

「ああ…………明け方まで指した……」

今でもはっきり憶えている。

まだ日が昇る前の、なにわ筋。

関西将棋会館前の横断歩道を渡る、あいの背中。俺と歩夢の対局を見て興奮したまま、あの子はこう言ってくれた。

『わたしも早く、あんな将棋を指したいです！』

あの言葉に俺は救われた。

それから……あんな将棋に付き合ってくれた、親友に。

「……ありがとうな。歩夢」

ベッドの端に座り、親友に背を向けたまま俺は言った。恥ずかしすぎて顔は見られない。

――ありがとう歩夢。俺が孤独じゃないことに気付かせてくれて。

コンピューターの進歩は止まらない。

けれど俺はもう二度と孤独にはならない。その確信があった。

どれだけ先に進もうとも、必ずそこに追い付き、追い越す者が現れる。俺よりも遥か昔に同じ絶望に至った人が、きっといる。

正解も。過ちも。どれも一つではないことを人生を賭して教えてくれる愛すべきバカたちがいることを、俺はもう疑うことはないだろう。

それが……将棋指しってやつだから。

「おい歩夢。人が恥ずかしさを乗り越えて感謝の言葉を口にしたんだから、返事くらいしたらどうなん…………」

すぅ……すぅ……すぅ……。

振り返った俺が見たのは、寝息を立てる半裸の親友の姿。

「って。お約束かよ！」

苦笑すると、気持ちよさそうに寝息を立てる勝者を起こさないよう注意しつつ部屋を出る。

一人で部屋に戻ると、俺はすぐに鍵《かぎ》を掛けた。

疲れ果ててフラフラな足取りのまま雪駄を脱ぎ散らかす。電気のスイッチを探して壁に触れるが見つけられず、そのまま壁伝いに暗い部屋へと進んでいった。

そしてベッドに倒れ込む。

「…………」

目を閉じると……それまで見ないようにしてきた現実が容赦なく襲いかかってきた。

——負けたんだ。歩夢に。

そう。

色々あったけれど、結果は俺の負け。

自分だけスーパーコンピューターで研究できるという圧倒的なアドバンテージを持っていたにもかかわらず、最後は力負けした。

「……………う…………」

ガチガチと歯が鳴った。

寒さに凍えるかのように、悔しさで全身が震えていた。

「う………うう………」

しゃっくりみたいに肺の奥から勝手に情けない声が出る。腹に力を入れて堪《こら》えようと思っても、それはもう止められなかった。

「うううううううううううううう……」

ベッドに突っ伏したまま、俺は泣き叫んだ。

「うううううぅぁぁぁぁぁぁぁぁおおおおおおおおおおおお……！　おおおおおおおおおおおおおおおおおおおおおおおお!!」

熱い涙が次から次へと零《こぼ》れて止まらない……。

悔しかった。歩夢に負けて悔しかった！

誰にも見られたくないと思うと同時に、誰かに一緒にいて欲しいと痛切に願った。凄まじい後悔が押し寄せてくる。やっぱり第一局から奥の手を見せて勝つべきだった。将棋の結論とか未来とかどうでもいい。こんなに悔しい思いをするくらいなら天衣から死亡フラグの情報を聞いておけばよかった。卑怯《ひきょう》？　だから何だ。負けるよりよっぽどいい！

これが……失冠の、痛み……!!

「ううううう。あ、あああ……うううううううう………」

かつて同じように泣いたことがあった。

絶対勝てると思ってた順位戦で、引退の決まった蔵王《ざおう》先生に吹っ飛ばされた時だ。

あのとき俺は関西将棋会館の棋士室で、姉弟子の膝に縋って泣き喚いた。まるで初めて将棋に負けた子供みたいに。

「………ぎんこちゃん………」

あの子に会いたかった。

そしてこの感情を受け止めてほしかった。触れ合って、慰めてほしかった。誰にも言えないようなことを全部聞いてほしかった。


プルルルルル！　プルルルルル！


けたたましい呼び出し音が、ガランとした暗い部屋に響く。

スマホじゃない。

部屋に備え付けられた電話が鳴っていた。

「っ……！」

俺は慌ててティッシュで涙と鼻水を拭《ぬぐ》うと、何度か咳払《せきばら》いして声の調子を整えてから、泣いていたことを悟られないよう普段よりも明るい声で受話器に向かって言う。

「はい？」

聞き覚えのある声がした。

『初めての失冠の痛みはどう？　八一』

「…………天衣か？」

暗闇の中で聞くその声は、まるで今からピクニックにでも行くかのように弾んでいた。

いるはずのない天衣が目の前に立っているかのように、俺にはその表情が浮かぶ。

嗤《わら》っているのだ。

『まさか入玉宣言法が人間の将棋で出るとは想定外だったのかしら？　あなたが見た将棋の結論にはそれが含まれていたと思うけど？　準備不足だったんじゃない？　それとも神鍋歩夢を舐《な》めてたの？』

「天衣。聞いてくれ。そのことは――」

むしろ俺が見た未来に歩夢が辿り着いてくれたことを説明しようと慌てて口を開く。

俺たちは孤独じゃない、と。

しかし――

『今のあなたは超長手数《ちょうちょうてすう》の将棋を指した後の疲労でハイになってるのと、親友に慰められて多幸感に満たされているだけよ。そんなものは一晩寝たら消え失せるわ。そして心の底からこう思うの』

耳元で息を吹きかけるように天衣は囁いた。真理を。

『勝ちたい、と』

「ッ…………！」

心の中の一番柔らかい部分を、先の尖った鉄のスプーンで抉《えぐ》られるような異物感に、思わず吐き気を催した。

『結局、あなたは神鍋歩夢を下に見てたのよ。今までずっと。だから第一局から本気を出さずにいたし、負けると悔しいの。死亡フラグの情報を私から聞き出すタイミングはいくらでもあったのにそれをしなかったのは、そこまでしなくても勝てると思ってたからでしょ？　今からでも遅くはないわよ？』

タマネギの皮でも剝くかのように、天衣はいとも簡単に俺の心の誰にも見せたくない部分を晒していく。

やめて……やめてくれ……。

『これから私は、未来であなたと戦うはずだったプロ棋士たちを殺していく。祭神雷のように』

それは、ただの勝利宣言ではなく。

二度と将棋を指す気が起きないほどのダメージを与えて勝つのだと、天衣は言っていた。

心を殺すと。

『名人を、椚創多《くぬぎそうた》を、生石充《みつる》を、於鬼頭曜《よう》を、月光聖市を、山刀伐尽を、今日あなたからタイトルを奪った神鍋歩夢を殺す。そしてまあ、向こうにそのつもりがあるなら、空銀子も嬲《なぶ》り殺してあげる。虫けらみたいにね！』

私が手を下すまでもないほどちっぽけな才能だけどね、と天衣は嘲笑《あざわら》った。史上初の女性プロ棋士を。

笑いを引っ込めると、天衣は再び喋り始める。

『そして理解するの。あなたと並び立つ存在はもう、この世界に私一人しかいないことを。将棋の結論を識《し》り、そして使いこなすことができる私だけが、あなたと対等に将棋を指すことができるということを………だから、ね？ 見ていなさい。特等席で』

なにをするつもりだ？

問《と》い質《ただ》そうとしても声が出なかった。恐怖のあまり喉が震えて。

『最初にあなたが最も才能を認めている棋士を血祭りに上げるから』

「だ、誰を……？」

『あなたが最初にその才能を見抜き、魅入られ、誰にも渡さないよう手元に置いて大切に大切に育て上げた棋士を。あなたが心の底から戦いたがっている棋士を。あなたが本当に……将棋《じんせい》を共にしたいと思っている棋士を』

その声は容赦なく曝《あば》いていく。

俺の心の中に隠された未来《おもい》を。

「やめてくれ‼　もうそれ以上――」

『雛鶴あいを』

闇からの声はそこで途切れた。天衣が通話を終了したのだ。

その時だった。

掛けたはずの部屋の鍵がガチャンと音を立てて解錠され、誰かが部屋の中へと靴のまま上がり込んで来る。

「あ…………」

受話器を摑んだまま後ろを振り返った俺は、闇からの使者を見た。

サングラスで表情を隠したその女性は抵抗を許さない口調で促す。

「九頭竜先生。出立の準備を」

どこへ行くかはもう聞かなかった。

どうせ行き先は決まってる。

地獄だ。

第五譜

◯　桜花のように

その日の朝。

目を覚ますと、家には誰《だれ》もいなかった。

「……桂香《けいか》さん？」

二階の子供部屋から一階の台所に下りると、そこにはラップに包まれた朝食と――

『記録係なので先に出ます』

そんなメモだけが残されていた。

おじいちゃん先生も出かけているみたいで、広い家にはわたし一人だけ。そういえばこの清滝《きよたき》家で一人になるのは初めてのことかもしれない。

「いただきます」

一人で手を合わせて、わたしは朝ご飯を口に運ぶ。

桂香さんらしい配慮だなと思った。

――片方だけ贔屓《ひいき》しちゃ不公平だもんね。

きっとおじいちゃん先生も同じ理由で家を空けているんだろう。やっぱり二人は親子なんだなと思った。

懐かしい関西風味のお味噌《みそ》汁を啜《すす》る。

「あっ。そうか……」

不意に、気付いた。

どうして同門で当たらないようにしているのかを。

「そうか……そういうことだったんだ……」

表向きは、八百長などの不正が起こりかねないから。

でも実際は……。

「………つらいもんね。心が二つに引き裂かれるのは……」

そんな簡単なことにも気付かせないくらい二人はわたしが来たことを喜んでくれて。

昨日も将棋の話は一切《いっさい》しなかった。わたしが理事会からの申し出を断ったことは、おじいちゃん先生なら知ってるはずなのに。

それから、師匠のタイトル戦の話もしなかった。

結果だけは見た。こっそり。

でも将棋はまだ見ていない。

見たら……戦うことが怖くなってしまうかもしれないから。

電車に乗って関西将棋会館のある福島《ふくしま》駅に来ると、途中のコンビニで菓子パンと飲み物を買った。

「連盟の正面にあったコンビニ、なくなっちゃったんだ……」

住み慣れた福島の景色が変わったことはショックだった。心が揺れるのが怖くて、商店街には入れなかった。

山城桜花戦《やましろおうかせん》は持ち時間が二時間。昼食休憩があって、互いに時間を目一杯使えば、終わるのは午後三時から四時くらいになる。

「無理にでも食べないとね」

自分を励ますように声に出してそう言った。

女流棋戦ではお昼を抜く人も多い。持ち時間の関係で午前中に勝負所を迎えるからだけど、今日は……そういう将棋を指したら、間違いなく勝てない。

俯《うつむ》き加減で連盟への道を歩いていると――

「今日こそ絶対に勝つんだから！」

小さな女の子がそんなことを言いながらわたしを追い越していく。

その子に続いて、

「甘い甘い。今の時代、振《ふ》り飛車《びしゃ》じゃ勝てないんだよー」

「ソフトの評価値が全《すべ》てじゃないって、指導対局で久留野《くるの》七段が言ってたもん！」

「ねえねえ聞いてよ！　夏休みが終わるまでに初段になったらパパに玉座戦の大盤解説に連れて行ってもらえるんだよ⁉」

四人の女の子の一団は緑色の手合いカードを将棋の国へのパスポートみたいに手に持ったまま、わたしを追い抜いていく。

みんな小学校の低学年くらい。連盟道場へ行くんだろう。鞄《かばん》にぶら下がる『銀将』の駒ストラップが、誰に憧《あこが》れて将棋を始めたのかを教えてくれた。

「……そうだよね」

俯いていたわたしの顔が自然と上がっていく。

「負けるつもりでここに来る人なんて、いないもん！」

吸い込まれるように連盟に入っていく四人の姿を眩《まぶ》しい気持ちで見送ってから、わたしも建物に足を踏み入れた。


この日、関西将棋会館で指される将棋は一局だけだった。

五階の対局場に上がって、入口のボードを見る。

御上段《おんじょうだん》の間《ま》の枠には二つのプレートが並べて貼《は》ってあった。

『夜叉神《やしゃじん》天衣《あい》女流三冠』

『雛鶴《ひなつる》あい女流名跡《じょりゅうみょうせき》』

……こうして見ると、まだびっくりしてしまう。

初めてこの御上段の間へ来た時、わたしには何の肩書きもなかった。ただ子犬みたいに師匠にくっついて、そこでゴッド先生にも出会って。

「すっごくワクワクしてた。楽しそうな場所だって」

緊張はしたけど恐怖は感じなかった。

今は、この歴史ある対局室で将棋を指せることへの敬意と。

そしてこれから戦う相手への懼《おそ》れと、自分への自信。そんな感情が綺麗《きれい》に混ざった気持ちになっている。

「ふぅぅ──────………」

想《おも》いが溢《あふ》れるまで、靴を履《は》いたままその場で立ち続けた。

指先だけが緊張で冷たくなっていく……。

今日が最後になるかもしれない。わたしは頰《ほお》を両手で叩《たた》くと、

「おはようございます！」

大きな声で挨拶《あいさつ》して対局室へと足を踏み入れた。

記録係の桂香さんが準備を終えてもう盤側《ばんそく》に座っている。わたしとは極力、視線を合わさないようにして。

すぐに下座に着くと、わたしはリュックを少し離れた場所に置いて、目を閉じる。

足音がした。

摺《す》り足気味の、特徴のある足音。あの子はいつも猫のように爪先だけで歩くから。

そして——

「無駄だと思わない？　同門で当てないようにするのって」

目を開けると、天《てん》ちゃんが上座にいた。

もう駒箱を開けて盤上に駒を散らしている。

「だってそうでしょ？　師匠が同じだからって仲良しなわけでもないし。むしろ……殺したいほど憎んでることだって、あるんじゃない？」

ピシリッ。

王将を升目《ますめ》に打ち付けて、天ちゃんは喋《しゃべ》り続ける。

「私がデザインしてる新しい女流棋戦も、この山城桜花戦のように同門でも構わず一回戦から当てるわ。ボロボロの将棋会館と一緒に古臭い師弟制度も無くしてしまってもいいわね。身元保証人が必要なら保証会社を使えばいいんだし」

「…………」

わたしは黙礼してから、玉将を丁寧に盤に打ち付けた。ピタリと升目の真ん中に収まってくれたその駒を見て、自分の心が乱れていないことを知る。

天ちゃんは盤側の桂香さんを見て、

「あなただって空銀子《そらぎんこ》のことを妬《ねた》んだり憎んだりしたことがあるでしょ？」

「振り駒です」

桂香さんは返事の代わりにそう言うと、

「夜叉神女流三冠の振り歩先です」

綺麗な放物線を描いて落ちた駒は――――――と金が五枚。

わたしの、先手《せんて》。

「同じね。あの時と」

研修会で指した将棋のことを天ちゃんは言っている。

あの将棋は天ちゃんが後手《ごて》で一手損角換《いってぞんかくが》わりを指して、わたしが最後に間違えて……七手詰めを見逃して負けた。

今なら一手損角換わりを相手にして、序盤で有利にできる自信はある。

でも――

「……先手も後手も、もう関係ない。欲しいほうをあげたっていいくらいよ」

ポツリとそう言った天ちゃんの言葉は、鎮めたはずのわたしの心を波立たせた。

――将棋の結論を知っているから？

今の天ちゃんがどんな序盤を指すのかは想像すらできない。師匠のお兄さんが見せてくれたディープラーニング系ソフトの序盤よりも、さらに進んでいるはず……。

「来なさい。桜の花びらのように散らしてあげる」

「おねがいしますっ！」

わたしは礼をすると、大きく深呼吸してから、飛車先《ひしゃさき》の歩を突いた。

こうして始まったんだ。

わたしと天ちゃんの最初で最後の公式戦が。

☗特等席

晶《あきら》さんに連れて来られた場所は、関西将棋会館だった。

「棋士室のパソコンで《淡路》をリモート操作できるようにしてある。そこでお嬢様の対局を見守るがいい」

「連盟のパソコンに手を加えたんですか？」

「夜叉神グループから職員を派遣しているからな」

激闘の直後に長距離を車で移動してきたから身体《からだ》の節々が痛かったが、この衝撃発言によって痛みも疲れも吹っ飛んだ。

「逆に連盟からも我が社に職員を受け容れている。人材交流でよりよい新会館を作ろうというわけさ」

「ズブズブ……」

「人材交流だ」

俺《おれ》の顔面を左手で摑《つか》んで訂正を強要してくる晶さん。痛い痛い痛い！　女性の握力じゃない！

「ちなみに使えるのは『死亡フラグ』の位置を記した最新版の《淡路》だ」

「ッ……‼」

「さすがに棋譜《きふ》を残すなとは言えないが、中継は控えさせた。リアルタイムで観戦できるのはこの関西将棋会館の棋士室だけになる」

つまり天衣は死亡フラグを使うつもりなんだろう。

それは……失冠したことで心の弱った俺に、死亡フラグの持つ力を見せつけようという意図なんだろうか？

「九頭竜《くずりゅう》先生」

こっちの心を読んだかのように晶さんは絶妙なタイミングで声を掛けてくる。それとも俺の表情がわかりやすいのか……。

「天衣お嬢様は天才だ。今日、先生はそれを改めて思い知ることになるだろう。そしてお嬢様の手で将棋界が再生されることを感謝するようになるだろうよ」

「晶さん……」

将棋界なんてどうでもよかった。

タイトルを失ってヤケになってるわけじゃない。ただこの瞬間、天衣に伝えたいことがあったから。

「俺は思うんです。於鬼頭《おきと》先生が雷《いか》のために翻訳機として将棋ソフトを作ったのなら、じゃあ天衣のご両親が《淡路》を用意したのも――」

「早く行け。対局が始まってしまう」

時計を示しながら晶さんは俺を急《せ》かす。その口調は、意外にも優しい。

「晶さんは見ていかないんですか？」

「仕事がある」

車から俺を降ろすと、晶さんは淡々とこう言った。

「それに結果はもう決まっているさ」


三階の棋士室には、おそらくいるだろうなと思っていた人物が一人で椅子《いす》に座っていた。

「八一《やいち》か」

清滝鋼介《こうすけ》九段は俺の姿を横目で見ると、

「ま、座り」

「……はい」

俺は師匠の向かいの席に腰を下ろした。

こうして同じ部屋で、しかも二人きりで過ごすのは久しぶりだ。父親よりも長く暮らしたその人を前にして、俺は少し緊張していた。

「お前が《淡路》の棋譜を公開してからというもの、ご覧の通り棋士室も閑古鳥や。家でパソコンを使って研究してからでないと、みんな怖くて将棋が指せんらしい」

「それは俺のせいってわけじゃ……」

師匠はまるで遠慮というものがない。関西流の優しさだった。

そしてこの棋士室で一番の優しさは——

「久しぶりに指そか」

そう言って師匠はポケットからラムネの詰まったケースを取り出した。

関西棋士室名物『駄菓子将棋』だ。

「弟子から菓子を巻き上げようってんですか⁉」

「お前が勝てばええ。それとも歩夢《あゆむ》くんに順位戦で勝ったわしのこと、恐れてるんか？」

「っ……‼」

俺はロッカーからチェスクロックを無言で取り出して時間をセットする。駄菓子将棋は一手十秒で、勝ったほうが菓子を一つ貰《もら》える単純なルールだ。今回のレートはラムネ一粒。

若いほうが有利なルールで、当然俺が勝ちまくった。

「誰が誰を恐れてるんでしたっけ？」

「ええい！　失冠して収入が減った弟子におやつを恵んでやっとるんや！」

「ラムネなんていくら食べても腹は膨れませんよ……」

ここで得られる駄菓子が貴重だったのは小学校くらいまで。

ただその頃《ころ》は先輩の奨励会員たちに随分と駄菓子を巻き上げられもした。特に厳しかったのは鏡洲《かがみず》さんで、こっちが小学生だろうが幼稚園児だろうが手を緩めるなんて絶対にしない。でも姉弟子《あねでし》には甘くて、俺から巻き上げた駄菓子は全部姉弟子のおやつになった。遠回しなカツアゲみたいなもんだ。

師匠があまりにも弱いのでそんなことを思い出しながら指していると――

「銀子に会うたよ」

「っ……！」

思わず手が止まる。

時間が切れるギリギリで何とか指した手は、とんでもない悪手《あくしゅ》で。

「聞かれたわ。『雛鶴あいは自分の代わりなのか』とな」

「……どう答えたんです？」

「銀子がわからんのはええ」

その声の調子に、俺はびっくりした。

師匠は……明らかに怒っていた。

「せやけど師匠のお前がそれを聞くか？　将棋は多少、強くなったかもわからんが……やれやれ。育て方を間違えたな」

直前の俺の悪手を咎《とが》めた師匠は初めてラムネをゲットする。もっともそれは俺が師匠から巻き上げた大量のラムネを一粒だけ取り返したわけだが。

でももう駄菓子なんてどうでもよかった。

「俺の……俺の何が間違ってるって言うんですか……」

本当は、間違えた自覚はあった。間違えてばっかりだ。

でもそれを師匠に言われて笑って許せるような精神状態じゃない。

今の今まで俺の前から逃げ続けて、こっちが弱ったタイミングでのこのこ出て来るような師匠に……！

「師匠は銀子ちゃんと俺を引き離したかったんでしょ⁉　そうとしか思えないじゃないですか！　そうじゃなかったらもっと早く病気や遺伝のことを教えてくれたはずでしょ⁉　それさえ知ってたら、俺は――」

「驕《おご》るな八一。未来なんて誰にもわからん。わかったつもりになって、それでタイトルを失ったのは昨日のことやぞ？　もう忘れたんか？」

「俺が失冠したのは俺が歩夢より弱かったからです。でもそれと将棋の結論がどうかは別の話になります」

「そういう屁理屈《へりくつ》こねるから負けるんや。潔く自分の間違えを認めんか、八一」

「屁理屈をこねてるのは師匠のほうだろ⁉」

さすがにもう将棋を指すような空気じゃない。俺は奪ったラムネを床に叩き付ける。

その時だった。

「おや。もう竜王も東京《とうきょう》からお戻りですか？　あれだけ長手数《ちょうてすう》の将棋を指した後で、勉強熱心ですね」

「月光《つきみつ》会長⁉」

慌てて席から腰を浮かした俺を、秘書の男鹿《おが》さんが視線で制する。

「か、会長も………まさか、将棋を見に？」

「夜叉神さんとは浅からぬ因縁があります。彼女のことが気になるのは当然ですが……今日は雛鶴さんのことも気になりまして」

「あい……ですか？」

「先日、常務会でお呼び立てした際に、個別で質問されましてね。私のある特技についてですが……ふふふ。今日は面白《おもしろ》いものを見せていただけるかもしれません」

師匠が自分の隣の椅子を引くと、会長はそこに腰を下ろす。

兄弟弟子なだけあってお互いの呼吸を知り尽くした動作だ。

「生石《おいし》さんも来たがっていたのですが『どうせ八一も来るだろうから味が悪い』と言って、結局来ませんでした。竜王に挑戦して将棋の結論は振り飛車必勝だと証明すると息巻いていましたよ」

「椚《くぬぎ》四段も、時間があったら寄ると言うてました。もっとも今日は彼の新居を一緒に選ぶから遅くなるかもと」

「また棋士室《ここ》も活気が出そうですね」

二人が世間話を始めたのを機に、俺は部屋の奥に設置してあるパソコンを立ち上げた。年代物のディスプレイには似つかわしくない《淡路》のＧＵＩが表示される。

「棋譜の自動取得は無し……か」

つまり一手一手確認しつつ自分で入力する必要があるということ。棋譜並べなんてもう一年以上してない。

俺は天井《てんじょう》カメラのモニターに視線を移す。

ちょうど、あいが五手目に角道を開けるところだった。

「角換わりか。確かに先手が有利だが、相手は天衣だぞ？」

あいはプロ棋士を相手に相掛かりを指して勝ち星を荒稼ぎしたが、角交換系の将棋なら天衣に一日の長がある。

だが――

「ん⁉」

後手が選んだ手順は角交換ではなかった。

「…………何だ…………この手は…………？」

天衣が八手目に指したのは、１四歩。

コンピューターの将棋でも、プロの公式戦でも、見たことのない手。それどころか……。

その一手は《淡路》の最善手からも外れていた。

☖　勝手にいなくなること

「…………なに……？　これ……………？」

想定外の事態に、わたしは混乱していた。

天ちゃんの序盤は常に独創的で、いつも最初の数手で才能の差を思い知らされる。

だから後手を持ったら何か仕掛けてくることは想定していた。

でも……この手順は想像を超えてる。

一手パスみたいな謎の端歩。

それに加えて、こっちだけ一方的に飛車先の歩を交換できたこと。

——角交換を拒否するための代償だとしても……大きすぎない？

戦型《せんけい》も、わたしの得意な相掛かりに落ち着いた。

だから混乱する。どれだけ考えてもわたしにとって悪くなる要素が見当たらない。

「…………？」

拭いきれない違和感に、わたしは事前の想定よりも時間を多く使ってしまう。

けど、それは不利だからじゃない。

考える楽しさが多い局面だから。

「くっ……！」

逆に天ちゃんは苦しそう。白くて広い額には汗が滲んでいる。こんな序盤でもう最終盤のような雰囲気だった。

何かを狙《ねら》っているの？

——それとも…………誤算があったの？

盤側の時計を見る。わたしも時間を使ってるけど、天ちゃんはそれ以上に使ってた。

「んッ！」

ピシャリと両手で頬を叩くと、わたしは気合いを入れ直す。

——油断しちゃダメ！　終盤に時間を残さないと！

師匠のお兄さんから聞いた《淡路》の棋風や性能が正しいとしたら。

それを天ちゃんがマスターしているとしたら。

序盤でリードを奪うのは絶対に無理。だからせめてこっちのやりやすい形で終盤に持ち込む必要があった。

けど………と、わたしの中でまた、ザワザワと蠢《うごめ》く感情があった。

――このまま攻めちゃえば勝てるんじゃ……？

最初で最後のチャンスかもしれない。

ここを逃せば逆に悪くなるのかもしれない……。

「………………………………こう……………」

次第に薄れていく警戒心。

それに反比例するかのように膨らんでいく攻めっ気が、わたしを支配していく……。

「………こう………こう……こう……こう……こう……こう……こう……こう……こ
う……こう、こう、こう、こうこうこう――――」

だめだと思いつつも、わたしはその快楽に身を委《ゆだ》ねる。

今この瞬間は、負ければ将棋を指せなくなるという恐怖も綺麗さっぱり消えていた。ただひたすら目の前の局面を読み進める作業に没頭できた。

時間の感覚が熔《と》けていく……。

「こうこ
うこうこうこうこうこうこうこうこうこうこう………」

気がつけば部屋には誰もいなくなっている。

昼食休憩に入ったんだ……でもわたしは考えることを止めなかった。

「すぅぅぅぅぅ――――……」

大きく大きく息を吸い込むと。

むしろ盤に潜るかのように深く深く前傾して、わたしは全てのリソースを目の前の局面に注《つ》ぎ込《こ》む！

「こう――――」

「再開しております」

桂香さんのその声にハッとして顔を上げる。

天ちゃんも盤の前に戻って脇息にもたれながら読みを深めていた。

昼食休憩を入れて一時間。

読みに読みに読みまくった末に得た結論は――このチャンスに全力で攻める!!

「はむっ!!」

リュックサックから掴み出したおにぎりを頬張《ほおば》って超速で栄養補給をすると、もっくもっくと咀嚼《そしゃく》しながらわたしは決断の一手を指す！

「ふぉうッッッ!!」

開戦。

わたしは先手の利を活かして猛然と攻めかかった。

「こうッッッ!!」

ガリガリと音が聞こえそうなほど互いの駒がぶつかる。

ただそれは、天ちゃんの守備陣をわたしの攻め駒が削る音だ。

「くァ……ッ!!」

小さな悲鳴。そして歯軋《はぎし》りの音。

──効いてる！

天ちゃんは確実にダメージを受けていた。ポイントを稼げている実感を得て、ますますわたしは勢いづく。

──この攻めは……必ず通す!!

「…………空銀子のスペアで我慢すればよかったのよ…………そうすれば、私がここまでする必要なんてなかったのに…………」

「スペア？」

その言葉に思わず視線を上げると、天ちゃんと目が合った。

黒い瞳《ひとみ》には……炎のように真《ま》っ赤《か》な感情が渦巻いている。

「残された人間の気持ちがわかるの⁉　あんたたちはいつもそうよ！　勝手に現れて勝手に消えて！　自分勝手に振る舞うことで、他人を傷つけるの！」

同じ一門の人間しか室内にいないこともあって、天ちゃんの口調は激しい。

「だったら残された人間が勝たなきゃおかしいでしょ⁉　正しいほうが報われる世界じゃなくちゃ、努力する意味が無いじゃない！　神様が不公平をするのなら、私がそれを正してやる！　そうじゃなきゃ――――」

吊《つ》り上がった瞳を潤ませすらしながら、天ちゃんは言った。

「そうじゃなきゃ…………八一が可哀想《かわいそう》じゃない…………」

「……っ！」

わたしは唇を噛《か》んだ。

天ちゃんが言いたいことは、わかる。

わかって……しまう。

――けどそれはもう振り切ったでしょ⁉

集中力を要する局面で心を攻撃してくるのは天ちゃんの作戦でもある。本気なのかそれともただの作戦なのか、言葉の意味を考えるだけでも読みの精度は落ちてしまうから。

だからわたしは天ちゃんの気持ちを考えることをやめた。

爆発《ばくはつ》しそうになる感情をむしろ推進力へと変えて戦うんだ！

「用意されたものじゃイヤなの！　わたしは自分で掴み取る！　運命すらも‼」

「なら、くれてやるわ」

そんな言葉と共に天ちゃんは信じられない行動に出る。

「え……？　…………えっ⁉」

売り言葉に買い言葉のようなタイミングで指されたその手を見て、最初は何かの間違いかと思った。

「ッ⁉　……⁉」

ゴシゴシと目をこすっても盤上の景色は変わらない。

て、天ちゃんは…………守りの要である大駒《おおごま》を、わたしの攻め駒の前に、何の代償もなく移動させたのだ！

――う、馬をタダで差し出す⁉　ココセ《大悪手》じゃないの⁉

「これが運命よ、雛鶴あい」

供物のように差し出された馬を凝視し続けるわたしに、天ちゃんは落ち着いた口調で告げる。

「『死亡フラグ』という名前の、ね？」

「…………」

取るしかないその駒を、わたしはそっと…………自分の駒台《こまだい》に載せた。

堕天使の跳躍

その手を見た瞬間、私には《淡路》の示す評価値が正確にイメージできた。

先手勝率0パーセント。

「終わりよ。あい」

だけどここから先のイメージを持てる人類はいないだろう。誰がどう考えても、あいの指した手は最善手なのだから。名人だろうと将棋のルールを知ってるだけの初心者だろうと同じ手を指すはず。

それでも勝つのは私だ。なぜなら将棋の結論がそうなっているから。

「二五手後に、あなたはもう勝てないことを悟る。そこからは一方的な展開になるわ」

「…………」

あいは答えない。当然ね。

この局面だけを見れば、私の言葉はブラフにしか聞こえないでしょうから。確かにここから逆転して勝ち切るのは、私の棋力ではまだまだ骨が折れる。

「悪いけど……ひと思いに介錯《かいしゃく》するなんて真似《まね》は、今の私にはできない。徹底的に苦しんで死ぬことになると思う。あなたが投げなければね」

そう。ここから勝ち切るのは容易ではない。

なぜなら従来型のソフトや人類の盲点になっているような、これまでの将棋とは異質な手を積み重ねる必要があるから。

——さらに付け加えるのであれば……私が弱くなっている、い、い、い、か、ら。

死亡フラグを使ったこの勝ち方は、言ってみれば壮大なハメ手。『パックマン』や『角頭歩《かくとうふ》』と根本的な発想は変わらない。奇抜な手筋で自分だけが有利になる局面に相手を誘導し、そこから研究通りにハメ殺す。

そして普通の将棋では現れない手順を研究し続けるという行為は、結局のところ本質的な棋力の低下を招く。古典定跡《じょうせき》を使った戦いであれば私は確実に弱くなっているでしょうね。

逆にあいは真の棋力を上げることでプロにも負けない力を手に入れた。その才能と努力には畏怖《いふ》すら覚えるわ。

ただ私には圧倒的に有利な点が二つあった。

一つは、最終的には私が勝つという事実。

そしてもっと大きいのは、私がその事実を知っているということ。

将棋はメンタルの競技であり、最善手を指すためには揺るぎない勝利への確信が極めて重要になる。『自信』と言い換えてもいい。

この勝利への確信が私の棋力を飛躍的に向上させていた。

「投了《とうりょう》しろとは言わない。信じられないでしょうから」

スッ……と、私は落ち着いた手つきで駒を動かす。

あいは前傾姿勢のまま、どこかに罠《わな》がないか警戒した様子で盤面全体をぐるぐると見回していた。

――探しても見つからないわよ。罠なんて。

これは罠とかそういう次元ではないの。

《淡路》の基礎を作った母は、将棋のルールをプログラムに入れていなかった。

だから《淡路》は今も駒の動かし方すら知らない。

取り立てて驚くようなことじゃない。ディープラーニング系の技術ではむしろこうしたドメイン知識が邪魔になることにある。

そのせいで初期の《淡路》はあまりにも自由奔放に育った……自分を制御できずに盤上を暴《あば》れ回り、けれど凄《すさ》まじい読みの量と速度で何となく勝ってしまう厄介なソフト。人類の研究には全く適していないガラクタに。

だから私が初めて《淡路》に接した時、こう感じた。

『雛鶴あいに似ている』と。

様々な手法を試して《淡路》を調教する日々は、まるで九頭竜八一が雛鶴あいを教育した日々を追体験するかのようだった。

――きっと私も最初はそうだったんでしょうけどね……。

物心ついた頃にはもう将棋を指していた私にとって、初心者の頃の記憶は無い。

けれど大切な思い出は残っている。

将棋を教えたがる父と、将棋からさりげなく離したがる母。

そんな二人と暮らした日々は、私には今も最も掛け替えのない記憶だ。教育方針を巡って言い争うようなこともあったけど、幸せだった。

なぜなら二人が取り合っていたのは……娘《わたし》なのだから。

「………こんな状況で戦いたくはなかったわね。本気で盤を挟むタイミングを、私たちは逃してしまった」

あいが死亡フラグを立ててから十三手が経過すると、盤上の景色は急激に変化を始める。

ようやく人間の目にも理解できるようになるのだ。

「え…………？」

あいの表情から血の気が引いていく。

「ど、どうして⁉　こんな……急にぃっ⁉　えええええええ⁉」

動揺して集中力が欠けていくのが手に取るようにわかった。

『真理』という巨大なクレバスが突如として出現し、あいの足下を崩落させていく。高めたはずの評価値が一瞬にして下降するその落差に、人類の感覚はついていけない。

なぜこんなことが起こりえるのか？

仮説でしかないけれど、おそらく《淡路》が将棋のルールを知らないことが原因の一つだと思う。

ルールに縛られない自由な発想が、従来のソフトや人間の盲点になっている領域を発見したんだと。

だから……ね？　どんなに探しても見破ることなんて不可能なの。

いかに人間を超越した読みの力を持っているとしても、盲点となっている手は読むことができないのだから。

「くっ……！　こ、こう………こう、こうこうこうこうこうこうこうこう………‼」

あいはそれでも健気《けなげ》に最善手を探る。

それは崖から落ちていく登攀《とうはん》者が、指を引っ掛けるための岩棚を探すかのような、絶望的な姿だった。

目を背《そむ》けたくなって私は席を立つ。

「………だから要らないのよ。同門なんて縛りは。本当に戦いたい相手と盤を挟めないなんて……誰が考えたのよ。そんな残酷な制度……」

この世界は私の大切な人たちにとってあまりにも過酷で。不条理で。

だから変えようと思った。

過去はもう変えられないけれど、未来はまだ、少しだけ動かすことができる。

お父様は月光聖市《せいいち》とこの関西将棋会館で将棋を指し、その記録係が八一だった。そしてその縁が私を八一と引き合わせ、あいとの縁も結んだ。

愛着のあるこの建物を壊すのは私だって気が進まない。

けどいつか誰かがやる必要のあることならば、そこから逃げずに自分で未来をデザインしたい。恨まれようが罵《ののし》られようが、汚れたこの手で成し遂げるの。

再生のための破壊を。

それが――――未来を手に入れるということだから。

「好きなだけ指しなさい。何手だろうが付き合ってあげるわ……」

覚悟を決めて上座に戻る。

苦悶《くもん》する姉妹を優しく見詰めながら、私は囁《ささや》いた。

「あなたが将棋と共に生きる、最後の時間を」

☖　死ぬことすらできず

形勢が明らかに悪くなると、棋士はだいたい二つのことを考える。

一つは、対局が終わった後のこと。

もうその将棋のことは諦《あきら》めて、投了した後のことを考えちゃう。帰り支度をしたほうがいいかなとか、晩ご飯どうしようかなとか……。

そしてもう一つは、過去のこと。

これはまだギリギリ将棋のことを諦めてない場合で、自分がどこで悪手を指したのか振り返ったり、研究に穴があったことを反省したりする。

天ちゃんとの差が挽回《ばんかい》不能なまでに広がったとき、わたしは過去のことを考えていた。

ただそれは、あの馬を取った手を後悔するとか、そういうことじゃない。

もっともっと過去のこと。

それは、常務会に呼び出されて、わたしがその提案を断った後のことで…………。


「会長におうかがいしたいことがあります」

東京の将棋会館にある会長室をこっそり訪れたわたしは、短時間ならと面会を許してくださった月光聖市九段に、とあるお願いをしていた。

「どうしても聞いておきたいんです。会長にしかわからないことだと思うので」

「先ほども申し上げたとおり、編入試験に関しては私にもこれ以上のアドバイスは致しかねますが――」

「いえ。詰将棋《つめしょうぎ》のことです」

「ほう……？」

　著名な詰将棋作家でもある月光会長は、面白そうに先を促した。

「握り詰めのコツを教えていただきたくて……以前、師匠に聞いたことがあるんです。会長が目の前で握り詰めを披露なさったって。その際に、独特な準備が必要だって教えてもらったって……」

「なるほど。急に面白いことをおっしゃる」

　会長はわたしがなぜそれを尋ねようとしたかは確認しなかった。

　もしかしたら何となく予想がついているのかもしれない。

「詰将棋創作全般に言えることですが、やはり指し将棋の感覚が残っているとやりづらい。詰将棋は実戦では出ないような局面がむしろメインになります。特に私は読みを重視するタイプですから。これは雛鶴さんにも共通することかと思いますが」

「わかります。どうしても発想が実戦寄りになっちゃって……」

「そこを乗り越えるにはやはり、詰将棋を鑑賞することでしょう。そして使えそうなテーマを整理しておくことです。公式戦の成績は犠牲になりますよ？」

　会長は微笑《ほほえ》みながら言った。

　あ、あんまり笑えない……。

「そのうえで握り詰めについて語るなら、瞬発力の勝負になります。完成図が瞬間的に思い浮かばなければ、いくら時間をかけても完成しない。ですから最後は覚悟が重要になります」

「覚悟」

「そう。『できないかも？』とか『駒が足りない』とか、そういったことを考えない覚悟です。自らの摑んだ駒だけで完全作を完成させる。それだけを考える覚悟が必要です」

「……………難しいですね……」

わたしは以前、一度だけ師匠の前で握り詰めを完成させたことがある。何も知らない初心者の頃に。

けれどそれは偶然だった。

たまたま作りやすい駒を握れただけで、それからこっそり何度もチャレンジしたけど一度も成功していない。ビギナーズラックだったと今ならわかる。

「それは単に偶然とは言えないでしょうね」

「え？」

「雛鶴さんは詰将棋で将棋の基礎を固めた。つまり最初は指し将棋の感覚が無い状態だったということです」

「あ……！」

ビギナーズラック。

会長がおっしゃってることは、そういう意味だった。

「でも、じゃあ…………やっぱりもう、作れないんでしょうか…………」

「…………」

何かを量るような沈黙があった。

その沈黙に耐えられなくなって、わたしが口を開こうとした、まさにその瞬間。

「私が握り詰めをできるようになったのは、この目が見えなくなってからでした」

そして会長は衝撃的な告白をする。

「自殺しようとしたことが一度だけありました」

「え…………⁉」

「目の病気が進行して、角膜移植を何度も何度も繰り返していた頃のことです。移植はね、大変ですよ。局部麻酔で行うのですが、ひたすら目を縫うのです。麻酔のおかげで痛みはありませんが、同じ姿勢のまま何時間も固定されるのです」

「…………」

「そして炎症を抑えるため眼球にステロイド注射を打たれます。これほど痛いものはこの世に存在しないのではないかと思えるほど痛い。それでも耐えたのは、将棋を指すために少しでも視力を残しておかねばならないと考えたからでした」

唐突に語られた、あまりにも壮絶な闘病の記憶。

わたしはただ耳を傾けることしかできなくて……。

「将棋の勉強も満足にできない中で、一日に二十種類以上の薬を飲み、何時間もかけて通院し、痛みに耐え、それでも目は回復しない。公式戦では連敗続き。タイトルなどもちろん全て失い、さらに順位戦も降級。だから毎日考えていました」

「……引退を、ですか？」

「死ぬことを、です」

絶句するわたしに向かって顔を寄せると、会長は言った。

「ご覧なさい。この目を」

そして会長は両目を開いた。

その眼窩《がんか》に収まった二つの眼球を見て、わたしは――

「ひっ……!?」

悲鳴を上げそうになって慌てて両手で口を押さえる。

会長の目は白く濁り、何より不自然にボコボコと凹凸があった……まるでゴルフボールのように……。

「角膜移植を繰り返すとこのような目になるのです。縫いますからね」

あらゆる場所を縫ったことで、もうこれ以上の移植は不可能と診断され……視力を残す望みを絶たれた会長は、対局に負けた夜、宿泊していた東京のホテルの屋上へ向かおうとした。

飛び降りるために。

でもその企《たくら》みは最初から躓《つまず》いてしまう。

「一人で屋上に行こうとしても、エレベーターのボタンすらわからない。どれだけ目を近づけても見えないんですよ。私は遂に、自ら命を絶つことすらできなくなってしまったのです。命を絶つ覚悟を決めるのが遅すぎたのです」

「か、覚悟が……」

「全盲になったことを認めざるを得なかった。そして、そのときに気付いたのです」

「………なにを……です……？」

「私には何も見えない。しかし将棋盤だけは頭の中にはっきりと浮かぶことに」

「ッ……‼」

「エレベーターのボタンの位置はわからなくとも、将棋盤の前に座れば、私はきちんと升目の中に駒を置くことができました」

頭の中にある将棋盤。

わたしたち棋士にとって、確かにそれは何よりも近くにあるものだった。

「盤の前に座った状態が、私が最も健常者に近づく瞬間です。そこでは自由に振る舞うことができる。目が見えた頃のように」

瞼を閉じると、会長は再びわたしから距離を取る。

「けっきょく私には将棋しか無いのです。死ぬことすらできず、頭の中にこびりついた将棋盤に向かうしかないのです」

そうなって初めて高い精度で握り詰めを作ることができるようになったのだと、その永世名人は言った。

いつものように両目を閉じ、微笑みを浮かべながら。

「それが覚悟《コツ》です」

☗泥の中で

「な、何が…………何が起こったんや……?」

ナイアガラの滝みたいに急降下した先手の評価値を見て師匠は愕然《がくぜん》と呻く。

「さっきまであいちゃんが優勢やったやろ？　それやのに……ちょっと手が進んだら、急に評価が逆転してるで?」

男鹿さんの持ち込んだノートパソコンで局面を検討していた師匠たちには、まるで手品でも見ているように思えただろう。

しかし《淡路》を使って局面を調べていた俺はその理由を知っている。

「死亡フラグを踏んだんです」

そしてこの時、初めて俺は死亡フラグの全貌を記したデータを見た。

衝撃だった。

全てを知るのが怖くなって衝動的にディスプレイの電源を落としてしまうほど……。

たとえば、あいが最初に目指そうとした角換わり。

その戦型に刺さった死亡フラグの数は一八八六。それを踏めば後手は死ぬ。

たった一八八六局面！

それだけ暗記すれば《淡路》に対してすら優勢を築けてしまう。人類が挑み続けた角換わりという戦型の、これが結論だった。

さらに恐ろしいのは、それを後手から避けるために1四歩と突いた、天衣の手順。

あの1四歩だけで今度は後手勝ちの局面が激増する。天衣はそこから逆算して、あいを死亡フラグまで誘導した。

まさにカウントゲームだ。

それでも全戦型で見れば、後手から誘導できる局面が先手と比べて極端に少ない。将棋というゲームがいかに狭くて偏っているかがよくわかる。

もちろん死亡フラグの局面を知っててもそこに誘導するのは難しいし、フラグを踏んだ相手を詰ますための手順も人間の感覚に反し過ぎてて違和感だらけ。勝ち切るのは至難だ。

ただ……これを知ってるのと知ってないのとでは、指し方は絶対に変わる。

自分の寿命を知ったら生き方が変わるのと同じように。

――俺と歩夢のタイトル戦なんて子供の遊びだったな……。

これを見れば、初手《しょて》に玉を上がる作戦は相手が初手で大駒の活用を目指す場合にのみ有効な、極めて限定的な手法に過ぎなかったことがわかる。一時的には流行《はや》ってもすぐ廃れる。そんな戦法だ。もっとも人類にとってその一時的が一四〇〇年続いてきたわけだが……。

けどそれも今日で終わる。

トッププロのタイトル戦より小学生同士の対局のほうが真理に迫っているなんて皮肉じみた現実を受け容れることで。

「見かけ上の評価値はまだ互角の範囲内ですが、あいの評価がここから上向くことはありません。天衣の勝ちになりました」

「お、終わりなんか？　ここで？」

「はい。天衣は《淡路》の手を完璧《かんぺき》にマスターしています。この局面から勝ち切る技術にかけては人類で唯一といっていいほどに。そのためのトレーニング方法も自分で開発しましたから」

「これが………将棋なんか？」

人間の将棋観からすれば先手のほうがわかりやすい局面だ。これで後手必勝と言われて師匠が納得できないのも無理はない。

でもこれが将棋の結論なんだ。

天衣がこの死亡フラグをいかにして発見し、利用しているのかを、俺は手短に説明する。

そして説明の最後をこう締めくくった。

「いずれこの死亡フラグの情報が棋士たちに共有されるようになれば、それを踏まないための技術が発達するでしょう。それはそれで面白いゲームになると思いますよ？　感性は人それぞれでしょうけどね」

俺自身は、さっきから意外なほどにその結論を受け容れていた。もちろん大喜びってわけじゃない。ただ俺が将棋を覚えた頃にはもうこの状況には慣れていいいたから。

情報格差。

かつて関東と関西にはこの差があったとされた。

棋士の数が多くて研究が進みやすいことと、名人や碓氷《うすい》先生といった超トップ棋士が関東所属の棋士だけで研究会を開いて序盤の情報を囲い込んでいたからだ。

共同研究による序盤の進歩が現代将棋の特徴なら、その恩恵を受けたのは関東の一部の棋士だけだった。

情報の差はタイトルの数や、奨励会を抜ける三段の数の差となって、俺たち関西棋士に重くのしかかった……。

「その差を壊したのが将棋ソフトの登場だったわけです。けどそれで全ての棋士が平等になったわけじゃない」

「パソコンを使えない者は置いてきぼりですからね」

会長がポツリと言った。

今でこそ音声を使って操作しやすくなったが、全盲で、しかも若く見えても五十代の月光会長がパソコンを使った研究合戦の時代を生き抜くのは相当キツいはずだ。

そして今。たった一人の少女がその果実を再び独占する、圧倒的な情報格差の社会が将棋界に形成された。

「俺と歩夢の将棋みたいにお互いが決め手を与えないまま立ち回れば相入玉《あいにゅうぎょく》か千日手《せんにちて》。天衣みたいに死亡フラグを使えば情報の差が決め手になる……どっちにしろ今後の将棋の形は大きく変わります」

「いいや変わらん」

ガンコ親父みたいな声でそう言ったのは案の定というか師匠で、俺に向かって偉そうに腕組みなんぞしながら命令してくる。

「見てみぃ。コンピューターの評価値やのぉて、あいちゃんの姿を」

「姿を見るって言ったって今日は天カメの映像しか――」

天井に備え付けられているIPカメラは将棋盤を上から映すためのものであり、基本的に対局者の姿は映らない。指す時に手が映り込むくらいで………

「って、んん⁉」

ぴょこぴょこと、あいの頭が天井カメラに映り込むのだ。

あまりにも前傾しすぎて将棋盤に完全に覆《おお》い被《かぶ》さっている。おかげで盤面がよく見えなくなっちゃって、ここ数手の手順がよくわからない。

いつもの『こうこうこうこう！』という声まで聞こえてきそうなあいの頭の動きを見れば、確かに諦めていないことは伝わってきた。しかも、これは……。

「……狙ってる？」

「せや。あいちゃんはまだまだ全く諦めとらん。それにわしもまだまだこの局面では諦めん」

「どうしてですか？」

「どこで悪くなったかもわからんのに投げられるか？　わしは月光さんに全く見えてなかった詰み筋を指されて、納得できんかったからそのまま指し続けて王手放置で反則負けになったことがある」

「そんなこともありましたね」

クスッと楽しそうに相槌《あいづち》を打つ会長。笑っていいのかこのエピソード？

あいは確かに何かを狙って指している。ソフトの評価が悪くとも、人間的には難しい局面へと誘導しているのは伝わってきた。

だが相手が悪い。

人間の盲点を克服することに特化したトレーニングを積んできた天衣には、この段階で間違いを期待できない。今の天衣にここから勝つということは……《淡路》に勝つのとほぼ同義。

あいに残された武器があるのか？

いや。そもそも最初から人類《おれたち》に武器なんてあるのか？

「泥臭く粘り強い関西将棋」

そんな師匠の言葉を体現するかのように、あいは粘り強く戦い続ける。

「わしらはそれで関東との情報格差を乗り越えてきた。忘れたんか？」

「……仮に死亡フラグの情報が間違っていたとしても、あいと天衣は同じ才能を持ち、同じ時間を将棋に費やしています。だったら効率よく学習したほうが勝つ。違いますか？」

「あのなぁ八一」

師匠は「こんなことまで忘れたんか」と呆れたように、

「誰かに言われて効率的な勉強を続けるAさんと、これが絶対やという勉強を訳も分からず信じて続けるBさん。強くなるのはBさんなんやで？」

「っ……！」

修行時代に耳が腐るほど聞いたその教えは今、謎《なぞ》の説得力を持って俺に迫った。帝位戦で負けた今は特に。

聞こえるはずのない対局室の孫弟子たちに向かって、師匠は嬉しそうに檄を飛ばす。

「二人とも！　泥んこになってからが勝負やで‼」

☖ 裏の世界

局面が絶望的になったことをわたしが悟ったのは天ちゃんから告げられた手数まさにドンピシャリで、悔しいとか悲しいとか以前に驚いてしまった。

──ほ、本当に天ちゃんは将棋の真理を手に入れたの⁉

そうとしか思えないような、初めて経験するタイプの負け方だった。敗因が全くわからない。

普段なら将棋観を粉々にされてダメージが残る。

けれど今はそんな余裕すら無かった。

「雛鶴先生これより一分将棋です」

「ふぁ⁉」

桂香さんの声に驚いて時計を見ると、いつのまにか持ち時間すら圧倒的な差が付いてしまっていた。

──時間が無い！　もう………やるしかっ‼

覚悟を決めると、わたしは駒台に手を伸ばした。

そして──

「んッ‼」

そこにあった、い、い、い、い、い、駒を全部摑む。

「ッ……⁉」「えっ‼」

天ちゃんが息を飲み、桂香さんが腰を浮かしかけたのがわかった。

メチャメチャ悔しい負け方をした時、持ち駒を全部摑んで盤上に放り投げるという方法で投了の意思表示をすることがある。わたしがそれをすると思ったんだろう。

──紛らわしいことしてごめんっ‼

そもそも持ち駒を摑んで相手に見せないのはマナー違反。だけど今だけは……この一分間だけは、わたしは我が儘《まま》を通す！

「…………」

目を閉じる。

そして頭の中に駒箱を思い浮かべて、その中に手を突っ込むイメージ。

摑み取った駒の種類を確認。この駒たちと、そして盤上にある駒を使って、スーパーコンピューターすら欺くような詰将棋を作らなくちゃいけない。

──不可能じゃない！　やらなきゃ勝てない‼

月光会長からうかがったアドバイスどおり、頭の回路は詰将棋に切り替えてある。自分なりの手筋もまとめてある。

そして何より、絶対に完成させるという折れない心もある！

「こう──」

将棋の神様に祈るように駒たちを握り締め、頭《こうべ》を垂れる。

わたしの思考は将棋盤の裏へと飛び込んだ。

極限の集中状態に入ると、まるで水の中にいるかのように音が消え、あらゆるものがゆっくりと動く。

詰将棋を作る手法や必要な期間は人それぞれとしか言いようがない。

夢の中で作品を思いつく人もいれば、ずっとずっと一つの問題を考え続けてようやく完成させるような人もいる。

ただ、棋士の作る詰将棋に関しては、明確な傾向があった。

──読みに頼る作品が多い。

将棋に勝つには精確な終盤力が必要になる。棋士の終盤力を支えるのは圧倒的な読みの力で、それがなければ勝負の世界を生業《なりわい》にはできない。

だから棋士の作った詰将棋は棋士には解きやすいという弱点があった。

──それじゃダメ！　天ちゃんなら簡単に解いちゃうもん。

イメージするのは、解答者に挑戦するような作品。

ずーっと解いていくと最後の最後に打ち歩詰めが待っているような……そしてその手順を回避する鍵《かぎ》が最初の数手に含まれているような。そんな作品。

さらに意識の深い場所へと潜る………走馬灯のように逆回転していく記憶の中から《淡

路》の弱点を見つけるために。

最初の記憶はここ数日のものだった。

「弱点なんてありません。つよつよです」

二ツ塚《ふたつづか》四段から預かったデータを解析し終わったお兄さんは万歳のポーズをしながらそう言って、わたしの希望を粉々にした。あぅ……。

「いやぁディープラーニング系がここまで強くなるとはねぇ。もうロリは終わりです。時代はディープ。ロリ終了」

あうぅ……。

「弱点なんてありません。が──」

「が?」

「あいお嬢さんは詰将棋を作っていますよね?」

「あ……はい。師匠には禁止されてましたけど、実はこっそり……」

「ソフトを使って余詰《よづ》めを調べていて、上手《うま》く解いてくれない時ってありませんか?」

「ありますっ‼」

思わず大きな声が出ちゃった。実はけっこうよくある。

みんな『将棋ソフトは終盤が強い』『絶対に間違えない』って思ってるから、今まで相談しても信じてもらえなかった。

「けど……それってパソコンさんの調子が悪いんだと思っていました」

「と、いうよりもプログラムの問題です。コンピューターが詰みを読む方法は、実は至極単純でしてね。まず、それまで学習した『詰みがある局面』に似た局面になったら、短手数《たんてすう》の詰みを探索します」

「短手数？」

「五手詰めとかですね」

ええ⁉

それ……もっと前に詰んでる局面もあるんじゃ？

「発表された《淡路》の論文には、詰めルーチンについての記述がありません。俺は《淡路》が囲碁ソフトを基《もと》に改良されたことで、将棋ソフトとしての特性を失っていると見ています」

「どういう意味です？」

「《淡路》は強い。しかし将棋を舐《な》めてる」

お兄さんはチェスのソフトを例に取って説明を始めた。

「駒がどんどん消えていくチェスは、終盤の解析が終わっています。だからチェスのソフトは残り七手くらいになったら解析結果を呼び出してやってメイト《詰み》を読み切ります」

「全部の詰みのパターンを記録してあるんですか⁉」

「はい。チェスにおける詰将棋に当たるチェスプロブレムの世界でも、オーソドックスな問題はもう創作の対象になっていないんです。現在はフェアリーと呼ばれる、特殊なルールのものがメインでして」

そ、そうだったんだ……。

でも将棋はまだそこまで行ってない。

「取った駒を使える。そして打ち歩詰め禁止という独特のルール。これによって将棋は、他のボードゲームとは全く異なる広大な世界を獲得しました。将棋の終盤は独立した別のゲームと捉《とら》えることができるんです」

別の……ゲーム……。

「人間は詰将棋を面白くするためにに将棋のルールを変えました。この点は、将棋というゲームが他と決定的に違う要素です。将棋とは、一つの盤に二つの宇宙を包含する、宇宙で唯一のゲームなんです」

「ッ！　それ……」

全く同じ言葉を聞いたことがあった。

師匠の最初の竜王防衛戦。ハワイに行く飛行機の中で、かつて名人が『打ち歩詰めがなければ先手必勝』と言ったことに対して、師匠はこう言った。

『詰将棋を面白くするためのルールって気がするんだよ』

あれはもしかして、お兄さんと一緒に辿《たど》り着いた答えだったんだろうか。

「コンピューターには人間の作った高度な詰将棋の作意を読むことができません。ベタ読みで詰みを探索する以外に、確実に詰みを読み切る方法は無い。しかし問題によっては、その探索はとてもじゃないが一分やそこらで終わるわけがないんですよ」

「スーパーコンピューターでも？」

「はい。速く読めれば読めるほど、たくさんの局面を記憶する必要がある。そして読み続けたことでメモリが溢れてしまう」

「溢れるとどうなるんです？」

「俺が作ったソフトの場合は、成れないところで飛車を成ろうとしました。でも実際はそんな手は反則だから指せない。要するにバグっちまったわけです」

「そんなことが……」

「《淡路》を含むディープラーニング系がどうなるかはわかりませんが、まあ似たようなことが起こっている可能性はあります」

詰将棋に相当こだわりを持っている開発者でなければ、この部分に改良を加えていないんじゃないか……お兄さんはそう推測した。

そして誤った結論を放置したまま学習した《淡路》の出した将棋の結論にも、ほんの少しだけ穴があるかもしれないと。

「盤上から駒が消え、持ち駒が増えることにより、将棋は合法手が、、、、、増える……つまり終盤になるにつれベタ読みが難しくなるんです。さらに連続王手の千日手と打ち歩詰めを禁止することで、持ち駒の増減や不成《ならず》も複雑に絡《から》んでくる」

「詰将棋だったら確かにそういう問題もあります。けど、実戦は――」

「そんな難しい詰みが発生する確率は何万局に一つという割合でしょう。誤差ですらない。開発者はそう考えます。俺たちは勝率を上げることにしか興味が無いから。でも棋士は違うんでしょう？」

「ええ。勝負師は『この一局に勝てば人生が変わる』と知ってるから……」

だんだんとお兄さんの言いたいことがわかってきた。

「『たくさん勝ちたい』と思っている相手と、『この一局だけ勝てればいい』と思っている相手とは、両立しうる。つまり――」

「つまり？」

ドキドキしながら次の言葉を待つ。

「あいお嬢さんであれば《淡路》に勝機があります」

「ッ……!!」

「あいお嬢さんの詰将棋に対する能力は機械すら凌駕《りょうが》している。お嬢さんが読み切れない終盤であれば、スーパーコンピューターでも読み切れない。少なくとも一分将棋では絶対に解けないはずです」

「そんな詰将棋みたいな終盤に誘導すればいい……と？」

——無理だよ！

頭の中で、わたしの理性はそう叫んでいた。

けれどもっともっと深い場所にある誰かが、わたしに囁いていた。

極限まで集中した状態なら、確率はゼロじゃないと。

「どんな……問題が、苦手なんでしょう？　コンピューターは」

「玉方がどう応じても王手の候補がたくさんあって、さらに余詰め手順を含ませておいて作意解に辿り着きにくくするような問題ですね」

「…………」

「ちなみに一五二五手詰めの『ミクロコスモス』は簡単に解きます。手数の長さは関係ないんです」

それはわたしにも理解できた。

ミクロコスモスは手数こそ長いけど、王手の方法が限定されているので、問題としてはそこまで難しくはない。もちろんそれは手数を長くすることを目的に作られたからで、詰将棋作品としての価値を損ねるものじゃない。

「あ………ちょっといいですか？　ちょうどここに――」

ここ最近、仕事中はずっと携帯してる本を、わたしは取り出す。

『将棋酔像《すいぞう》』。

供御飯《くぐい》先生がわたしに預けてくれた未発表の作品集。

そこに収録された詰将棋に、いまお兄さんが言ったのとピッタリな作品があった。

「この作品です。作品番号十七番」

「ん？　………なるほど。香車の限定合いがテーマですね？」

さすがアマ強豪だけあってお兄さんはすぐに作意を見抜いた。

さらに読みを深めていくと、

「こ、これは………⁉」

お兄さんの目が驚愕《きょうがく》に見開かれる。その反応にわたしは満足した。

最初に解いたときはわたしも「まさか⁉」って声が出ちゃったもん。

「手数は六七ですけど……わたしが知る中で、この作品は作意が見抜けないと解くのに一番時間がかかると思います」

「しかも未発表の作品集に収録されているとなれば、データベースとしてソフトに搭載することもできませんからね！　うん。これならいけるかもしれない」

『将棋酔像』の該当ページをスマホで撮影すると、

「さっそくソフトにかけてみます。さて、何分もってくれるか……」

そう言って立ち去るお兄さんの背中に、わたしは祈った。

どうか一分以上かかってくれますように……！

祈るような気持ちのまま、わたしはお兄さんの連絡を待った。その日は連絡が無かったけど
むしろそれは期待を高めてくれた。

けれど次の日も、お兄さんから連絡が無かった。

その次の日も。そのまた次の日も。

ようやく顔を合わせたのは四日後。

「どうでした⁉」

お兄さんは指を三本、立てた。

三……。

「三秒？」

首を横に振るお兄さん。わたしは再び言った。

「三十秒？」

「いいえ」

「じゃあ……三分、ですか⁉」

ドキドキしながら確認するわたしに、お兄さんはまたしても首を横に振る。

「いいえ」

「もしかして三十分⁉」

「いいえ」

「三時間……？」

「いいえ」

そうやって何度も何度も首を横に振ってから、お兄さんはようやく答えを教えてくれた。

「三日です」


…………呼び起こした記憶から、徐々にまた盤面へと意識を集中させていく。

今まで一度もあんな高度な作品を作ったことはない。

でも、作ろうとしたこともなかった。師匠から詰将棋の創作を禁じられていたから、本腰を入れられなかったというのもある。

まずは局面と彼我の持ち駒を見て、瞬間的に思い浮かんだ幾つかのアイデアを検証。師匠のお兄さんからもらったアドバイス通りに、合駒《あいごま》の選択肢が非常に多いものを中心に考える。

――どれもダメだ……。

こんな単純な罠、天ちゃんならすぐに見破ってしまう。

ここまでで十秒。

貴重な時間を浪費したことに焦《あせ》りをおぼえつつ、わたしはそれまでのアイデアを全て捨てて、天ちゃんが間違えそうな筋に絞って考える。

──何かある!?　天ちゃんの弱点……盲点のようなもの……！

あるわけがない。

もともと天ちゃんは出会った当時から完成されていた。

角換わり系が得意な、つまり隙の無い将棋。

それに加えて豊富な序盤のアイデア。

わたしには無いものをぜんぶ持ってる天才。

天ちゃんが指した将棋は全て盤に並べてる。

──どれもすごいけど……一番はやっぱり、空先生との将棋かな？

女王戦第三局の指し直し局。

結果的には負けちゃったけど……観戦記を担当したわたしは天ちゃんの強さを間近で見て、鳥肌が立ちっぱなしだった。

──師匠の好みはたぶん、千日手局のほうだと思うけど。

だってあの将棋は、師匠が直前に生石先生と指した将棋が下敷きになってる。

空先生に負け続けた天ちゃんはその将棋で初めて結果を出した。

『これ、いいでしょ？　あの人にもらったの』

──あんなことまで言われて……怒ってたなぁ、空先生……。

師匠は天ちゃんの公式戦の棋譜を解説付きでご両親の墓前にお供えしていた。

わたしはこっそり、師匠の書き込みがある棋譜用紙を見たことがある。

嫉妬《しっと》した。

棋譜用紙を思わず引き裂いてしまいそうになるほどわたしの心の奥底にある暗い炎が燃え上がったのを今でも憶えている。

最初に出会った瞬間から、わたしは天ちゃんに嫉妬しっぱなしだった。

天ちゃんは師匠と棋風が似ている。

二人の会話にわたしは入ることができない。

そして今、師匠と天ちゃんは二人で将棋の真理を解明しようとしている。

お邪魔虫の内弟子《わたし》がいなくなれば二人が急速に接近することは、わかっていた。

──そのほうが幸せだったかも……わたし以外の人たちにとって。

九頭竜八一の一番弟子が、わたしじゃなくて天ちゃんだったら……きっと将棋界はこんなにメチャメチャにならなかったと思う。

ここまでで二十秒。

どうしよう……詰将棋を作らなくちゃいけないのに、局面のことを考えなくちゃいけないのに、天ちゃんのことばかり考えてる……。

コンピューターを騙《だま》すような詰将棋なら作れる。

そのための素材も準備してきた。

けど作意を読み取ることのできる人間なら、そんなもの短時間で解いてしまう。

──足りない！　これじゃ足りないよぉ！

たくさん用意してきたアイデアを闇雲《やみくも》にくっつけて手数を伸ばしても天ちゃんを騙すことはできない。

だからわたしはこう結論付けるしかなかった。

い、い、い、いいいいいいいいいい、い、い、

この局面から天ちゃんに勝つのは不可能だと。

わずかに残された一分という持ち時間の半分を費やして出した答えが、それだった。

残りは────三十秒。

「…………………………………………………」

握っていた駒を、そっと駒台に戻す。

最後の希望も砕かれて棋士としての死と直面し、残った三十秒で心の整理をつけようと思ったから……。

……強くなれたと思ったけど……天ちゃんにはやっぱり勝てなかったなぁ……。

初めて天ちゃんと指した研修会の将棋だって、わたしのボロ負けで――――

「あっ」

その瞬間。

――見つけた……。

ずっとずっとずっと追い求めていた最後の鍵が見つかった。

バラバラだったパズルのピースがぴったりとハマったような感覚。

静かになっていた心臓がドキドキと大きく爆《は》ぜる。捨てようとしていた武器《つめしょうぎ》を再び掻《か》き集めて必死に再構成していく。脳内に存在する十一面の将棋盤に並んだ駒が光の速度で動き出して、わたしに向かって叫んでいる。

その声は、桂香さんの声に似ていて…………………。

「……ゅうびょう――――」

「はッ⁉」

秒読みの声に引っ張り上げられて、わたしは表の世界へと帰還した。

血の気が引く。

学校がある日に二度寝しちゃったような恐怖感。『やっちゃった！』っていう感覚。全身にかいていた汗が一瞬で冷や汗に変わる……！　思わず絶叫していた。

「あ、あと何分⁉」

「ありません。ろく、なな、はち、きゅ――――」

「ツッッ‼」

残り、一秒。

迷っている暇なんて無い。わたしはここまで周到に準備してきた罠を発動させるべく、盤上へと手を伸ばした。

「――――――――――――こう‼」

「ふぅん？　なるほど……」

その手を見ると、天ちゃんは微笑みを浮かべて、

「ディープラーニング系の弱点をきちんと勉強してきたみたいね？」

一瞬で、こっちの意図を見抜く。

「確かに合駒の選択肢が多い局面では《淡路》も詰みを読むのに時間がかかるわ。こうやって頓死《とんし》筋を張り巡らせていれば、ついついどこかに嵌《は》まってしまうかもね？　でも忘れてない？　今あなたが戦っているのは…………人間だってことを！」

長い黒髪を翼《つばさ》のように翻《ひるがえ》し。

そして駒音高く着手すると、その手を裏返して、わたしに向かって手招きした。

「来なさい。踊ってあげる」

「こうこうこうこうこうこうこうこうこうこうこうこう!!」

攻める。攻め続ける。そうやって盤上の駒を動かし、互いの持ち駒を組み替えながら、わたしは裏の世界で作り上げた局面へと天ちゃんを誘導していく。

「どんどん来るがいいわ！　最後まで踊り抜いてあげる!!」

「こうこうこうこうこうこうこうこうこうこうこうこうこうこうこうこうこうこう!!」

局面は加速度を増して複雑化していく。

盤上を天衣無縫に踊り回る天ちゃんの玉はそれでも唯一絶対の手を外さない。とっくに全てを見切られているんじゃないかって疑心暗鬼になってしまう……。

──折れるな！　諦めるな！　戦う気持ちを盤上で表現するんだっ!!

たとえ局面は負けだとしても！

将棋の結論に逆らっているとしても！

心が折れなければ……負けじゃないッッ!!

「こうこうこうこうこうこうこうこうこうこうこうこうこうこうこうこう!!」

じりじり、じりじりじりと。

天ちゃんの持ち時間が減っていく。

息が上がっているのを悟らせないだけで、その踊りが優雅であればあるほど天ちゃんも消耗しているはず!

引き寄せていた脇息を払いのけて天ちゃんは叫んだ。

「残りは!?」

「四分です」

「ちっ……」

天ちゃんの表情に、この対局で初めて焦りが生まれた。

そして身を捩りながら首元のリボンを緩める。おそらく無意識にこう呟きながら。

「……熱い!」

——ここだ……!!

わたしは最後の勝負に出る。

「こうこうこうこうこうこうこうこうこうこうこう————————こうっ!!」

天ちゃんの玉は詰まない。今の状態では。

だから――――

「ここで手を渡してくる⁉　この私に……詰ましてみろと言うの！　上等じゃない‼」

そう。これはわたしから天ちゃんへの挑戦状だ。

『将棋の真理を手に入れたって言うなら、証明してみて？』

「くぁぁぁぁぁぁぁああああああああああああああああああああああああッッッッ‼」

片目を手で覆うと、天ちゃんは指で眼球を抉り出しそうなほど強く握った。

空先生とのタイトル戦でも見せなかったほどの気迫！

夜叉神天衣という棋士の本気を引き出せたことに、わたしは満足していた。

い、いい、いいいいいいいい。

そうしなければ勝てないから。

「――――――――――――見えた」

大きく息を吐いてから、天ちゃんは微かに震える手で駒を動かす。

「これで終わりよ。あい」

「…………ごめんね」

「えっ」

天ちゃんがその手を選んだ瞬間、確かに勝負は終わった。

わたしはノータイムでそっと駒を動かす。

天ちゃんも、もう時間を使わない。同じようにノータイムで連続王手。

けど——

「…………え…………？」

白いその手が、はたと止まった。

盤に鼻がくっつきそうになるほど顔を寄せると、天ちゃんは信じられないと言うかのように両目を見開いてこっちを睨《にら》み付ける。

「な、何を——」

いつも冷静な天ちゃんが、見たことのないほど取り乱していた。

「何をしたの⁉　雛鶴あい⁉　何を……!!」

わたしは答えない。盤側から桂香さんが言った。

「夜叉神先生。これより一分将棋です」

「ッ……!!」

綺麗な黒髪が乱れるのも構わず頭を掻きむしりながら天ちゃんは手を重ねていく。

駒を摑めないほど震える指で。

「あ、有り得ない！　死亡フラグを踏んだはずなのに！　こんな将棋の真理に反するような結末は有り得ないわ!!　こんな…………こんな………!!」

うん。わたしもそう思う。

天ちゃんは将棋の真理を手に入れたんだって。

「こ、こんな…………こんな、作ったような手順が……実戦で……？　こんなにも……美しいゲームだったの？　将棋って…………」

それでもこの勝負でわたしが勝てたのは――

「…………そうか…………そうなのね…………」

ギリギリで……本当にギリギリで先手玉が詰まないことがはっきりすると、天ちゃんは乱れていた駒台の駒を綺麗に揃える。

そして最後に詰めろを掛けて、わたしに下駄を預けた。

その一手は……この将棋で初めて天ちゃんの本当の気持ちが伝わってくる一手で。

だからわたしも丁寧に、次の手を指した。後手玉への王手を。

わたしたちの――最後の手を。

「負けたのね。《淡路《わたし》》が」

天ちゃんはそう言うと、緩めたリボンを結び直してから、丁寧に頭を下げた。

七手

「教えてちょうだい」

投了直後に天衣が発した第一声は、それだった。

「詰みはあったの⁉　なかったの⁉　どっち⁉」

「わたしの玉に、詰みは――――」

あいはパラプラと駒を戻して、天衣が間違えた局面を示す。

「えっ」

その局面を見た瞬間、天衣は結論を理解する。指摘されればあまりにも簡単なその答えを。

「詰みが…………………あっ、た……？」

「うん。ぴったり七手の」

あいは指の動きだけでその詰み筋を示すが、天衣はそれでもまだ目の前の現実を受け容れることができない。それは敗北を受け容れる以上に難しい現実だった。

死亡フラグは正しかった。

しかし負けたのは、自分。

世界の真理と自分の勝利を両立させた雛鶴あいの解答は、天衣には到底受け容れることができないものだった。

人間の成し得る行為とは思えないから……。

「そ、そんな……こんな方法で《淡路》を出し抜くなんて………それに今の私が七手詰めを見逃すなんて………あ、ありえない………」

「……どれだけ詰将棋が得意でも、解けない問題があるんだよ」

ぽつりとあいは言った。

敗北の苦い味を思い出しながら。

「机の前に座って一人だけで解けば、どんなに長い詰将棋でも解《ほど》ける。けれどこうして二人で向かい合って真剣勝負をしていると……解けないいんだよ」

盤から視線を上げると、あいは天衣を正面から見て、言った。

「それを教えてくれたのは……天ちゃん。でしょ？」

「あ――――――」

天衣も思い出していた。

あいと天衣の初対局。

研修会で指したその将棋は、猛然と攻めかかるあいを天衣が超絶技巧で全てかわすという、互いの棋風が真正面からぶつかり合った壮絶な勝負だった。天衣にとっても初めてといっていい、本当の意味での真剣勝負だった。

そして天衣は勝った。

最終盤で、あいが七手詰めを見落としたから。

千手以上の詰将棋を一瞬で解ける雛鶴あいが、たった七手の詰みを。

だから今日、あいは最後の最後まで諦めなかった。

諦めそうになったその瞬間に思い出したから。折れない心が生み出してきた逆転《きせき》の数々を。

「………そっかぁ…………」

あのときの雛鶴あいと全く同じ言葉で、夜叉神天衣は天を仰《あお》ぐ。

あいは悔しくて泣いてしまったが、天衣は不思議と悔しさは感じない。複雑な数学の問題を解いた後のような爽快《そうかい》感すらあった。

これが絶局になろうとも後悔は無い。

そう、思ってしまった……。

「………ソフトを使った序中盤の強化にリソースを割きすぎていた私の判断が誤っていた、ということになるのかしらね……」

「勝率を上げるためならそれが正しいと思う。わたしがこの終盤を作ることができたのは、本当に偶然だから…………でも」

「でも？」

「仮に将棋が完全解明されたとしても、その分岐は人間にとって無限に近いから。むしろ――」

「ゲーム性が増す？」

「うん。そう思う」

あいは前のめりになって話し続ける。

「終盤で相手を騙すトリックがもっと見直されることになると思う。持ち時間の使い方を含めて。見てる人にとってはハラハラできるからプロの将棋は廃れないいんじゃないかな？」

「とっくに答えの出てる局面で棋士がミスをする姿を世間に晒《さら》すの？　それこそ笑い者にされるだけじゃない。そんなプロなら私は御免被るわ」

「笑わせておけばいいいよ」

「っ……！」

あいの言葉があまりにも自然なことに天衣は動揺する。

ここまでの覚悟を固めるために、あいがどんな日々を東京で送ってきたのか。そのことに天衣は初めて想いを馳《は》せる。あいにはあいなりの苦しさがあったのだろうと……。

その苦しみの源泉を、あいは自分から口にした。

「わたしね？　ずっと負い目があったの」

「……負い目？」

「うん。わたしは将棋そのものが好きなんじゃなくて、別の…………人が好きで。それで将棋を指して、棋士になっていいのかって。わたしは空先生や天ちゃんみたいに、純粋な気持ちで将棋と出会ったわけじゃないから……」

「…………」

「けどね？　大阪《おおさか》に来て、東京に行って……いろんな人たちと出会って、戦って、勝ったり負けたりして……そんなことを繰り返していくうちに、ちょっとだけわかったことがあるの」

はっきりと、あいは言った。自分が将棋を指す理由を。

「わたしは将棋が好きなんじゃない。将棋で誰かと競い合うことが好きなんだって」

「ッ……!!」

「だからわたしにとって大事なのは、一緒に将棋を指してくれる人がいることなの。真剣勝負をしてくれる相手が絶対に必要なの。そしてそれは――」

「人間じゃなくちゃいけない……」

それはあまりにも明快な説明で、天衣の知能を持ってしても反論は不可能だった。

将棋の基本である三手の読みのように。

「詰将棋だって、わたしにとっては作った人との知恵比べみたいな……つまり、そういうことなの」

「…………それだと、別に将棋じゃなくてもよくない？」

「ううん。やっぱり将棋が一番」

喘《あえ》ぐようにかろうじて反論した天衣に、あいはやっぱり明確に答える。

「出会いは偶然だったけど……わたしにとって一番本気で取り組むことができるのは、やっぱり将棋だから。それにね？」

「それに……なに？」

のに……。

「将棋界の人たちって、とっても面白いんだもん！」

にっこり笑うその少女は、将棋界でいま最も激しい攻撃に晒されているはずだった。それな

のに……。

——無敵じゃない。戦うことそのものが好きなんて……。

眩しい。そう感じた。

結論や真理などという言葉には、どこか胡散臭《うさんくさ》さが潜んでいる。天衣は自分でその言葉を口にするたびに、逆に真理から遠ざかっているような感覚がずっとあった。

それを突きつけられたのだ。

将棋にも負かされたうえで、思想《こころ》でも負かされた。コテンパンだ。

「はぁ——————…………」

天衣は大きな大きな溜息《ためいき》を吐《つ》いた。

自分のほうがずっと先を進んでいると思っていた。

同世代の人間が全員子供に見えていた。

その中でも雛鶴あいは特に幼く見えた。一人で大阪に来て内弟子《うちでし》修業をするのも別に大したこととは思わない。他人に甘えることを前提とした無鉄砲で無責任な行為だと感じた。

あいの才能は認めるが、けれど学ぶべき部分は無いと思っていた。

だって自分のほうが遙《はる》かに先に進んでいるから。

泥臭い根性論と詰将棋で武装したあいが古代ローマの剣闘士なら、自分は未来から来たターミネーター。いずれ勝負にならなくなると。

しかしそれは大きな勘違いだった。

──私は……大事なものから目を逸《そ》らしていたのかもしれない……。

必勝戦法を研究し、それを連投することは、もはや勝負ではない。飽きるのも当然だった。

勝つか負けるかわからないからこそ未来は価値がある。

あいはそこに真正面から飛び込んでいた。

八一の庇護《ひご》を離れ。

奨励会を否定するという将棋界最大のタブーに踏み込み。

悪手と思える行動を繰り返すことで局面を複雑化させ、未来に対して勝負を挑み続ける。決して折れない心を武器に。

夜叉神天衣は将棋を進化させた。

だが、雛鶴あいは────心を進化させていた。

「ふっ」

天衣は黒髪を掻き上げると、

「認めないわけにはいかないわね。勝ったほうが偉いんだし」

「そんなふうに納得しなくていいんだよ？　いつもみたいに『こんなの私が最後に詰みを逃し

ただけじゃない！　拾い勝ちなんてタイトル保持者として恥ずかしくないの⁉』って言わなくてもいいの？」

「はぁ⁉　い、いつ私がそんなこと言ったのよ⁉　っていうか私が納得したって言ってるんだからそれでいいでしょ！」

「感想戦は負けた人の気が済むまでやるものだから……」

「あなた東京に行って性格悪くなったんじゃない⁉」

「やだなー。鍛えられたんだよぉ」

二人のやりとりを盤側で眺めていた桂香は、思わず噴き出してしまう。

——これが女流棋界のトップなの？

銀子が女王になったとき、桂香は喜びや嫉妬よりも、危うさを感じた。

それは銀子本人の幼さに加えて、その幼さを無警戒に利用しようとする大人たちや、動揺する女流棋士たちの姿を見たからだった。

けれど目の前の二人からはむしろ頼もしさを感じる。

それはきっと将棋盤からも飛び出して、大人たちには想像すらできないことを仕出かすから。

そんな存在が二人もいるのだ。

一人なら孤独になる。

けど二人なら————将棋が指せる。

「……やるじゃん」

女流棋界は前に進んでいる。確実に。

将棋から心が離れつつあった桂香は、やっぱり将棋を捨てられないと思った。こんな世界にいる自分が誇らしいと思った。

──この純粋さに惹《ひ》かれちゃうのよねぇ。

そこには勝負の時からは想像できないほど年相応にじゃれ合う少女たちがいた。

十一歳の、とてもかわいい二人の少女が。

まるで本物の姉妹のような二人が。

プリントアウトした棋譜用紙を渡しながら桂香は言った。

「二人ともお疲れ様！　感想戦の続きは、うちで一緒にご飯でも食べながらどう？」

その発案に、あいは輝くような笑顔を浮かべ、天衣は露骨に嫌そうな表情で反応する。

そして敗者は勝者の意見に従うのだった。渋々と。

☖　代わり

「…………凄まじいものを鑑賞させていただきましたね……」

終局後。

三十分が経過してもなお、棋士室で見守っていた棋士たちは誰一人として立ち上がることすらできなかった。

　腰を抜かしていたからだ。

「自分がおそらく一生かかっても発見できない詰将棋を、小学六年生の少女たちが実戦の中で発見してしまう。視力を失ったことを今だけは神に感謝しています……実際に目で見ていたら引退していたでしょうから」

　ようやく口を動かすことができたのは、月光会長だった。

　ただその言葉に引っかかる部分を感じた俺は思わずこう尋ねる。

「……発見？」

「詰将棋とは、もともと将棋の中に全て内包されているものです。人がそれを見つけることでこの世界に顕現するに過ぎません」

　彫刻のようなものだと会長は言った。

　四角い大理石の塊から美しい人物像を彫るように、詰将棋もまた将棋という巨大な岩の中に最初からあるのだと。

「全ては常に目の前にあるのです。そしてそれ自体には大して意味が無い。私や名人も若い頃は将棋の結論などについて語り合い、一喜一憂したものでしたが……まあ麻疹《はしか》みたいなものですよ」

「…………………」

言葉で横っ面を張り飛ばされた。殴られるより痛い言葉で。

痛みよりも恥ずかしさを感じて俯く俺を残したまま、会長は男鹿さんに伴われて棋士室を出て行った。

そして棋士室には二人だけが残された。

俺と師匠が。

「八一」

「ッ……！　し、師匠…………」

「あいちゃんが銀子の代わりかどうか。お前がそれを聞きに来たと桂香が言うとった。今でもまだわからんか？」

「…………………」

混乱した俺はただ、黙って俯くことしかできない。

そんな弟子の姿に心底呆《あき》れたように師匠は言った。

「あいちゃんはあいちゃんや。同じように、銀子は銀子や。代わりなどおらん」

代わりはいない。

それはそうだ。そうだけど……。

「わしがお前にあいちゃんを内弟子にしろと言うたのは、そのことでお前とあいちゃんの両方が成長すると思ったからや。それ以外の意図など無いわ」

「………最初はそうだったかもしれません」

俯いたまま俺は声を絞り出す。

「けど、一瞬でも考えませんでしたか？　俺たちを守るために……俺と姉弟子が別れたほうがお互いにとって幸せだと一瞬でも思わなかったと断言できますか⁉」

「できる」

その理由を師匠は初めて明かす。

反論などできないほど明確な理由を。

「わしの奥さんは若くして亡くなった。わしと桂香を残して」

「あ…………」

寂《さび》しげな師匠の顔を前に、俺は言葉を失う。

「それでもわしは結婚したことを後悔したことは一度たりとて無い。誰か他の健康な女性と結婚しておればなどと思ったことも無い。それが人を愛するということや。違うか？」

「………………」

「未来など誰にもわからん。せやったら自分が最善と思う手を自分で選ぶことでしか、後悔から逃れることはできんのや」

未来はもう、決まっていると思い込んでいた。

俺と銀子ちゃんの前には、悲しい未来しか待っていないんだと。

でも…………。

「あいちゃんは常に自分で道を選ぼうとした。せやからわしは、その背中を押してあげたいと思った。お前がわしから将棋を教わるためにわしを追いかけ回した時と同じように」

「自分で……選ぶ……」

銀子ちゃんがいなくなってから……俺は何をしてきた？

自分で選んだ手が一つでもあったか？

コンピューターが自動で生成した棋譜を確定した未来であるかのように信奉し、ただそれを追い求め。

本当にやらなくちゃいけないことは最初からわかっていたのに何やかやと理由を並べ立ててそれを避け続けていた。

ようやく銀子ちゃんと再会したときも、自分の意思で行ったわけじゃなかった。だからスゴスゴと逃げ帰って来た。そして師匠に八つ当たりだ。

小学生の弟子たちはあんなにも傷つきながら自分で選んだ道を全速力で駆け抜けているのに。

しかも、あの子たちがその道を選んだ理由は――

「俺は…………クズだ」

「ようやくわかったか？」

師匠は厳しい表情のまま、不出来な弟子を一喝した。

「まだまだ修行が足らん。もういっぺんやり直して来い！」

終わりの始まり

「ったく！　どうして私までこんなボロ家で寝ないといけないのよ⁉」

一階の和室に布団《ふとん》を並べて敷きながら、私はもう何百回目かわからないボヤきを口にする。

関西将棋会館からほど近い、清滝家。

東京から遠征してきたあいが泊まっているその家に、対局が終わった私も連れて来られていた。

大師匠は『孫が二人とも帰って来てくれて、夏休みみたいやなぁ！』と大喜びだったし、桂香の作るご飯もまあまあの味だった（空腹は最高の調味料ね！）から、まあそこは別にいい。

でも！

あいと一緒にお風呂《ふろ》に入ったり、お互いの髪を乾かし合ったり、こうして一緒に布団を並べて寝る必要は無い！

「感想戦やら何やらが長引いたし、終電も詰んでるけど、そもそも私は車で帰れる距離に住んでるんだからわざわざ泊まるなんて無意味もいいところよ！　しかも負かされた相手と布団を並べて寝るなんて！　将棋のことを思い出して悔しくて眠れないじゃない‼」

あいはニッコリ笑って言った。

「何でも言うこと聞くって言ったよね？」

「っ！　……わかったわよ！」

ああ忌々《いまいま》しい！

こういう願いを叶《かな》えるためにあの約束をしたわけじゃない……とはいえ約束は約束。はいはい言うこと聞きます。聞けばいいいんでしょ。

布団に潜り込むと、あいは顔だけこっちに出してウキウキした様子で言う。

「はじめてだね？　天ちゃんと二人きりで寝るの」

「最初で最後だと思うけど」

「またそういうことを……でも天ちゃんらしい返事で、好き！」

「はいはい。私も好きよ」

適当な感じで相槌を打つと、あいはほっぺを膨らませて「もー！」と怒る。

本心だった。

初めて会ったときから、あいのことは嫌いじゃない。最初は相手にすらしてなかったというのもあるけど……空銀子に抱いたような敵意は、こいつには感じなかった。

実はちょっと嬉《うれ》しかったの。

一人っ子の私にとって、あいは初めてできた姉妹。

研修会で最初に将棋を指した後、感想戦に誘ってくれて……そこから他の研修生や、師匠が『JS研』とか気持ち悪い名前で呼んでたあの連中とも、話をするようになって。

「…………私は、誰かと親しくなるのが怖いの」

「今でも？」

「そうね……今でも」

心の内を曝《さら》け出す。

こんな会話が自然とできるようになれたのは、きっと私が負けたから。

負けるのは嫌だ。

でも……勝ち続けるのもつらい。

「私にとって将棋は、どこまでいっても悲しい記憶がつきまとうの。勝てば勝つほどその悲しさは増すわ。今の環境で強さを求めれば必然的に両親の足跡を辿ることになるから」

「だから……終わらせようとしたの？」

「そうかも……」

仮にお父様とお母様が人工知能を研究していなかったら、そんな悲しさとは無縁でいられたかもしれない。

私は本当に将棋を好きなんだろうか？

今は……少し距離と時間を置きたい。

焦る必要はない。

私はまだ小学生で、将棋だけをするには持ち時間が多すぎるから。

「《淡路》を動かしてて、色々なことがわかったわ。ディープラーニングの技術を応用することで想像以上の変化を現実に与えることができる。信じられる？　計算機を動かすだけで未来をデザインして、本当に世界を変えることができるのよ？　つまり――」

「つまり？」

こっちを見詰めるあいに、私は言った。大真面目《まじめ》に。

「将棋だけに使うなんてもったいない」

「あはははははは！　それー？」

あいは大爆笑した。

私が真面目な顔で言ってるのも面白かったみたい。涙すら浮かべて笑い転げながら、遠慮なしにこう言ってくる。

「世界最速のスーパーコンピューターに将棋を指させようなんて、そんなこと考えるの天ちゃんだけだよー。天ちゃんは世界でいちばん将棋にお金を使ったんだよ？　今さら『私は将棋なんて好きじゃないんだからね⁉』みたいなこと言ってもツンデレさんアピールしてるだけにしか聞こえないよー。神戸《こうべ》のツンデレラだよー」

「やめて」

今度は本気で腹が立ったから、ゴロンと寝返りを打って背を向ける。

慌ててあいは謝ってきた。

「ご、ごめん天ちゃん！　からかうつもりじゃ——」

「あい」

背中を向けたまま、私は言った。

「将棋のおかげで……私はこの世に生まれた」

だからやっぱり将棋は好き。将棋に感謝してる。

だって——

「将棋のおかげで、私は一番つらい時に、悲しみを紛らわすことができた。将棋のおかげで、私は……大切な友達ができた」

「天ちゃん……」

「ありがとう。あい」

こんなことは背中を向けたままじゃなきゃ言えない。恥ずかしくて顔が熱い。

でも、もっと熱いのは……胸の奥。

「私は、結論がわかったものに対して興味を失ってしまう。熱が冷めてしまう。だから八一のことも、本当はもう、どうでもいいの」

それは本心であって本心じゃなかった。

人間の心は将棋のように複雑で、自分の心でも簡単に評価が出せるものじゃない。

でもきっと、あいならわかってくれる。そんな確信があったから、私は心の中を正直に打ち明けていた。

言葉なんかじゃとても表現できないような感情も。

姉妹弟子《しまいでし》で。

一番のライバルで。

私の初めての友達の、雛鶴あいなら。

「八一のことは好きだけど、私はあの人に両親を重ねていたんだと思う。だから……いつか離れる日が来ることも理解してる」

背中を向けたまま私は言った。涙を見られるのがイヤだから。

「でも……あんたは違うんでしょ？　あい」

「………うん」

「結論は変わらないのよ？」

「そうだね。それはわかってる……つもり」

「危なっかしいのよ。端から見てると」

「そ、それは天ちゃんも同じじゃ……」

「はぁ？」

ゴロゴロと勢いよく寝返りを打ってあいに向き直ると、私は自分のおでこであいのおでこをグリグリした。

「勝手に出て行って将棋界をボロボロにしようとしてるのはどこの誰だったかしら？　私は老朽化した会館の建て替えとか、空銀子と一緒に消滅しそうだった女流棋戦の立て直しとか、捨てられたと思って自暴自棄になってた史上最年少タイトル保持者の精神面でのケアとか、誰かさんや誰かさんが自分勝手に動きまくった尻拭《しりぬぐ》いを必死にやってたんですけど？」

「うぅ……ごめん……ごめんなさいぃ……」

「反省しなさいよマジで」

「………あのね？　天ちゃん。今度はわたしがお話しするから、聞いてもらえる？」

「寝ながらでよければね。もう疲れたから」

あいの顔から手を離して自分の布団に引っ込みながら私は言った。聞きながら寝落ちしてやろう。

「わたしの頭の中には十一面の将棋盤があるの」

「知ってる。それにボコボコにされたんだから」

あいのことは嫌いじゃないけど、あの忌々しい終盤力だけは大っ嫌い！　こっちがせっせと積み上げた有利を最後の最後で覆されるあの腹立たしさといったら——

「消えかけてるの」

暗闇《くらやみ》の中で息を飲む音がした。

それが自分の発した音だと気付くまで数秒が必要だった。あいの表情は、こっちが驚くほど冷静で……。

「…………いつから？」

「自覚したのは…………女流名跡戦の予選で、翼さんと戦ったとき」

「そっ――!!」

ガバッと布団を跳ね上げて、私は思わず叫びそうになる。けどすぐに口を手で押さえた。

別の部屋には大師匠と桂香がいる。

――誰にも気取られちゃいけない……！

呼吸すら止める私に、あいは淡々と告げる。

「翼さんとの対局で、わたしは目が見えなくなって、鼻血も出した。最後はギリギリで勝つことができたけど……あの時から、わたし、おかしいの。簡単に動かせた盤が、だんだん遠くになっていって、自分勝手に動いたりして…………」

「…………」

どうして気付かなかったんだろう？　材料はいくらでもあった。

祭神雷《さいのかみ》が崩壊したこと。

あいが異様に焦っていたこと。

──身体に負荷がかからないわけがない……。

どうしてあいが一緒に寝ようと誘ったのかを、私はようやく理解した。

一人じゃ不安で眠れないからだ。

「たすけて……天ちゃん……」

それは、プロ棋士たちを薙《な》ぎ倒している天才少女の声ではなかった。スーパーコンピューターをも凌駕する超人の声でもなかった。

自分の身体の変化に不安をおぼえ、怯《おび》える、ごく普通の小学生がそこにいた。

清滝鋼介九段が書いた『俺の全盛期は明日』という掛け軸が、月明かりに照らされて、そこだけ白く輝いている。

今のあいにとって一番残酷な言葉が。

「わたしの全盛期は終わろうとしてるの。だから……力を貸して。天ちゃん……」

あとがき

【注意書き】

いろいろネタバレを含みます。本編読了後にあとがきを読むことを強くお勧めします。


まずはお詫びを申し上げます。

この巻では現実における将棋界の制度、将棋のルール等とは乖離《かいり》した部分があります。

たとえば実際の将棋界では、プロ編入試験が既に制度化されており、女流棋士でも条件を満たせば試験を受けることができます。

あいがその制度を作るため奔走《ほんそう》するというストーリーは、初期段階から構想の一つに入っていたため、本編では長らく『プロ編入試験が作中に存在するのか・しないのか』について触れずにいました。

また、入玉宣言法につきましても、現実から離れた書き方をしています。

コンピュータ将棋の世界で宣言勝ちが増えているのは事実ですが、そもそも持将棋《じしょうぎ》や宣言についてのルールは、アマチュア・プロ・コンピュータ将棋で統一されていません。作中では、そのことについて触れるとややこしくなるため、ルールが一つであるかのような描写になっています。

そういった前提部分を曖昧《あいまい》にしたまま話を積み上げていっていることに加えて、そもそも理解の及んでいない『AI』や『将棋の結論』というテーマに振り回されすぎて肝心の『人間』が書けていないのでは……そんな恐怖がずっとありました。

ただそれは、今まで『人間』を書き続け、積み上げてきた十七冊があったおかげで、自分が書きたいと思っていたテーマに挑戦することができたということでもあります。八一《やいち》や歩夢《あゆむ》が。雷《いか》や銀子《ぎんこ》が。みんなが必死になって支えてくれたおかげで、ラノベとしてギリギリ成立していると考えて、この十八巻をリリースさせていただきました。

そして、あいと天衣《あい》。

この二人の名前の由来は『AI』です。人智を超えた終盤力を持つあいと、圧倒的な序盤の才能を持つ天衣。将棋AIの特徴を分割して生まれたこの二人は最強の矛と盾でもあります。

二人はライバルとして、戦うためにこの物語の中で生まれました。

しかし物語が続く中でそれぞれが人格を獲得した結果、この巻でお読みいただいたような結末に至りました。ライトノベルはキャラクター文芸と呼ばれますが、二人の「あい」を書き分けることができた今、ようやく私はラノベ作家としてスタートラインに立つことができたような気がしています。

次に謝辞を。

この巻では、西遊棋《さいゆうき》様のご監修に加え、コンピュータ将棋開発者である神田剛志様（HN・らいんめたる）と、詰将棋作家である岸本真裕様（HN・kisy）にも、長時間にわたって取材をさせていただきました。

お二人から得た知見をそのまま物語に使ったわけではなく、ラノベとして面白くなるよう、かなりフェイクを加えてしまったため、専門家の方々にとっては読むに堪《た》えない内容になっているものと思います。

その点に関する責任は全て作者である私にあることは申し上げるまでもありません。ラノベ作家のスタートラインに立つことはできたものの、実力不足を痛感しています。

そして最後にお報《しら》せを。

『りゅうおうのおしごと！』の本編は、あと2冊で終わります。まだまだ書きたいことはいっぱいあるので、外伝はもうちょっと出したいなと思うのですが、メインストーリーに関しては残り2冊の予定です。

残り時間が決まっているからこそ素晴らしい棋譜が生まれるように、この物語の最終盤も、さらに熱い戦いをお届けできるよう死力を尽くします！

感想戦
Zzz

「これでオレたち全員がタイトル保持者になったってわけか」

千駄ヶ谷《せんだがや》のとある居酒屋。

将棋会館から歩いて行ける距離だし、寝転がって酒を飲める個室もあるから、感想戦が深夜になった時なんかは朝までここで駄弁《だべ》ってることもある、関東の棋士御用達の店だ。

その店でオレと万智《まち》は、歩夢《あゆむ》の祝勝会を開いてやっていた。

「小学生名人戦でテレビ収録まで残った四人が全員タイトルを獲るなんて、前例あっか？　しかも二十歳《ハタチ》までに。名人の代だってここまで華々しくねーだろ？」

「準決勝《キセキの世代》どすなぁ」

日本酒を水みたいにカパカパ飲みながら万智がしみじみ頷《うなず》いた。

こいつは『歴史』とか『伝統』とかそういう行事を隠れ蓑《みの》にして幼児の頃《ころ》から酒を飲み続けてきたからアホみたいにアルコールに強い。酒屋の娘のオレが引くくらい飲むし、飲んでも全く変わらない。変わったように見えたらそりゃ演技だ。

けどこの日は珍しく絡《から》み酒だった。

「……まあ、こなたは残り短い天下やもわからぬけど。ははは……」

「オレはこのまえ防衛したばっかだから一年は大丈夫だけどなー。でもあのチビが挑戦者になったら、次は勝つ自信はさすがにねぇよなー。まぁ公式戦二戦二勝〇敗だけどなー。まだ一回も負けてねーけどなー」

「こなたはどっちのあいちゃんにも負けましたが何か？」

コップに手酌で注《そそ》いだ冷酒を一気に呷《あお》ると、万智は真《ま》っ青《さお》な顔でまくし立てる。

「何なんあれ？　あいちゃんも天《てん》ちゃんも強すぎひん？　っていうか、あいちゃんに一分将棋であんな詰将棋《つめしょうぎ》みたいな迫り方されたらプロ棋士でも絶対間違えるやん？　即死やん？　天ちゃんを止めるためにあいちゃんに協力したら、それ以上のモンスターが生まれたやん？」

「確かにありゃ無敵だよなぁ……」

山城桜花《やましろおうか》戦で指されたクズの弟子一号と弟子二号の将棋は、配信されなかったからデータベースに登録されてから確認した。

ぶっちゃけ、序盤から中盤は全く意味がわからん。

ただ途中から急に後手《ごて》が勝勢になったのは理解できた。先手《せんて》はほぼ詰んでる。いや、間違いなく詰んでるんだと思う。

「けど詰まし方がわからねぇ……プライドを捨ててソフトにかけたけど、答えが出ねぇときた。んなことあるのか？」

「あんまりにも読む局面が多い問題やとメモリが足らんくなってパソコンが固まるらしいで」

「誰《だれ》がンなこと言ってんだよ？」

「八一《やいち》くんのお兄さん」

「あいつ胡散臭《うさんくさ》くて嫌いなんだよな……」

「こなたもあれが義兄になるのだけは願い下げどす」

そうそう。オレもあのパソコン野郎が親戚になるって考えただけでゾッとする……って！

ち、違うからな⁉　べべ、べ、べつにクズとオレが、その……け、けっこんするとか、そうい
うことを想像したことがあるわけじゃなくて…………………あうあうあう……。

「死ねッ‼」

「急に何キレてるん？　こわぁ」

「酔ってんだボケ‼　ずっと飲んでばっかいっから酔いが回って変な妄想をしてんだよ‼　つ
ーか主役はどうした主役は⁉　どうして黙ったままなんだよ⁉」

「とっくに潰《つぶ》れておざりますよ」

「タイトル獲ってもゼッンゼン強くならねェな」

歩夢はビールをジョッキで二杯か三杯飲んだ時点で「おさけもういや」とか何とか言ってテ
ーブルに沈没した。まーここ最近は毎日どっかに呼ばれて酒を飲まされてたんだろうから許容
量を超えたんだろ。まだまだ鍛えが足りねぇ。

「…………八一くん、落ち込んでるんかな？」

空になった徳利《とっくり》を振りながら、万智がぽつりと言った。珍しく顔が赤い。

「おねえさんが慰めたるのに……アホ」

「ロリコンだからノーサンキューなんじゃね？」

そうツッコミはするものの、アルコールの入った万智の肉体《カラダ》から溢《あふ》れる色気は女のオレでもクラクラするほどだ。

「それにあいつはまだ酒が飲めねぇからな」

「せやね。負けた悔しさは将棋で晴らすしかおざりませぬ」

「勝った嬉《うれ》しさも酒飲んで倍！　……ってわけにはいかねぇもんな」

小学生だったオレたちは、こうして大っぴらに酒が飲める年齢《トシ》になった。けど一人だけ……おませな二歳下のクズは、今はまだ仲間外れだ。

あいつはいつもオレたちの先頭《トップ》を走ってた。時にはその背中が見えないほど遠くを。

そして今も走ってるんだろう。自分がすべきことをするために。

だからみんなで酒を飲みながら語り合えるのは、もうちょっと先だ。

そしてその時、オレも万智もまだ一度も勝ててないあの生意気な白雪姫も誘ってやってもいいと思ってる。

一人だけ酒を飲めずに居心地悪そうにオレンジジュースでも飲んでる銀子《ぎんこ》をからかって、勝ち逃げされた溜飲《りゅういん》を下げる予定だ。

そのためにも、九頭竜《くずりゅう》八一にゃ酒なんて飲んでる暇はねェのさ。

「……しっかりやれよ。クズ竜王さんよ」

ここにいないもう一人の仲間に、オレは静かに乾杯した。

ファンレター、作品のご感想をお待ちしています

〈あて先〉

〒106－0032
東京都港区六本木2－4－5
SBクリエイティブ（株）
GA文庫編集部 気付

「白鳥士郎先生」係
「しらび先生」係

本書に関するご意見・ご感想は右のQRコードよりお寄せください。

※アクセスの際に発生する通信費等はご負担ください。

https://ga.sbcr.jp/

りゅうおうのおしごと！ 18

発　行　　2023年7月31日　初版第一刷発行
著　者　　白鳥士郎
発行人　　小川　淳

発行所　　SBクリエイティブ株式会社
〒106−0032
東京都港区六本木2−4−5
電話　03−5549−1201
03−5549−1167（編集）

装　丁　　木村デザイン・ラボ

印刷・製本　中央精版印刷株式会社

ISBN978-4-8156-2243-5
Printed in Japan
GA文庫